骆驼草丛书

曹利军作品精选

曹利军 ○ 著

华夏出版社
HUAXIA PUBLISHING HOUSE

图书在版编目（CIP）数据

曹利军作品精选 / 曹利军著. —北京：华夏出版社，2016.1
（骆驼草丛书）
ISBN 978-7-5080-8617-0

Ⅰ. ①曹… Ⅱ. ①曹… Ⅲ. ①长篇小说－小说集－中国－当代 Ⅳ. ①I247.5

中国版本图书馆 CIP 数据核字（2015）第 240095 号

曹利军作品精选

作　者	曹利军
本书策划	刘　晨
责任编辑	刘　晨　罗　云
出版发行	华夏出版社
经　销	新华书店
印　刷	三河市万龙印装有限公司
装　订	三河市万龙印装有限公司
版　次	2016 年 1 月北京第 1 版 2016 年 1 月北京第 1 次印刷
开　本	720×1030　1/16 开
印　张	21
字　数	257 千字
定　价	36.00 元

华夏出版社　地址：北京市东直门外香河园北里 4 号　邮编：100028
　　　　　　　网址：www.hxph.com.cn　电话：（010）64663331（转）
若发现本版图书有印装质量问题，请与我社营销中心联系调换。

长篇小说(节选)

胡青云・郭玉川・钱晋生／1

郑爱蓉・刘喜喜／63

金瑞・小龙女・金宝蛋／163

方立伟和梁丽／250

长篇小说（节选）

胡青云·郭玉川·钱晋生

1

胡青云手挽着一个青布小包袱，拐过街口，朝家里走去。胡家的宅院坐落在忻州顺城街，虽谈不上如何豪华，却也是青砖门楼、琉璃照壁，月亮门隔着前后两进大院，前院有花池，后院有苗圃。胡文庆老爷虽然有点钱，但他自知在忻州，自己的财力与郜、王、张、石、连、陈诸家大户相差甚远，量体裁衣，有这样一处宅子已经很不错了。

胡文庆老爷有一儿一女，一妻一妾，钱够花觉够睡。他这人不贪不占，不嫖不赌，日子过得四平八稳。倘若日本人不来，忻州不起战火，那么胡文庆老爷的日子还会四平八稳地过下去。

晋北一开战,忻州就像一口烧滚的油锅,而胡文庆老爷和二太太月娥则像热锅上的蚂蚁,再也坐不住了。尤其是二太太月娥,成天价在胡老爷面前唠叨不休。胡老爷便找了一辆顺道去南怀化村的大车,要接他大老婆和女儿青云来,然后全家人到晋南去躲躲战祸。

这天上午,胡老爷有事要出门去,听到门环叩得啪啪响,开门一看,正是女儿青云,忙问道:

"你娘哩?"

"家里呗。"青云撅着嘴,一脸的不高兴,跨进门径自朝后院走。后院的西厢房是她的屋,她身上装着门上的钥匙。青云一年不来,西厢房的门就一年不开。

"青云,你来哩?你娘哩?"二太太月娥从正屋迎出来,满脸堆着笑。

"家里呗。"还是那句硬邦邦的话,说完后掏出钥匙开了门,自管自走了进去。

胡老爷见女儿来了,又从屁股后头跟回来,见女儿如此待月娥,就改了主意,折回正屋。他知道月娥脾气好,但还是象征性地责怪了女儿一句:

"这娃娃,随她娘,倔!"

这阵子不断有队伍打忻州街上往北开,风声也一天比一天紧。月娥的意思是赶紧锁门走人。月娥娘家是运城的,爹娘虽然不在世了,但还有个亲哥哥,这回可派上了用场。说实话,这年头躲灾避祸没个落脚的地方还真不行。

胡老爷起先对这事举棋不定,大老婆和青云还在乡下,绝不能撇下她娘儿俩不管。月娥催他:你叫她娘儿俩一齐走呀,都是一家人嘛!

于是有人赶着大车顺道来了南怀化,说老爷和二太太请青云母女进城,打算举家到晋南逃反。青云娘不走,她这人的脾气就像胡老爷说的,倔! 早年她跟胡文庆老爷成亲的时候,胡老爷还是城内北大街一家绸布庄刚熬出徒的小伙计。后来胡老爷成了老爷,想纳妾,征求青云娘的意见。青云娘说:"能行!"可在胡老爷纳妾后又请青云母女搬到城里一起住,青云娘却咋也不肯,说在这老宅子上住惯了,街坊邻居处得好,进城孤闷。也不知是不是心里话。胡文庆老爷只好依着她,不过倒是常常回村去探望她们母女。

青云娘不走的道理有四:其一,她走了屋门就得上锁,这老宅子和屋里的东西谁来照料? 还不叫人偷光了? 其二,日本人到中国来,自然是想进城了,跑到这穷乡下干什么? 其三,即使日本人来了,又能把她这个上了年纪的老婆子咋样? 其四,就因为人上岁数了,哪还能经得住大老远的折腾,身子骨还不散了架?

青云娘不走,却非要青云走不可。她觉得兵荒马乱的留个十七八的大闺女在家,也实实叫人放心不下,而她也自知就凭自己这个土埋了半截子的人是保护不了青云的。万一青云有个三长两短她就是死也合不上眼了。

开始青云死活不肯走。她说娘要走俺就走,娘要不走俺就不走。娘说你得走,万一日本人要打这儿路过呢? 谁知道这些外国兵匪是些甚东西? 会干出些甚事来? 青云说娘要这么说俺就更不能走了。娘开始劝,继而骂,最后便十分伤心地哭了。娘一哭青云就傻眼了,她很少见娘哭过。

走的时候青云给娘鞠了个躬。这一鞠躬鞠得有些不大对头。多年来她与娘相依为命,娘疼她爱她自然也把她娇惯得不成样子,她在娘面前胡搅蛮缠向来连句正经话都没有。

青云坐在大车上,已经出村了,娘还在后头跟着。娘的三寸小脚踩在布满深深车辙的黄土道上,身子显得更加摇摇晃晃。青云发现娘的斜襟袄上有一疙瘩扣儿开着,便又一次跳下车来,给娘扣上。青云忽然觉得娘老了,娘刚刚哭过的脸更显得皮肉松弛。娘的白发也多了,根根银丝在早晨的太阳光下闪闪烁烁。青云不知自己走后娘的日子该怎么过,心里一酸,就给娘正儿八经地躹了一躬。

2

临走的那天青云早早就去敲邻院玉川哥家的大门。"谁呀?"玉川的嫂子在屋里间。青云说:"嫂子,俺是青云,想找玉川哥说句话。"

玉川边系扣子边从门里出来,两眼迷迷糊糊,好像还未完全从梦里醒来:"这一大早的叫俺,干啥?是不是想请俺进城看戏?"

"人家跟你说正经的呢!"青云生气了。

"好好,你说罢,俺听着。"

"这里快要打仗了,娘叫俺跟爹到晋南逃反去,这一走也不知啥时候能回来,麻烦你好生照顾俺娘,她一人在家俺说啥也不放心。"

玉川听青云这么一说,也变得严肃了,一本正经地说:

"青云你放心走吧,有俺在,保管伺候得你娘周周到到,等你回来,连一根头发丝儿都少不了。还有你家那头老母猪打今儿就由俺喂。你看咋着?"

"行!玉川哥,那俺就谢谢你了。"

"甚话,小小一块儿长大的。再说,婶婶待俺再好也不能了,照顾她老人家也是该的。"

青云是南怀化一带有名的标致姑娘,小伙子见了标致姑娘没有不喜欢的。玉川家与青云家紧邻。青云家无男丁,原来家里雇着个老长工,干些重体力活儿。老长工老得干不动了,回了家。已经生得膀阔腰圆的玉川在长工走了的那天早上跳进青云家院子,从屋檐下拿起扁担勾起大桶,到村口的大井上挑水,以后天天如此。青云娘儿俩的吃水就由玉川包了。青云娘也取消了再雇长工的打算。

大约过了半年的光景,有天早上,玉川将水倒进瓮里,正要走,被青云娘叫住了。返身进屋,从里面拿出几块大洋,要往玉川手里塞。

玉川一下子脸红了:"婶婶,俺给你家担水可不是为了挣工钱,反正俺家的水也是俺担,多担两担又累不煞人,多年的老邻居了,这不是给俺难看么?"

有一天青云跟玉川扯闲话,青云问:"玉川哥,你说你天天给俺家担水,到底图了啥?"

玉川说:"不图啥,就为见你一面。"

青云说:"那你不是吃了亏?"

玉川说:"吃啥亏,咱村人谁有俺这福气,能天天见你一面?实话告你,见你一面饭都吃得香着哩!你说到底谁占了便宜?"

青云说:"狗掀门帘儿,你也就是嘴好使。"

其实玉川远远不止见青云一面。他与青云家隔着一道土墙,墙那面是青云家的猪圈,墙这面是玉川家的柴垛。喂猪的活儿自然是由青云来干。因此,每天中午或晚上,只要听见墙那面的猪哼哼,玉川就迫不及待地跑出去,蹬上柴垛,跟青云搭话:

"嗬,这猪可是又见长,俺说的没错吧,连猪见了你都吃得香。看俺家那猪,就是天天见俺这张丑八怪嘴脸,才瘦得只剩下一副骨头架子。"

青云笑着说:"那你以后甭在墙头上露脸,免得连累俺家猪。"

玉川给青云家挑了两年水,村里自然有许多闲话,有一回他挑着水在街上走,道边的几个后生笑着问:"玉川,这一担又是给你老丈母娘挑的？"玉川立刻变了脸，抡起扁担就跟人家打起来。最后的结果是双方都见了血，玉川的脑门儿上鼓起一个大血包，鼻子也破了。

玉川的哥嫂觉得兄弟到了娶媳妇的年龄，便四处托人说媒，还请算卦的测八字，看命里婚姻动不动。玉川额头上鼓起大包的那天早上，哥哥玉山说："兄弟，哥跟你掏掏心窝子。别看青云跟咱是邻居，你瞅瞅人家城里带花园的大宅子，再瞅瞅人家北大街、东大街上的大货铺，你的花花心准能收回去。"

嫂子正给玉川揉脑门上的大包。玉川龇牙咧嘴地说："哥，你这可是把你兄弟看得扁了，俺是那种不知天高地厚的人么？俺给人家担水，就是因为她家没男人，邻里街坊互相照料着有啥不对？再说，俺这水肯定白担不了。你不是老哭穷么？等俺娶媳妇的时候，婶子肯定会送你大大一笔钱，你信不信？"

玉川嘴上说对青云不存非分之想，要真不想那才怪哩！心里想想又不犯法。就在青云临进城的前三天，玉川听到邻院的猪哼哼，就急忙扒上墙头：

"青云，婶子在不在？"

"不在，咋啦？"

"告诉你，俺昨晚做了一个梦。"

"梦啥来？"

"梦见娶媳妇哩，你没瞧见那场面，吹吹打打好不热闹。花轿进了门，啧啧，你猜猜新媳妇是谁？"

"谁？"

"还有谁？你呗！"

"怪不得人家说做梦娶媳妇——尽想好事儿，敢情真有你这号人。"

"醒了以后俺又想，费那事干啥？把这堵墙往倒一推不就得了？"

"那你今晚再梦一回。真的,前天俺也做了个梦,没好意思跟你说。"

"梦见啥啦?"

"俺梦见你找了个讨饭的婆姨,脸黑黢黢的,到处都是皱纹儿。"

当着青云的面儿,玉川什么玩笑话都敢说,青云从来不恼。青云在村里是个很持重的姑娘,见了后生们从不多看一眼,唯独玉川例外,她也跟玉川哥开玩笑,往往把他噎得一愣一愣的。

关系处得这么好,可玉川还是搞不清青云到底爱不爱他。他这人耍笑惯了,没个正形儿,自然也猜不透青云的真实想法。有时觉得青云好像有那么点儿意思,有时又觉得青云只把他当好邻居、亲哥哥。说媒的人不断上他家来,玉川就有些沉不住气了。娶媳妇的事看来是拖不久了。他决定改天正正经经地问问青云,虽说自己对这事不存非分之想,但问问也无妨,大不了和现在一样,又不会少块肉,买卖不成仁义在,他还要接着担水。

可是,就在玉川刚刚下定决心的时候,青云要随她爹到晋南了,临走还把娘托付给他。这事只能等青云以后回来再说了。他一想,正好能在这段日子里亲近亲近婶婶,说不定还真有戏呢!

3

青云娘没来,青云就把气撒在爹和姨娘月娥身上。青云骨子里对姨娘有一种仇视态度,不管爹和姨娘如何迁就于她都消除不了。胡文庆老爷是很疼青云的,再加上老觉得对不住青云母女,就越发看重她。胡老爷每次回村都要给青云带礼物,或是花布、头巾、辫绳、盒粉,或是瓦酥、蛋糕、冰糖、瓜子,每次都说是姨娘送的。青云也知道这是爹的,回回照收不误,心说谁叫你是俺爹。爹的东西不要白不要,收了心里照样还是恨恨的。她从不肯进城去,有时被逼不过,就去住一两天,姨娘总是笑脸相迎,问寒问暖,还亲自陪她看大戏,或者到茶馆听书。青云也不领情,她觉得姨娘这人有点假惺惺的。

这次青云来了以后,除了吃饭,就一个人在屋里待着。下午姨娘来了,进门见青云在炕上躺着,就小心翼翼地说:

"青云,姨娘想跟你说说话儿。"

青云只好从炕上坐起来:"说罢。"

"青云,你跟姨娘实话实说,是不是你娘不待见俺,才不肯来?"

"俺娘可没这么说,她可从来没说过你的不是。"青云说的是实情,不过,娘嘴上不说,谁也不能担保心里不这么想。

月娥叹了一口气说:"青云,姨娘跟你说心里话,俺也是穷人家长大的女儿,当初嫁给老爷的时候,俺就想好了,过门后要好好服侍老爷,服侍姐姐,俺咋也没想到姐姐说啥也不肯一起住。这几年俺和老爷在城里,却把你娘儿俩留在乡下,你以为俺心里好受么?俺心里愧得慌哩,欠了姐姐这么多也不知啥时候才能还。

"这世道你也看见了,都乱成啥了?前天日本人的飞机撂炸弹,在城东口炸死两个人,有人说太原也有日本人的飞机,俺前些时琢磨,咱全家一起到晋南俺哥家躲躲,俺也有机会好好服侍姐姐,让她也知道俺是个啥样儿人。可姐姐就是不来。你说这兵荒马乱的,把姐姐一个人留在家里,俺就是走了,心也在这儿悬着。俺打算亲自回村去请她,她要不走,俺就在乡下陪她,要死咱一家就死在一块儿……"

月娥说着说着,哭了。

姨娘的一席话说到了青云心里,也把青云深深打动了。她下了炕,亲自倒了一杯水,送到姨娘跟前。姨娘接过杯子,又捉住青云的手,还是一个劲儿地哭。

青云消除了对姨娘的仇恨，自然也就原谅了爹，又知道爹和姨娘要到乡下去接娘，一家人一起走，心情就开朗了，活泼的天性也就显露出来。

青云心情好了就常到街外面走走。这阵子街上到处都是人，街边巷口小摊前，三五一伙儿七八一群，议论的全是眼下的战事，有说日本人厉害的，有说中央军厉害的，也有说红军厉害的，说红军个个都是神兵，飞檐走壁，打起枪来百发百中。街上人多了生意也火，生意火了就分外热闹，青云到现在自然觉不出打仗有什么不好。

第二天，青云见好多人都朝文庙的方向拥。她以为有啥好看的，一去才知，原来文庙的大操场黑压压地挤满了人。操场中间是部队士兵们扛着枪排成整齐的方阵队伍，队伍中有穿黄衣服的，有穿灰衣服的，有戴钢盔的，有戴布帽的。青云也分不清哪是中央军，哪是晋绥军。周围拥着老百姓，有人手中拿着小旗，有人手里扬着传单，青云活了十八岁从没见过今天这么多人，兴奋得脸都红了。

文庙大操场的最前边搭起一个大戏台，戏台很高，上边飘着五色彩带，台上坐着一排人，有穿军服戴大盖儿帽的，有穿中山装的，也有穿长袍马褂的。周围的老百姓指指点点，说部队的司令官、忻县县长、商会会长、中学和小学的校长都在。青云一个也不认得，上边的人开始轮着讲话，讲完了还有军队代表、学生代表、工商界的代表讲。

青云在文庙大操场站了足足两个时辰，她认真地听着每一位代表的讲话，有的代表含着热泪讲述，说外国人曾经怎样侮辱中国人，大红鼻子怎样殴打中国人，外国人的大门上挂着牌子，把中国人比做狗。一直讲到现在，她才知道"国家已到了生死存亡的最后的关头，大片国土沦入敌手，千千万万的同胞正在遭受日寇铁蹄的蹂躏"。会场上不时有人挥着小旗高呼口号：

"打倒日本！收复河山！"

"誓死不做亡国奴!"

"头可断,血可流,志不可辱!"

周围的人都跟着喊,青云便也跟着喊。她的眼里闪动着泪光,浑身热血沸腾。

中午回了家,青云在饭桌上把自己听到的跟爹和姨娘复述了一遍。搁下饭碗,又到文庙大操场去了,这几日不断有队伍开来,天天都有大会。

下午的会场更是激动人心,有个教师讲日本人侵犯东北犯下的罪行,好多人都哭了,青云自然也哭了。散会后,县长宣布成立"抗日决死队"。好多青壮年都当场报了名,大戏台上摆着一捆捆的长枪,青年人一报名,就能领到一支枪。会场上的气氛空前高涨。青云只恨自己是个女的,要不然她也会报名,到前线打日本去。

4

火车一开,小诸葛孔三捅捅身边坐着的郭二东,俩人便哈哈大笑,大伙儿便瞅瞅钱晋生,都哄堂大笑起来。

从石家庄出发的火车刚一启动,郭二东就说:"你们仔细听着,火车一过娘子关,声音就变成了'老西!喝醋喝醋喝醋……'大伙就跟着乱笑一通,原以为郭二东胡说八道,没想到进了山西后,小火车开得慢,时不时还得爬坡,呼哧劲儿就大。见郭二东笑,一琢磨还真是这么回事,便再也忍俊不禁。再看看钱晋生那张脸,更笑得不可收拾。这当然不包括大鼻子刘杰柱,他是班长,大小是个领兵的,这种场合不起哄。

钱晋生靠着车帮半仰着,这是一节拉货的闷罐车,没座位,刚进来时黑咕隆咚的。一尺见方的小窗子在钱晋生对面,有整块的阳光从他的脸上移过,把他那张瘦脸映得愈发苍白。

钱晋生是一班唯一的一名山西兵,所以人们讽刺老西儿就把目光往他脸上移。法不责众,钱晋生心里干气就是没治,那张脸就变得古古怪怪,说不上是什么表情。

　　后来大家说笑够了就枕着膝盖打盹儿,小诸葛孔三手里又捧着那本没头没尾旧得发黄的破书,挺专心地看。由于光线太暗,他的脸几乎贴在书上。车厢里很宁静,有了火车单调的咣叽声就更显得宁静。

　　这时候钱晋生的脑子里又生出了开小差儿的念头。他认为自己刚才受到了莫大的侮辱,这足以说明他在大家心目中没什么地位,得不到尊重。既然他得不到尊重就不可能提班长,提不了班长就谈不上提排长,提不了官还当个什么兵,干脆当逃兵算了。

　　车厢里很闷,充满了浓厚的尿臊味和汗臭味,一股又一股直往鼻腔冲,越没事干越觉得冲。钱晋生站起来到对面去,踮着脚尖儿扒着小窗朝外看,视野里出现了一道道黄土沟地带,是那种沉沉浊浊的黄。有高低错落零零星星的庄稼地,也被一层厚密的黄土尘埃覆盖着,看不出一点儿生气。

　　这让钱晋生感到亲切。冀中大平原再辽阔再明朗也不是他的家。他喜欢站在这黄土崖头上朝远处瞭,瞭一瞭心里才真正觉得宽敞。

　　多年前他在村口的崖头上瞭瞭的时候,就瞭见了钱二疤。钱二疤用一根棍子挑着蓝布包裹,低着头在那条弯弯曲曲的土道上走着,步子迈得挺大,一看就像出远门的样子。

　　钱晋生急匆匆地跑下崖,紧走几步撵上钱二疤。

　　"二疤哥,你上哪去?"

　　"……"

　　"二疤哥,你说啥?"

　　"……"

"你到底说啥,没听见。"

"俺说×你娘!这回听见了吧。"

钱晋生愣住了,站下身子目送着钱二疤远去。那是一个干旱的夏季,太阳很毒,钱二疤的一双大脚板将道上尘土溅得飞飞扬扬,很快就看不见他的背影了。

本来这算不了什么,实实在在不算什么,只是因了某种独特的原因,钱二疤出村时大脚板扬起的尘土就一直在钱晋生的脑子里浮着,抹也抹不掉。

那天钱晋生回村后才明白钱二疤为什么要骂娘:钱二疤当了绿头乌龟。

"啥叫绿头乌龟?"他问村里人。

"就是他老婆养了汉。"

"啥叫养汉?"

"快滚吧,回家问你娘去。"

那时钱晋生十四五岁,真不明白。不过事情的经过倒是听得很清楚。那天前响钱二疤正在地里干活儿,有几个人大老远气喘火燎地跑过来:

"二疤哥,俺疤嫂正跟男人睡觉哩!"

"放你娘屁。"二疤说,接着干他的活儿。

二疤嫂是村里有名的俊媳妇,女人长得标致就容易让男人动心思。见天有人跟二疤耍笑,说把疤嫂借俺用一夜。二疤以为又是闹着玩。

"二疤哥,真的,钱财主家的二心进了你家门,门都顶死了,俺们跳进院隔窗缝儿瞭见的。"

二疤撅起屁股往家跑。翻过土墙跳进院,将两扇门打得叭叭响。好半天老婆才开门,头发蓬乱,扣子还系错一个。二疤一个箭步冲进屋去,掀开被子,二心没顾上系裤子,两个屁股蛋子还露着。二疤抡起拳头就是一顿好打。二心跑了以后,二疤又揪住老婆头发拖倒在地,嘴里骂着婆娘,拳脚结结实实地往女人身上招呼,外面聚了半院人看热闹,也没人进来拉。

正当二疤打得十分兴致的时候,二心带着自家两三个护院家丁冲进来。这一回又是家丁将二疤拖倒在地,两个压着二疤的头和脚,一个握着湿荆条拧成的短鞭,冲着二疤的屁股狠狠揍了三五十下,打得二疤屎尿流了一裤裆。家丁说:"好臭。"这才走了。

钱二疤这件轰动了全村的事对钱晋生起到了开发智力的积极作用,使他初懂了男女之情。钱晋生开始注意彩花,并且生出了抱抱彩花亲亲彩花的想法。

彩花小时候裤子老是提不起来,前胸和两袖有大块亮亮的鼻涕痂,动不动就哭。村东头的男娃娃们老是欺负她。那时候钱晋生活得挺好,私塾的周先生看他聪明,免费让他听课。他在下学的路口老是见彩花哭,还见男娃娃们朝她脱裤子,朝她掷土坷垃。他每次见了都呵斥那些男娃娃,有一回还跑上去将一个领头的踢了两脚。

彩花长大后也许还记得小时候的事。见了他总要问:"晋生哥吃啦?"挺热情,倒是他变得唯唯诺诺,不那么爽快。

钱晋生开始注意彩花后就变着法子接近彩花。起先他掏了两只小家雀儿给彩花送去。彩花惊讶得张大了嘴巴,两手捧着小家雀儿惊喜地看。小家雀儿身上还没长全毛,嫩黄嘴岔儿,张着大嘴唧唧叫。彩花家里没男孩,她是头一回捧住家雀儿,就张罗着在盒子里垫上棉花和碎布条儿,又忙着喂水喂米,丢了孩子的大家雀儿不知咋就知道了,在彩花家门前的枣树上喳喳喳可着劲地叫。

"怪可怜的。"彩花说,就把小家雀儿放到院子里。大家雀儿围着小家雀儿团团转,喳喳直叫就是没办法。后来彩花把盒子摆在窗台上,大家雀儿就飞来飞去喂食,彩花在窗台上撒满了高粱和小米。后来小家雀儿飞走了大家雀儿还是天天来,常常落在彩花肩膀上或手心里,村里都好奇,真日怪,家雀儿还能喂熟哩!

那时候钱晋生总是借口看小家雀儿去看彩花,小家雀儿飞走了他又到河里捞了几条鱼。彩花放在家里的水瓮里养着,他又借着看鱼去看彩花。总之他有的是办法。

钱晋生在小窗口扒累了又回到原来的地方,他将车底板上的稻草往起拢了拢,重新坐下。他又闻到了尿臊味儿和汗臭味儿,又听到了火车咣叽咣叽的声音,又想起了"老西喝醋喝醋",从而也又一次坚定了逃跑的念头。

钱晋生究竟当了几回逃兵他自己也没细数,反正是当一回逃一回。刚开始他心存侥幸,觉得有一天兴许能碰上钱二疤。后来世面见大了,他才知道中国敢情大得很,光部队就有上百万,找二疤就如同大海捞针。他当兵唯一的念头就是想提官,觉得没啥前途就逃,然后长途跋涉随便找支队伍再当。他逃跑没有一回叫抓住过。他有个诀窍,不论兵是叫人家抓的还是自己去的,都要表一番决心,说部队上有吃有喝有穿,他大老远出来就为当兵。所有的人都会对他放松警惕,别人不会想到一个兵瘾如此之大的人会逃。这些年他究竟参加过哪些队伍?说不来。

不过钱晋生这些年的兵算没白当。身体练得挺结实,手榴弹投得远,枪法也练得极准。他读过两年私塾,算有文化,说不定哪天就等来了升官的机会。

5

有一年钱二疤回家来了。村里人大呼小叫,南街北巷到处都是急促的脚步声。据说是钱二疤带了整连的兵将钱财主家的大院围了个水泄不通。钱晋生赶到钱财主家大院时兵已经撤了。据说是奔了村东口。

村东口有棵老槐树,究竟有多老谁也说不清。逢了村里有什么大事,长老们就在这棵树下召集人。这是一个即将日落的傍晚,西山顶上的太阳把天上的云彩照得火似的红。二疤婆姨、二心还有二心的爹娘兄嫂十几口人都被五花大绑捆着,在树前跪了一长溜,当年殴打钱二疤的三个家丁跪在最前面,周围站满了整排的端着长枪的士兵。

钱二疤骑着一匹雪白的高头大马,戴着大盖儿帽穿着新军服,衣扣儿、皮带、长靴到处都熠熠放光,人也显得威武多了。

"把这对狗男女给老子吊起来!"

钱二疤一声令下,过去四个士兵,将长绳往树杈上一甩,咻溜一声便将二心和二疤婆姨吊到半空中。钱二疤用手里的马鞭指着那三个家丁:

"当年你等狗仗人势,心狠手辣,老天长眼,老子今儿个报答你们来了。来呀,给我乱棍打死!"

士兵们不知从谁家拿来两柄镢头,大头朝前,一顿横敲猛砸,只听一阵哭爹喊妈的惨叫,不消一刻,三个家丁便被打得筋断骨折,脑浆迸裂。

钱二疤又用马鞭指着钱二心:

"钱二心你个狗娘养的,当年你给老子戴绿帽子,老子今儿就给你戴顶红帽子,给我狠狠打!"

这一回士兵拿上来的是一条长鞭,伸到水桶里蘸湿了,也不知这东西是什么做的,一鞭抽下来就将钱二心的衣襟拽下了一大块,跟着鞭梢儿就全部集中在钱二心的头顶上。钱二心一边尖声惨叫,一边喊:

"二疤哥,二疤爷爷,你饶了俺吧,俺再也不敢了。"

"老子好好的日子叫你搅黄了,我饶你天不饶!"二疤恶狠狠地说。

鞭子把二心的头发连头皮都扯了下来,二心的脑袋说啥也看不成脑袋了,变成了血红的肉葫芦。胆子小的人们扭过头去不敢再看。二心也早被打得昏死过去。兵们又将一桶水用力泼在二心头上,二心头上的血水淋得满地都是。

钱二疤从马上下来,朝前走了两步,又指着自己的婆姨破口大骂:

"你这个臭婆姨,老子哪点儿对不住你,天生的婊子,你还有什么话说。"

二疤婆姨在树上吊着时间长了,满脸都是汗,强撑着说:

"当家的,你走了俺也思前想后琢磨过,都怨俺初时心意不定,叫他软磨硬缠绊住了,可惜人不能活第二回,俺后悔也晚了。当家的随你怎么处置,俺都没说的。"

钱二疤听了这话火气就不像刚才大了,放慢了语气说:

"这还叫个人话,凭你这几句话,免了你皮肉之苦。来呀,执行!"

当兵的扛过一挺机枪,架在地上,"突突突……"一阵猛射,把二疤婆姨和二心浑身打得跟马蜂窝似的。二心娘扑通一声栽倒在地,昏死过去了。二心爹也吓得打开了摆子,就像二疤当年似的屎尿流了一裤裆。他一边叩头一边颤声说:

"看在俺一把年纪的分上,饶了俺吧,饶了俺的家人吧!"

钱二疤又朝前走了两步,十分宽容地说:

"你身为人父,虽有养子不教之过,可也罪不至死,给你个小小的惩戒也就算了。"说罢朝围观的众人一抱拳:"各位父老,今后有什么事用得着钱某,打个招呼,我一定尽力而为。"

钱晋生一眼不眨地看着钱二疤回村演出的这场复仇剧,直到钱二疤翻身上马带着队伍扬长而去。此后的一段时间特别是他当兵以后,每当回顾这一幕时他都感到无比激动。

钱晋生第一次抱彩花亲彩花就是在这之后不久。有一天他跑去找彩花,说他掏到一窝小松鼠。

"在哪儿,快叫俺看看!"彩花果然一脸惊喜的样子,急不可待地瞧着他。

"林西头树林里,有好几只呢!"

于是他就领着彩花进了小树林,东看看西找找,越走林子越深。

"在哪儿?"

"就在这儿。"

彩花蹲下身,凑近一个树根的洞猫了腰,钱晋生看看前后无人,便扑上去从后面拦腰抱住彩花。彩花的身子抖了一下,在回过头来的时候他就结结实实亲了彩花嘴一下。

彩花恼了,挣脱他的胳膊,扭头就走。

"彩花,彩花。"他跟在彩花身后,不住地唤。

"别叫俺,以后你再不要来,你不是个好东西。"

"谁说俺不是个好东西?"

"你就不是个东西,你干坏事就不是个好东西。"

晚上回了家钱晋生在炕上翻折了一夜,眼都没合。彩花身上的那种撩人的香味儿使他意乱,彩花怒气冲冲的话语又让他心烦。好不容易挨到天亮,便跑去找继哥,继哥是他无话不说的朋友。继哥听完后说,怨你,都怨你。

"干偷鸡摸狗的事人家能不骂你灰人?回去叫你爹备上礼提亲去!"继哥最后说。

晌午吃饭的时候钱晋生就把这事吞吞吐吐地跟爹说了。

"什么,叫俺去跟彩花爹提亲?"爹有点不大相信自己的耳朵。

"嗯爹。"

"呸!"爹将一口唾沫包括一些饭食的残渣吐到地上。

"你把你自个儿当成啥人了?你以为你是财东家少爷?你瞅瞅咱家,破衣烂柜,有一件囫囵东西没有?你再瞅瞅咱吃的这饭,连人家彩花家的狗食都不如。人家那么俊的闺女,多少达官贵人都眼巴巴瞅着哩!就凭你,睡着梦梦就得了!俺见了人家彩花爹还得绕道走哩!"

人穷了火气反而大,爹的这一通连珠炮似的数落挖得钱晋生骨头根子都疼,把他刚刚鼓起来的一点希望泄得一干二净。

这之后钱晋生又过了一段十分痛苦而又孤独的日子,直到他有一天打麦场跟前路过。那时天马上就要黑了,他看见彩花和一个男人从麦垛后边转出来。彩花在前,那个男人在后。他心里咯噔一下,觉得彩花低头走路的样子就跟那次从树林里走出来时一模一样,不过不如那一回走得快。那个男人在后边紧跟着,好像还有什么话要说。

钱晋生看得清清楚楚,那个男人是钱三冬。

此后钱晋生便十分坚定地认为钱三冬霸占了他的老婆。他对钱三冬和彩花在麦垛后面的情景做了至少几十种设想,每次都有万箭穿心的感觉。于是他便想起了钱二疤在那个干旱的夏季出走的情景。他觉得钱二疤的两只大脚拍在黄尘土道上十分气派,充满了天地间的一种豪壮之气。他决定去找二疤哥,有朝一日也能骑着高头大马回来,把钱三冬吊在树上用机枪打成马蜂窝。于是他一次又一次地想象着那个情景。不过他可没把彩花算在内,彩花毕竟是个女孩子,很可能会哭,到时候他就会把彩花抱在怀里,给她擦眼泪,然后娶她做婆姨。

钱晋生同样用棍子挑了包袱,沿着当年钱二疤出村的路朝村外走。这个夏季同样显得十分干燥,不过并没有一个半大男孩儿从光秃的崖头朝他跑来……

6

　　本来胡文庆老爷打算带着青云跟月娥一起回南怀化接青云娘的。最初月娥表示要一个人去,说啥也要将姐姐说动。可胡文庆老爷知道自己大老婆的脾气,这人一旦绷住哪根筋,恐怕是九头牛也拉不转。再说,青云娘对月娥并不一定有好感,她又怕月娥一个人去了,非但劝不了青云娘,反而热脸贴个凉屁股,碰上一鼻子灰,逃反不成,倒弄得一家人都不痛快。他想有他和青云就好说话,再不行就是抬也要把她抬来。

　　事情一加上胡文庆老爷,就变得复杂起来了。这几天胡老爷的身子说啥也腾不干净,自己要走了,这忻州还不知守住守不住,哪个店该关,哪个店不该关,留哪位人守摊子合适,哪些货可以让出去,哪些货可以转运走,哪些货留下,还有百十家"相与"(即有业务关系的商户)彼此也该清算一下,货货相抵,多退少补。杂七杂八的事等了结了,十来天也就过去了。

　　说起来也是胡文庆老爷有些大意。本来他是打算马上就走的,可人在忻州城里,就有了一种"当局者迷"的味道。忻州街上接连不断有军队过,整师整团地往上开。胡文庆老爷心想,咱有这么多队伍,哪能一下子就输了?心里踏实了,事情就办得稍嫌琐碎。

　　这天下午胡文庆老爷和女儿青云来到斜对面卫立煌指挥所,对守门的卫兵说:"麻烦你通传卫将军一声,就说住在街对面的商民胡文庆特来拜访。"

　　卫兵走了不大一会儿,回来说:

　　"进去吧,卫总指挥等您呢!"

　　卫立煌在屋外的台阶下站着,见了胡文庆,十分热情地抱拳行了个百姓礼，又一眼看到了身后跟着的青云：

"欢迎，欢迎！噢，这位小姐原来是令千金……"

"正是小女，青云，见过卫将军。"

"晚辈青云见过卫将军，卫将军辛苦了！"青云上前给卫将军行了个礼。

"胡先生真好福气呀，有这么个聪明伶俐的女儿。"

"乡下孩子，不懂事。"胡文庆老爷十分谦逊地说，又与卫立煌礼让一番，才进了屋。

胡文庆老爷和青云对卫立煌来说都不算生人了。卫立煌的指挥部刚刚搬到顺城街这座宅院的时候，战局未开，忙虽忙但却是另一种忙法。他在街口门前总能遇上青云或胡文庆。他虽然不认识他们可人家都认识他，见了都先招呼，道一声辛苦。他从胡文庆的穿着打扮上，便看出这不是位普通人。有一天他在胡文庆向他招呼的时候就站住闲聊了几句，知道他姓胡，就在斜对面住着，在忻州也算是稍有名气的富商。

胡文庆老爷受到卫立煌的热情接待，立时感觉还真有点过意不去。他坐在椅子上，咳嗽了一声，说：

"卫将军身负党国重任，日理万机，我看还是开门见山地说。说起来惭愧，我打算明天启程，携家去运城了。你们为了国家冲锋陷阵，而我等却苟且偷生，相比之下，实在令人汗颜。"

卫立煌马上摆摆手，笑着说：

"胡先生言重了。我在多种场合说过，希望乡亲父老有亲的投亲，有友的靠友，这样可以减少不必要的伤亡。我们军人的职责最终还是为了守护自己的兄弟姐妹嘛！"

胡文庆老爷笑笑："我老了，不中用了，今天带了一份薄礼，也算我这个平头百姓对抗日尽的一点心力。"

青云将手里的一个包裹放在桌案上,打开,里面是红纸裹着的大洋,五十块一棒,一共十棒。

"本来我已随商会给咱军队捐了一点钱,这两天一想,国破何以有家,还想再尽一份心。这点钱,还有门外的几箱货物,恳请卫将军笑纳。"

卫立煌朝门外一看,几个小伙计和士兵正从大车上往下卸货,箱口上贴着红纸封条,也不知是什么东西,足足有十几大箱。

卫立煌深受感动,再次抱了抱拳:

"我代表前线将士谢谢先生了。真想不到,忻州的父老乡亲抗日热情这么高,这么有觉悟。"

"按理我应该把东西送到商会去的。也怪我腿懒,图省事,就近送来了。卫将军心系国家安危,为这点小事打搅您,真觉得过意不去。"胡文庆老爷起身告辞,在屋门口,胡文庆老爷拦住卫立煌,说啥也不让卫将军送了。

出了指挥部的大门,青云说:"爹,俺还想上街转转,到文庙看看,那儿可红火呢!"

胡文庆老爷说:"快回家吧,收拾收拾明天还动身呢,这两天可把你转疯了,日本人的飞机说来就来,到处扔炸弹,爹怕你出事。"

青云说:"爹,瞧您说的,日本人的炸弹哪有那么准,正好能扔到您闺女头上?您放心吧,俺一会儿就回,啊?"

"这孩子。"胡文庆老爷背着手,自管自回家去了。

青云在街口买了一支棍棍儿糖,含在嘴里,又称了几斤核桃,用刚才包钱的那个包袱皮包了,挎在胳膊上朝文庙的方向走。她这些核桃是准备送给上前线打仗的士兵的。青云看到每次动员大会开完后,队伍朝北走,道两边的乡亲们都手里提着篮子什么的,里面有盛着红枣的,有盛鸡蛋的,也有盛苹果梨的,用手抓着往士兵们口袋里塞,那场面特别感动人。

尤其是看见有些老太太,穿着补丁摞补丁的衣服,穿成那样了还舍得从家往外拿东西。她也应该这么做。

青云赶到文庙大操场上的时候,大会正进行到了高潮,人们举着拳头或小旗呼口号,每喊一句,操场上就有无数的胳膊伸起来,就像生出一大片茂密的林子。她挤进人堆儿里,引颈翘首朝前观望,想看看下一个由谁来讲话,她特别爱听台上的人讲话,他们说的都是她这辈子从未听到过的新鲜事。

就在这时,天空又响起了嗡嗡的怪叫,眨眼间,三架日本飞机出现在顶空,好像天空被什么东西撕裂了,声音尖厉刺耳。戏台上的扬着胳膊张大嘴喊着什么,声音被刺耳的飞机声音压住了,根本听不见。操场中的军队开始蠕动,周围的老百姓四散奔逃。有炸弹在什么地方爆炸,轰轰轰轰的声音分外沉重。青云被挟裹在人群里,左突右撞,身不由己,她的一只鞋子被人踩掉了,肘上挎着的包袱也散了,她在炸弹爆炸的间隙里还清晰地听到自己包袱里的核桃啪啪落地的坚硬的声响。

此时,青云感到,她自身所处的正是一个灾难的漩涡。

然而当时,她根本不知道,这个灾难的漩涡并不在她置身的文庙大操场,而是在自己家里。

对于青云来说,日本人可真够毒的,日本飞机的炸弹扔得可真够准的,那颗炸弹不偏不倚,正好落在胡家二进院正房第二间的屋顶上,将房顶炸塌了。

而且,她爹、她姨娘,还有她那个没学会说话的弟弟,偏偏就在这间屋子里。

爹、姨娘,还有小弟弟的尸身停在当院里,头上蒙了被子,青云伏在爹的身上放声痛哭。指挥部的士兵们正在清理瓦砾下的东西,卫立煌将军也在,胡老爷店铺里的黄掌柜、王掌柜也在。黄掌柜见青云哭得死去活来,就上去扶起她。青云偎在黄掌柜怀里,依然痛哭不止。

卫立煌将军默默地伫立着,刚刚才把五百块大洋交到他手里的胡文庆,不到一盏茶的工夫就离开了人世。他无法表达自己沉痛的心情,也找不出适当的话来安慰青云。他唯一能做的只是在青云要掀开被子看一眼爹的时候,才去劝道:

"青云,别看了,都不成样子了,你看了会害怕的。"

青云的手提着被角,抬起头看着卫将军,说:

"他成啥样都是俺爹,俺不怕!"

7

南怀化位于四十里金山北端的一道深沟里,北面云中河,东距公路七八里。当初,包括青云娘在内的许多村民都认为,这个掩藏在沟谷中的偏僻村庄肯定是个逃避战祸的安全所在,大多数人对玉川哥哥玉山等人逃跑置之一笑。外面一些村子的人没有远方亲友的,也都来到这里投亲靠友。因此南怀化反倒比平时多出了许多人。老百姓们哪里知道,因为从这条沟往上冲是占领忻口中央地区高地的最理想的途径,南怀化就成了一处兵家必争之地。

直到战火蔓延到了村边,村人们才幡然猛醒。

这天上午,玉川将青云家的大门推开一条缝儿,伸进手来,摘下了扣在门环上的链钩。他直奔正房,将门敲得啪啪乱响:

"婶子,在屋里做啥哩?快逃哇!没听见村北打得正紧么?"

此刻青云娘还在被窝里躺着。青云娘有早起的习惯,平日里早就起来屋里屋外地忙乎开了。青云娘人虽老了可耳朵不聋,村北的枪声噼里啪啦打得爆玉米颗子一般,"砍呀杀呀"的叫喊声一阵紧似一阵,还有大炮声,亦是不歇不住地响,将窗棂都震得嗡嗡乱颤,顶幔上簌簌地直往下掉土,即使聋子都得叫再震聋一回,别说青云娘了。

即使青云娘起来也无事可做,仗都打成这样儿了,心提在喉咙口上,哪还有心思干家务。倒不如索性在被窝里躺着,用被蒙住头,外面的响动声还小一些。因此玉川敲门时青云娘最初没听见。

门开了,玉川见青云娘头发蓬乱,一脸倦容,眼角处还趴着两颗不大不小的眼屎,就跺着脚,十分惶急地说:

"好俺的婶子哩,都什么时候了,还有心思睡觉,快逃哇!俺在外面看见北边有溃兵下来了,再不逃就晚啦!"

"逃？往哪儿逃？"青云娘的表情木木的。

"出了村再说呀,哪儿也比待在家里强。"

"俺一个土埋了半截子的人,日本人又能把俺咋样,莫非他们还要把中国人都杀光？要逃你快逃,别为俺连累了你。"

玉川又攥了攥拳,跺了跺脚:

"婶子您这叫啥话,咱们可是紧邻,俺生在穷家,打小就受您家的接济……不说啦,来,俺背您!"

俩人正在屋里纠缠着,街上就有纷沓的脚步声响起,接着又听到了战马的嘶叫,后来就有人大声喊:

"老乡快藏起来呀！前边顶不住啦!"

用玉川的话说,青云娘真格就像跟上鬼了,命里就逃不脱。青云娘没走两三步,就在台阶上摔了跤。青云娘坐在台阶下,将一只小脚揽在怀里,两手握着,龇牙咧嘴地喊:

"哎哟哟！哎哟哟！"

"看看,俺说背您吧您不让,摔着了不是？来,抓住俺的手。"玉川又伏下身来,掉头望着青云娘。

"不行啦,俺的脚脖子崴啦,你快走哇,哎哟哟!"

"那哪能哩!青云走时把您交代给俺了,她日后回来叫俺咋向她交代。"玉川一着急,也就把实话说出了。

这时候,街外的枪声噼噼啪啪地响得更紧,让人辨不清究竟是哪个方向,整个村子都让密集的枪声覆盖了。玉川紧跑几步,拉开大门朝外一望,又马上掩紧门,蹆了回来,面如土灰:

"好啦,这下可放心啦!日本人已经进村啦。"

玉川将青云娘扶回屋里,上了炕。俩人便再也无话可说,过了一会儿,青云娘一边揉着小脚,一边说:

"你咋说日本人来了?大门外不还在响枪么?"

玉川没好气地说:"是呀,同样是门外响枪,刚才是咱的兵响枪,现在是日本兵响枪。"

又过了一阵子,玉川从炕沿上站起身,拉开屋门朝外走。

"你做啥去?"青云娘在炕上问。

"俺回家把俺火枪取来,万一日本兵冲进来,手头总得有件顶挡的家伙。"

"算了吧,咱一个土头老百姓,拿着枪说不定反倒出事哩!"

"该出事躲也躲不了。"玉川说罢,蹬上南面猪圈的矮墙,翻过墙头。眨眼工夫又从墙上翻过来,手里多了一杆长筒火枪。

密集的枪声由前街延展到后街,最后又出了村,在南山坡上响起来。

玉川出去拉开大门,探出头朝南望了一眼,只见顺着长街横七竖八地倒着好多尸体,有灰军服的,也有黄军服的,还有两个穿土布衣裳的村里人。玉川看见其中的一个很像前街刘家的大儿子卯成,因为尸首脸朝下,不敢肯定,也不知多会儿死的。

玉川缩回身来,在门洞里犹豫了一下,索性一咬牙,将门大敞开,走回来,将正屋的门也大敞了。青云娘很纳闷:"玉川,你要干啥?"玉川不吭声,将从躺柜上抱起一个插鸡毛掸子的青瓷长颈瓶,连鸡毛掸子一起抛向当院,咣的一声,瓷瓶在院地炸碎了。他又从柜上捧起一架和尚头座钟,犹豫了一下,也咣的一声扔到院里。然后他开始四处瞭望,凡是能扔得动的东西,全部抛到院里,外面的扔光了,他又进了厨房,将饸饹床子、空面袋儿、腌酸菜的空坛子等等,一股脑全扔到院里。青云娘看看大敞着的院门和屋门,又见院里被玉川砸得一派狼藉,急得直喊:

"玉川,你这是闹啥哩,日本人还没糟害哩!倒叫你糟害得不成样子了。"

"这就叫空城计。"

下午玉川连铲带锤在青云家的后房墙上凿了一个大洞,前院来了日本鬼子就可以钻到后面去。

青云家的房后是胡敬轩家的大院。胡敬轩是村里私塾的教书先生。胡敬轩这人说起话来之乎者也慢悠悠的,平素清心寡欲不大爱与人来往。玉川打通后墙就钻了过去,胡先生的二儿媳妇秋菊从上房出来,怀里抱着个孩子,一见是他,就说:

"灰鬼玉川,把俺的魂儿都吓出窍了,俺还当日本人来了。"

玉川看见胡先生的女儿燕红在二嫂秋菊的身后站着,玉川发现燕红的那张清秀的鹅蛋脸儿上一点红色都没有,白得就像一张薄纸。玉川相信了秋菊的话。

8

青云是偷偷从黄掌柜那里跑出来的,本来黄掌柜打算领青云回自己的老家躲躲。青云说不,她要回南怀化找娘,爹和二娘惨死之后,她就剩下一个娘了。黄掌柜说不行,他说北面正打得紧,南怀化肯定回不去了。青云当时没再吭气。

青云在离南怀化还有将近二十里地时,日头已经西斜了,漫天涌动着红彤彤的云彩。这时候,大路前方便有了大团大团厚厚的尘埃,成群的百姓从北面下来了,一股过去又一股。他们或推独轮车,或牵小毛驴,或扛铺盖卷,脸上充满着惊悸与慌恐。青云就猜到那面出事了。

"大伯,您是哪村的?是不是日本人打过来了?"青云一把拉住一位老大爷,焦急地问。

"啊呀……不得了哇……啊呀……好怕呀……"老大爷的两眼血红,直勾勾地盯着某个地方,双唇包括下颌都在剧烈地打战,嘴里嘟嘟囔囔地念叨着,看样子是疯了。

青云顿觉一股麻嗖嗖的凉气一直渗透到脚心,她放开老大爷,迎着逃反的人群走了几步,又一把抓住了一个小伙子肩上的扁担:

"大哥,前边咋样啦?您知道俺南怀化咋样啦?"

"去球开!别挡俺的路,你不想活命俺还想哩!谁有工夫跟你扯球淡。"挑担子的小伙子恶狠狠地骂了一句,一掌打开她放在扁担上的手,走了。

最终好人还是有的,一个背包袱的大叔站下了,听青云问,就惶急地说:

"好俺的闺女哩,别人往南逃还来不及哩,你还朝北走。南怀化?听说早就叫日本人炸得不成样子啦!"

青云连个谢字都没说上,拔脚就朝前跑,未出三四里地,人就累得上气不接下气了。

日头滑下了西山,道上的行人也已无踪无影了。前面出现了一辆辆军用卡车,嘀嘀的鸣着喇叭,轰轰隆隆地开过来。大卡车的后马槽里全是伤兵,头上、手上、胳膊上到处都缠着白纱布。后面也有一辆辆大卡车开过来,上面载着整车的弹药,也嘀嘀的鸣着喇叭轰轰隆隆朝前开。车过之后扬起了厚厚的烟尘,在半空中久久飘浮,呛得青云直打喷嚏,好长时间看不清前面的路。

青云实在走不动了,晌午的时候她已经出了城,没吃饭,现在是又饥又渴。她想拦一辆朝北开的汽车。她在路旁,朝大卡车拼命地招手,可汽车开到她跟前,呼的一声就过去了,跟着后边一辆接一辆,这些黄绿色的庞然大物好像没有一点人性,司机楼里的兵板着脸,像一尊泥塑,连看都不看青云一眼,只给青云留下了一片浓烈呛鼻的烟尘。

青云急了,她知道凭自己的两条腿,赶天黑也回不了村子。她必须马上回去,看看娘,她已经失去了爹,更不能没了娘。

南面又来了汽车,这一回不是一溜,而是单独的一辆。青云清楚,要是这次拦不住,恐怕就再也没机会了。这最后的关头为青云平添了一股勇气。她横跨几步,站在了大道中间。

汽车在青云身前四五尺的地方刹住了,青云明显感觉到了车鼻子散发出来的热气。司机从轿子楼里探出脑袋,见是一个满头大汗的姑娘,大声喝道:

"喂!姑娘,到一边儿去,听见没有?"

"大哥,老总,你行行好,把俺捎到南怀化吧,俺娘在家病着哩!"着了急,再老实的人也撒谎。

"躲开躲开!"旁边的一个小军官从轿子楼里跳下来,过来拽住青云的胳膊,使劲往路边拖。

青云两手拉住车鼻子前的铁梁,死也不肯放。嘴里不歇不住地喊着:

"老总行行好,大哥行行好,捎俺一骨截路吧,俺真的走不动了。"

年轻军官放开青云的胳膊,倏的一下,从腰间的皮套里拔出手枪,指着青云的脑袋：

"他妈的,你躲不躲?老子这车是给前线送给养的,前线有十万人在打仗,你阻挡军车就是破坏抗日,再不走开老子崩了你!"

不知到底是因为害怕还是绝望,青云哭了,青云边哭边说：

"老总,俺没想破坏抗日,俺娘现在不知是死是活,俺就是想见见俺娘,你要想崩就崩吧,崩了俺,俺也就歇心了。"

年轻军官见来硬的不行,就换了软的：

"大妹子,不是我们不拉你,实话说吧,南怀化前街后街死了的兵把巷子都填满了,老乡们死的死逃的逃,哪还有活人?该去哪儿去哪儿吧,再说,要是长官知道我们把一个手无寸铁的姑娘拉到前线,保不准大哥我的脑袋也得换地方了。"

"俺说啥也得回去一趟,大哥你行行好吧,好心有好报,俺给你祷告,保佑你平平安安打胜仗……"

"大妹妹,你听俺说……算啦,时候不早了,快上车!"

青云蹬着车轱辘上了后马槽。车里的东西装得满满当当的,前半车是大白菜,后半车是整袋的白面,还有两个大油桶。青云在堆积的面袋上躺下来,汽车开得特别快,耳边听到的只有呼呼的风声。

9

郭玉川扛着一把铁锹在一个夜色淡薄的凌晨出了村。中央军、晋绥军和日本兵就在这一带拉锯。他是瞅了个中央军打过村北的空子溜了出来。郭玉川在青云家设下的"空城计"还真灵,大街上时不时传来哭爹喊妈的惨叫声,洋溢着浓厚的忻州土音,自然是遭残杀的村里人了。端枪的日本兵从街上过,顺敞开的大门朝里望一眼,谁都没打算进,仗打得最猛的那一回有三四个日本兵站在家南院墙上放了几声枪,跳下来又从敞开的大门出去了。郭玉川在把火枪的木把攥出汗的同时,也抽空子闪出一线对自己聪明才智的得意。

郭玉川扛着铁锹上了南山坡,又朝西拐,出了这条沟就是胡家的祖坟了。那片坟场在这深秋时节依然显得郁郁葱葱。村里人都说胡家的坟地好,要不然为啥出了胡老爷这么个腰缠万贯的大人物?

郭玉川找到了坟场上的那棵百年老树,他站在树下,朝西迈五十步,站住,在地上插了根木棍,又朝南走十五步,站住,用铁锹在地上画了一个大方格,为了保险一些,他又将格子往宽扩了半尺多。这才往手心唾了些唾沫,奋力挖起来。

昨夜玉川苦口婆心地劝说青云娘,五明头儿动身,进城找胡老爷和青云去。青云娘说,要走就得把坟场里那瓮子金货取出来,值钱着哩。玉川说就叫它埋着好了,兵荒马乱的带在身上干啥?青云娘说还是把这些金货带到晋南的好,谁知道这回出去能不能活着回来?别叫它死在地里。

玉川对青云娘埋藏着金货深信不疑。胡文庆老爷那么有钱,而青云娘多年来从不露富,日子过得跟普通人家没什么两样,她还能没些私房钱?

玉川从早上一直挖到中午,除了一截沤烂了的木桩和一些砖头瓦块之外,什么都没挖到。他听老人们说瓮子埋在地下年久了自己会"走",莫不是"走"了?他又朝左右乱挖了一气。果然,他挖出了一只小瓮,揭开盖子里面是一只木匣子,看来这只匣子埋在地下没多久,还完好无损,这是一只黑漆描金匣,上边别一把黄铜锁,掂一掂,没多大分量……

日本人对南怀化大规模的屠杀,就是从农历的九月十一傍晚开始的。屠杀由村北向村南延伸,青云娘在家里,坐在炕头上,对外面发生的事一无所知。直到这天上午,才有一伙日本兵闯进了她家的院子,青云娘在窗子上望见了,就从玉川挖开的墙洞里钻过去,来到胡敬轩家的大院。这时候胡敬轩正在屋门前的台阶上站着,他家的大门也被日本人砸得咚咚响……

日本兵单单在胡敬轩的家里就搜出了十几口人,除了胡先生之外,还有大儿媳仙仙、二儿子根生、二儿媳秋菊、女儿燕红、大孙女小芳、孙子小胖(他还在秋菊的怀中吃奶),另外还有一对年轻夫妻和一个老太太,大概是胡家的什么亲戚,再剩下就是刚从后房墙下钻过来的青云娘了。

日本兵叽里呱啦地大喊着,手里端着明晃晃的刺刀,青云娘崴了脚,一拐一拐地走不快,日本兵就朝青云娘的屁股上捅了一刺刀,青云娘就走得快了,她没觉出屁股怎么疼,倒是觉得有糊状的东西顺着大腿往下流,黏黏的很不舒服。

前面有几家大宅院冒起了滚滚浓烟,青云娘听到了大火燃烧的轰轰声响,她看见有两个日本兵从赵家的大门里面出来,每人提着赵家孙女的一条腿,头朝下在地上拖着,赵家媳妇披头散发,从门里撵出来,浑身赤裸裸的一丝不挂。赵家媳妇的脊背和肥肥的屁股上有炕席烙下的紫红色的花纹,日本人把她糟蹋够了就拿她的孩子开心。

宋家大门口的日本兵正用机枪朝院里扫,青云娘路过的时候看见宋家的房子也着火了,屋里哭爹喊妈一片凄惨叫声,有人浑身燃烧着大火跑出来,就被外面的机枪扫倒了,院子里到处都是着火的尸体。

村北的空场里聚着大批荷枪实弹的日本兵,场子西面有一棵两搂粗的大槐树,有十几个老汉已被剥了衣服绑在大树上,胡敬轩先生也叫两个扑上来的日本兵几把撕下衣服,绑在大树上;场子的西北角上有几十个村里精壮的男人,都用粗铁丝拧在脚踝骨上,胡敬轩的二儿子自然也不能例外。

年轻的女人们被日本人围在场子中间,开始剥身上的衣服。他们剥女人的衣服很利索，一个用手揪住女人的头发，另一个用刺刀在背上和腿上狠狠划几下，两把就扯光了。女人们白亮的身子上有几条刺刀留下的血痕。胡敬轩的二儿媳秋菊、女儿燕红的衣服也叫剥光了，还有胡敬轩的孙女小芳，她还是个十三四岁的孩子。

日本人往开割秋菊的衣服时，秋菊的怀里还紧抱着她那不满周岁的孩子。日本兵嫌她怀里的孩子碍事，一把夺过来抛向空中，孩子摔在地上，还哇哇地哭，另一个日本兵上去又补了一刺刀。然后他们就开始脱裤子，扑上去将赤裸着的女人一个个按倒在地上，揪住头发，分开双腿，大肆奸淫。绑在大树上的胡敬轩见自己的小孙女也被三四个日本兵按在地上强奸，孙女稚嫩尖厉的哭叫声撕肝裂胆，胡敬轩开始哭骂道：

"你们这些禽兽不如的东西，她还是个孩子呀！丧尽天良呀！丧尽天良呀！"

眼睁睁看着自己的妻子妹妹任野兽们糟蹋，胡敬轩的二儿子也破口大骂：

"畜生，老子变成鬼也饶不了你们……"

胡家父子开了头，大树下绑着的老年人和被铁丝拴着脚踝的青壮男人都开始破口大骂：

"×你娘，×你日本人十八代祖宗！"

"你们这些挨千刀的日本鬼……"

一个满脸横肉的大个子军官走到胡敬轩跟前，拔出洋刀，在胡敬轩的腹部豁开一个大口子，胡敬轩腹中血花花的肠子便流了出来，拖在地上。日本军官将肠子斩断，挑在刺刀上。胡敬轩嘴里依然在骂：

"丧尽天良呀！丧尽天良呀……"

场子西北的日本兵提着两桶汽油，朝着男人们的头上脸上身上一阵乱泼，然后划了一根洋火，只听轰的一声响，男人们身上起了大火。因为脚踝被铁丝拧在一处,他们谁也逃不脱,只能胡乱滚成一团,发出一片惊天动地的惨叫声,将这边女人的哭喊淹没了。

大树下的人都被洋刀豁了肚子,西北角的男人也都烧死了,浓烟弥漫的场子上散发着一股股焦糊的令人作呕的臭气。场子中间的女人们也都精疲力竭了,不再哭叫,也不再挣扎,任由那些嘻嘻哈哈、嗷嗷乱叫的日本兵糟蹋。

日本兵发泄过了兽欲,又开始了新的花招招。有个日本兵用力吸吮秋菊的奶,最后索性用刺刀将乳房割开,看看里面流出来的到底是什么。日本兵将燕红轮奸够了,就把一根锄地用的木棍插进她的阴部。小芳的阴部则被日本兵用刀子剜了下来。被残酷施暴的女人们又开始了最后的挣扎,惨叫着满场子打滚,浑身到处是土,都辨不出人形。日本兵又从裆里掏出家伙,朝这些人的头上尿尿。

场子上就剩下了青云娘等二十几个半大老婆子。日本人自然对她们没多大兴趣。有个日本兵用刺刀比着来春娘,叫她脱了裤子,又叫她解开小脚的裹脚布,还用刺刀将来春娘脚掌的深沟往开撬了撬,最后又用刺刀尖在来春娘的脊背上划着,逼着来春娘朝前跑。来春娘没了裹脚布,站不稳,跟跟跄跄,又怕叫背后的刺刀捅着,逗得日本兵们哈哈大笑。于是所有的日本兵都争相效仿。

青云娘身边的日本兵也逼着青云娘脱裤子,解裹脚布。青云娘在地上坐着,她是在日本人点火烧活人的时候一屁股坐在地上的,裤子也不知什么时候尿湿了。青云娘两手提着怀里的腰带不想脱,日本兵就在她的前胸捅了一刺刀,日本兵用刺刀捅她时她看见不想脱裤子的秀秀娘被日本兵跺下了双脚……

10

青云在临近村口就意识到刚才押车的小军官说的全是实话,她料定自己家里一定出事了,放眼望去整个村被一片浓厚的烟尘笼罩着,什么都看不清。她走进村子时,街边巷道到处摆放着成堆的死尸,有中央军、晋绥军的,有日本兵的,还有好多村里的男人女人和孩子。青云拔腿就往家跑,她一路上被脚下的死尸拌了好几跤,膝盖碰得流了血都浑然不觉。

"娘,娘!玉川哥……"

青云站在空旷的院落里喊着,没人应,街上到处是倒塌的房屋,除了废墟中残火的噼剥声外,整个村子一片死寂。青云沿街叫喊着,一个院落挨一个院落地寻找。青云看见了街上躺着的赵家媳妇,也看到了宋家大院里被机枪扫了的妇女,唯独就是找不到娘,可她还是在那些死尸中不停地翻找。

青云在村外的场子上看到那些赤身裸体、惨死的人的形状十分恐怖。大槐树下躺着成堆的被掏空了肠肚的人。场子只有四五个活人,正抱着自己亲人的尸首放声嚎哭。

青云看见了郭玉川。

郭玉川已经在青云娘的身边嚎哭了好大一阵工夫。他的心情很复杂,因此哭得回肠荡气。刚刚死去的人魂是离不开躯体的,只有靠了活人的哭声才能送上天去,郭玉川想起平日里婶子待自己的种种好处,想起自己没有尽到责任,愧对青云,又想起婶子死后的惨状,不由得悲痛欲绝,直到他看见不远处站着青云,这才止住哭声。

玉川刚才在场边捡了一套衣服,衣服上带着好多血,也不知是谁的,他已经把衣服给青云娘穿上了,还为她拢了拢杂乱的头发。此时青云就在十几步开外的地方站着,双手勾在一处,两眼发直,一动不动。

"青云。"玉川走过去,抹了一把眼泪。

"嗯。"

"你娘她死了。"

"嗯。"

"青云俺对不住你,俺没保护好婶子,俺该死。"

"……"

"青云你咋啦,你倒是说话呀,你打俺骂俺都行,千万别这样!"

"嗯。"

青云整个都傻了,她实在承受不了如此巨大的打击。她没有朝娘跟前走,也没有哭,只是两眼直勾勾地望着某个地方。

郭玉川背起了青云娘,又过去拉住青云的手,沿着大街出了村,上了南坡,朝胡家的坟场走去。青云娘死了,身子好像突然瘦小了许多,驮在背上就像个半大孩子,一点分量也没有。玉川在临近坟场的时候忽然打了一个冷战,他记起了自己挖开的那个大坑。

玉川将青云娘的尸首摆在坑里,叫坑边站着的青云说:

"青云。"

"嗯。"

"咱把你娘的尸身先埋了,等日本人走了,咱再厚葬她老人家行不?"

"嗯。"

玉川知道自己此刻说什么都是白搭,反正青云无论说什么都是"嗯",要么就闷声不吭。他纵身跃上坑,到树丛里找回一些枝子来,盖在青云娘身上,然后抡起锹往坑里填土,不大一会儿工夫,坟地便隆起了一个虚虚的新坟包。

"青云。"

"嗯。"

"婶子已经死了,再咋也活不转,你千万要想开些,啊?"

"嗯。"

"走吧,咱们进城找你爹去。"玉川说着,拉起青云的手朝前走。青云就任由他拉着,闷不作声地跟着走。

天色已经完全黑下来,蓝汪汪的夜空上点缀着稀稀落落的泪莹莹的星星,一阵阵的风吹来,在明亮的月光下打着旋儿,让人觉得冷气森森。老人们说旋风就是鬼魂,也不知真假,总之它们一直跟着青云。

玉川把青云领上了大路。走上大路的青云突然甩脱玉川的手,不走了,站在路中间发呆。玉川问青云你为什么不走了?不是说好了进城找你爹的么?青云你说话呀,不管啥话你好坏都说上一句,你可别吓着俺。

"俺要当兵,杀日本人!"

青云说。

11

傍晚时五连连长秦福臻从阵地左后侧走过来,朝班长刘杰柱喊:

"刘杰柱,你要兵不要?"

大鼻子刘杰柱像蝎子蜇了似的从地上跳起来,古板的脸上居然有了几分生动的颜色:

"要,要,怎么不要?增援部队这么快就上来了?"

秦福臻等刘杰柱拍着屁股上的土走到跟前,接着他刚才的话茬说:

"哪来的增援部队,这是特别照顾你们一班的,别人想要还没有呢!"

刘杰柱咧嘴笑了:

"人呢?"

秦福臻侧身闪开一步，刘杰柱发现连长身后十几步远的地方，站着两个青年人，一大一小，高的穿一身黑，一条斜挽大裆裤，对襟儿大棉袄也在怀里挽着，腰上系一根拇指粗的麻绳，肩上扛着一杆长筒猎枪。人生得腰粗手大，国字脸，卧蚕眉，整个儿一个粗实愣壮。另一个就不同了，一件蓝粗布褂子又肥又大，下襟儿遮了半条大腿，脸上细皮儿嫩肉的，戴一顶棕色旧毡帽儿，看起来像个半大孩子。

刘杰柱脸上的笑凝固了，比哭还难看：

"连长，您开玩笑了？"

"谁有工夫跟你开玩笑。"秦福臻说着，将手里的字条塞到刘杰柱手里。

这是一张二指宽的纸条，是刘师长写给二营营长耿景荣的：

　　景荣营长，这是两位有志抗日的忻州青年，请接纳他们，给他们一个杀敌报国、报仇雪恨的机会。

刘家麒

（下面又有一行小字）

　　秦连长，将这两位青年安排在你连阵地上。耿景荣。

秦福臻等刘杰柱看过字条，没再容他说话，便朝后一招手："过来！"

两个年轻人走了过来，戴毡帽的小个儿给刘杰柱鞠了一躬，系麻绳的大个儿瞧一瞧，也跟着鞠了一躬。

"见过你们班长。"

"是，班长。"小个儿说，又给刘杰柱鞠了一躬，大个儿也赶忙跟着鞠了一躬。

刘杰柱连连摆手，忙不迭地说：

"连长，连长，这老百姓哪能打日本人？能不能再商量商量……"

"可以，等打完仗，咱再坐下来好好商量他个十天八天的。"秦福臻不无讥讽地甩下一句话，掉转身走了。

郭玉川听了刘杰柱刚才的话，很不服气，红着脸争辩道：

"谁说俺不能打日本鬼子，沟里的兔子跑得快不快！照样一打一个准儿！"说着卸下肩上的枪，握在手里晃了晃。

连长也走了，刘杰柱就懒得说话了，回身朝掩体工事走，郭玉川和胡青云就在后面跟着。

一班的弟兄们对郭玉川和胡青云的到来都持着一种欢迎态度，他们十分高兴地围上去，不住地问这问那。

"俺真的不骗你们，俺真的一枪一个准儿，不信咱现在试试？"

其余人说算啦算啦！不用试，等鬼子一冲锋就知道啦，你呢？问你呢，青云，你怎么样，会不会打枪？

"……不会，可俺能学，俺保证能学会。"

郭二东朝阵地后面走去，回来的时候一手提着一杆枪。这是一班阵亡的士兵留下来的，其中一支是二广前的。郭二东将一支枪递给青云，拉着青云的衣袖说：

"走，我教你！一会儿就学会了。"

郭二东走了几步，这才想起手里还有一支。"喂，接着，你学不学？"一扬手抛了过来。看郭玉川接住了，也没等他应声，就和青云趴到前沿的土垒上，两人肩并肩头挨头，练开了。

"有啥不会的，不管啥枪，不都是装弹、瞄准儿、扣扳机，莫非还能倒着来……"郭玉川嘴里嘟嘟囔囔的，看样子很不高兴。

阵地上的白天最难熬，空中不断有敌人的飞机扫射、投弹，地上的炮兵每隔一段时间都会集中火力以排炮向我阵地猛轰,敌人的机枪不停地朝我阵地扫射,直打得阵地上烟尘四起,几步之外,看不见人。不光守阵地的步兵抬不起头来,就连阵地上配备的晋绥军炮兵也被日军炮兵的优势火力压倒,他们抽空将炮拉入阵地向日军还击一阵,然后立即撤离隐蔽。接下来的便是日军更凶猛的火力报复。对于身为中央军的五十四师来说,从连长到士兵还从未尝过被敌人优势火力压倒的苦闷。士兵们伏在掩体内简直快憋疯了,甚至觉得没仗打比有仗打还难受。

　　夜里的情形似乎比白天好了许多。没了飞机大炮,也没了敌人的进攻。敌人的机枪利用白天测定好的目标,连续不断地向我阵地扫射。"哒哒哒……哒哒哒……"单调的机枪声更增添了秋夜的孤寂,令人愈发觉得心烦意乱。

　　日机的最后一次轰炸沉寂以后,山顶上烟云四合,暮色像稀释的墨浸黑了天空。又一个夜晚来到了,敌人的值班机枪也很负责任似的响了起来,夹杂着子弹射入土垒的噗噗声。不过,今天的夜晚因了两个忻州青年的加入,特别是有了一个模样儿有些像"女孩子"的青云的加入,变得生动了许多。士兵们围坐在一块儿,不断地问这问那。青云头一回跟这么多当兵的在一起,本来是很兴奋的,可说着说着就提到了她为什么非上阵地不可,为什么非杀日本人不可。说到爹和娘的惨死,青云心如刀绞,再也忍不住这巨大的创痛,不由得失声恸哭。

　　青云哭的时候,便很女孩子味了。玉川怕她露了马脚,在旁边悄悄捅她。青云知道玉川是啥意思,忍住声,身子仍在剧烈地抽搐着。

　　这时候有人跟着发出了呜呜的哭声,这难听的哭泣声是小诸葛孔三发出来的。小诸葛孔三听了青云家的悲惨遭遇,又想起家乡那场连天接地的洪水,想起自己一夜间变成了一个无依无靠的孤儿。在部队,每逢别人兴高采烈地讲起家里的事,或者满怀悲痛地提起一位亲人,他都会躲到没人的地方偷偷地哭,他简直不敢想象,假如有一天自己不当兵了,究竟该到哪里去。偌大的世界,竟没有他一个亲人,没有他立足的一小块地方。

小诸葛孔先明现年十七岁,一班的士兵中就他没故事。孔先明的家在农村,村子不大也不小,他家不富也不穷,孔先明除了念书也和村子众多的孩子一样,推铁环、抽陀螺、撞拐拐、打水仗,完了自然是吃饭睡觉。

孔先明的家实在没什么好说的,爹和哥哥跑外,娘跟嫂嫂做饭,几只鸡下蛋,一条狗看家,日子就这么一天一天地过。孔先明对未来所抱的希望也简单明了,过两年娶个媳妇,然后便是自己跟爹和哥哥跑外,媳妇跟娘和嫂子做饭,鸡照样下蛋,狗照样看家。

如果不出什么意外,一切肯定按着孔先明预料的发展。不幸的是前年夏天有了一场暴雨,手指粗的水柱子哗哗直往下倒。孔先明记得那是一个临近黄昏的时候,西边的山好像塌了一块,凶猛的山洪带着惊心动魄的喧响滚滚而下,傍晚的村庄淹没在一片汪洋之中。孔先明醒来的时候发现自己挂在一棵树杈上,浑黄的洪水之上漂浮着木盆、锅盖,还有一些缺胳膊少腿的桌椅板凳,也有大人或孩子的脊背。孔先明不知在树上哭喊了多久,爹呀娘呀哥呀嫂呀。可是,等洪水退了,能回来的人都回来了,唯独他,却只盼回了那条看门的黄狗,他失去的太多太多了。

孔先明天天坐在村口哭,从早哭到晚,哭了多久他也不记得。村里好心的人们都来劝他:"娃呀,你爹他们回不来了,你年纪还小,总得活吧?"

孔先明哭干了泪,也知道爹娘哥嫂真的回不来了。本来他也能像村里的幸存者那样,另起炉灶过日子,可他站在自家院里,睹物伤情,痛苦难当,委实在这个地方过不下去了,他没法不想他的亲人。他要想活下去就必须离开这个村子,走得越远越好。

孔先明当了兵,苦也好累也罢,对他来说都算不了什么。苦些累些反倒使他能够暂时忘掉内心的痛苦。

"好啦,别哭啦,等打完仗,咱们一块回我家,啊?"郭二东拍了拍他的肩膀,十分诚恳地说。

上一次孔三躲在没人的地方哭,被郭二东发现了。郭二东问他到底怎么了。孔三开始不肯说,架不住郭二东一个劲儿地追问,就把自己满肚子的苦水一股脑儿倒了出来。郭二东听了,就说:"放心吧兄弟,到时候咱一起回我家,有我郭二东的,就有你孔三的。"

当时小诸葛孔三说了句感谢的话,但没当真,以为郭二东不过是随口一说,宽解宽解他罢了。谁家都有本难念的经,那么容易就能容下你个大活人?

有一次郭二东笑着对孔三说:"兄弟,等你去了我家,叫我爷爷给你盖一处大宅院,再招一群丫环仆人,天天围着你转,咋样?"

好大的口气,不过说说也挺让人高兴。那时候郭二东的身份暴露了,班里的人都知道他爹是烈士,他家是有钱的大户人家。但到底富到何种程度,郭二东对他这个好朋友都一直守口如瓶。

"唉唉!怪不得爷爷过去老说我,这山望着那山高,身在福中不知福。比比你们,我就像在天上活着,真是人心没尽。"郭二东劝罢孔三,长长叹了一口气。

"二东哥,讲讲你家的事吧,我从没听你说过家里的事哩!"傻圈儿往前凑凑,十分兴致地望着郭二东。

"是呀!讲讲吧。"郭玉川也应和着。

郭二东过去极不愿意暴露自己家有钱,有两样东西最容易招人嫉妒,就是钱和女人,而这两样郭二东全占了。郭二东整天跟这帮穷弟兄们在一块儿的确很开心,倘若别人知道他是位阔少,心里肯定就不同了。

郭二东对一班其他人的身世可以说是了如指掌。但是此刻,听着别人倾诉衷肠,他被深深地打动了,并对此发出了由衷的感慨。于是,在周围人的鼓动下,郭二东讲了自己的身世,关于自己是叫花子扔在爷爷门前的弃儿这件事,他没提。他从十一岁那年路过叠翠楼门前被爷爷敲了一烟袋锅开始讲,讲他家吃的穿的用的,讲他当初与街上一帮阔少鬼混时如何胡吃海花,如何威风摆阔,特别是讲到叠翠楼,真有些口若悬河、眉飞色舞的架势,把周围这帮人听得五迷三道的……

正讲到精彩处班长从外面进来了,还是板着脸,很生硬地说:

"还不赶紧睡觉,明天打不打仗了?"

人们不再作声,抱着枪或靠或躺,都闭上了眼睛。青云从怀里掏出一面小镜子,借了远处照明弹的余光揩脸上泪水冲刷下的污痕,郭玉川又在旁边狠狠捅了她一下,青云便赶紧将小镜儿装了,也像其他人那样,抱着枪睡了。

只有小诸葛孔三手托着腮帮,一双大眼滴溜溜转,一点儿睡意都没有。

到了后半夜,几声短促的哨音将大伙儿从睡梦中惊醒。排长蒋飞鹏身上别着几颗手榴弹,对大家说:

"各位弟兄,军长命我营抽出部分兵力同晋绥军援兵一道,拂晓发动攻击,收复南怀化,各班选出富有战斗经验的老兵,马上出发。"

班长刘杰柱跨出两步,亲自点兵:

"钱晋生!"

"到!"

"郭二东!"

"到!"

"俺也去,俺家就是南怀化的,俺闭着眼也能进去。"玉川知道刘杰柱不会点他,就抢着说。

12

班长刘杰柱与钱晋生等人失散是在占领了南坡之后。

收复南怀化的最初部署是：五连连长秦福臻率部，附以晋绥军七十二师宋恒宾团的两个连为后随，由左翼向盘踞南怀化之敌攻击前进；六连连长赵维亲率部，也附以宋团两个连为后随，从右翼向南怀化之敌发起攻击。

经过一番极为激烈的拼杀，正面敌人溃退了。五连战士们开始乘胜追击。当部队冲杀到南怀化村东约一里之处时，遇到了占据魁星楼上的敌人的猛烈扫射。大鼻子刘杰柱的左臂先中了一弹，不过伤势不重。随即五连兵分两路，一路攻击魁星楼之敌，另一路继续向南怀化推进。部队攻入南怀化以后，立即出村占领了南坡，这时又遭到占据村北坡上大庙之敌的猛烈射击，子弹如密集的雨雹倾泻而下。刘杰柱周围的士兵纷纷中弹倒地，这一回伤亡十分惨重。刘杰柱伏在地上，发现自己除左臂在流血之外，浑身基本完好。这时候作为后随的宋团两个连迟迟没有到来，把连长秦福臻气得直骂娘，只好向来路返回寻找。刚走不远，晋军总算是徐徐到来了，接替了南坡阵地。至此，五连的攻击任务遂告完成。秦福臻大声喊着，命令五连所剩士兵向原阵地转进。

在回来的路上可就苦了。日军以凶猛的火力向秦连追射，当士兵们行至道路转弯处即将下坡时，又遭到敌人炮火的轰击。

这时候，刘杰柱看到走在他前面的蒋飞鹏被炸弹的巨大气浪掀出老远。他大喊一声："大鸟！"打算扑上前去抢救他。

蒋飞鹏的上半个身体像一只背包似的拍在地上。

没等刘杰柱再做出反应，又一颗炸弹在他身前訇然爆响，他摔倒在地,但并未昏过去,爆炸引起的耳鸣长时间地嘶响着,他仿佛又听见了石家庄上空拉响的防空警报。刘杰柱咬紧牙关翻过身来,他当时以为自己有牙关,这种感觉比以往任何时候都强烈,只不过有些隐隐发胀罢了。他想起小时候爬到树上偷吃尚未成熟的柑橘,充溢在嘴里的汁液又苦又涩,那时两个腮帮子就会产生这样的酸胀感。有一回他吃多了,夜里闹肚子,提上裤子打算出恭,后来放了一个屁,裤裆里的情景就不言而喻了。他呆呆地站在黑暗中,心里充满了恐惧和无奈,知道父亲那只大而厚实的鞋底绝不会饶过他的两小瓣儿嫩屁股。此刻他的裤裆里同样黏乎乎的,他没朝腿上看。

阳光很强,刺得他的双眼一片模糊。模糊中他看到一等兵杨占圣背着一挺轻机枪朝他走过来,他原以为杨占圣是来扶他的,可杨占圣在他前面七八步的地方站住了,弯腰扶起一个人来,那人也是浑身血污,伤得很重,刘杰柱认出是连长秦福臻。秦福臻半跪半坐,与杨占圣推搡着,嘴里喊:

"你先回去,把机枪送回去,阵地上不能没有机枪。"

杨占圣也在说着什么,声音不大,耳朵里鸣响着石家庄防空警报的刘杰柱听不清。

"你他妈的别管我行不行?你快走呀!你是不是想叫我现在就死。"秦连长歇斯底里地喊叫着。

杨占圣走远了,秦福臻朝旁边爬去。刘杰柱知道路旁是一道数丈深的山沟,他用力喊:"秦连长!秦连长!"可是连自己都听不到声音。眼看着秦福臻就地一滚,翻下深沟去。

刘杰柱朝回望望,只看见自己那双被血浸透了的棉鞋,并未见日本兵追来。他明白了秦连长的用意,看来秦福臻是求生不能,只求速死了。

于是刘杰柱也爬到沟边,朝下一望,只见数丈深丈把宽的沟底,卧满了三二二团士兵的死尸和伤员。他合上眼,用力一滚,翻下了深沟。

……

"活着的弟兄们!我是五连连长秦福臻,大伙咬咬牙,跟我往回爬吧!"

"活着的弟兄们,使出最后一把力,我们不能死呀!"

秦福臻的声音又一次把刘杰柱从如梦如幻的童年唤回。刘杰柱睁开眼,他不知道时间究竟过了多久。也许伤兵们都已气息奄奄,没人响应秦福臻的号召,只有一个伤兵和秦福臻一同朝前面的土包上爬。刘杰柱知道他是营部的一个传令兵,但叫不来名字。他很想叫住秦连长,让他们等他一等:

"秦连长!秦连长……"

秦连长没听见,连他自己都没听见,刘杰柱料定自己的嗓子出了问题,于是他不再喊,只是使劲往前爬。

刘杰柱很想撵上秦连长,可他却始终与秦连长间隔着一段距离,有几次他放弃了努力,不想再爬了,可前面的人也停了下来,就这样爬爬停停,停停爬爬。

眼看就要到坡顶了,那个传令兵伏在地上不动了,只剩下秦连长一个人朝前爬。刘杰柱路过那个传令兵时,发现他已经气绝了。他拿了传令兵手里的那把手枪,抽出弹夹看了看里面的子弹。

刘杰柱看见秦福臻上了坡顶,他听到秦福臻大声喊着:

"于炎平!我负伤啦!快来接我。"

于炎平是五班班长,刘杰柱听秦福臻叫他,知道已离阵地不远了。生存的希望给了他一种新的力量,他一鼓作气,拼命朝上爬着。

刘杰柱爬上坡顶时,看见于炎平等人已经背着秦福臻下了坡。刘杰柱看到中校团副史松泉、少校团副梁振湖从阵地上下了坡,迎接秦福臻,梁团副分开了众人,从于炎平身上接过秦福臻,背着他疾步朝阵地上走。

刘杰柱向他们招了招手,可谁也没看见。

人们走了以后,胡青云最牵挂的当然是郭玉川,特别是南怀化被打下来后,青云看到三二二团的官兵从升腾的战火中撤了出来。她就目不转睛地盯着缓缓蠕动的如蚁群一般的士兵,好像她从其中能找出玉川哥似的。

郭玉川走的时候穿了一身军装,他觉得自己既然参了战,就应从里到外都像个兵。他发现二广前除了脸上一片血污外,身上的衣服基本完好,就上去作了个揖:"大哥,反正你也是歇着,俺借借你的衣裳,替你打日本人去。"

青云当然不可能在纷乱回撤的人群中找到玉川哥,不过也许是本地人路熟,头一个跑回一班阵地的果然是郭玉川。

玉川上了阵地,将手里的枪一扔,一屁股坐在地上,解了颈上的衣扣,胸脯子呼哧着就像吹火的风箱:

"俺的娘哎!青云,幸亏你没去。"

"咋啦?"

"咋啦?俺的天爷,咱的人可是死痛啦!真格多哩!"

青云一听心就提起来了,疑惑地问:

"玉川哥,你是不是怕死,偷跑回来的?"

玉川一听急了:

"青云,你把玉川哥看成啥人了?俺们把夺下的地方囫囫囵囵交给了晋绥军,这才撤回来。"

说话间,郭二东和小诸葛孔三也双双跑回阵地,坐在地上,伸出袖子擦着面颊上流淌的一道道汗水。

很快,傻圈儿也回来了,一见郭二东,立刻拉着嗓子嚷嚷:

"你们干吗不等我,我喊你们为啥不理?跑得比兔子都快。"说罢别过脸去,气鼓鼓地坐下。

小诸葛孔三用手扇着脸上的热气,瞪着傻圈儿说:"小子,是你的嗓门儿大还是日本人的炮声大?说你小子傻吧,你小子精得流油,说你小子精吧,你小子傻得直冒烟儿。"

钱晋生是最后一个跑回阵地的。尽管他回来得晚,但却比任何人都从容,就像一个长跑运动员,双肘微曲,来回甩动,脚下充满弹性,上了阵地依然原地踏着步,不喘气,不出汗,显得后劲十足。他朝左右看看,十分疑惑地问:"就回来这几个?"

人们都注视着钱晋生,本来是想从他那里寻找答案的,听他这一问,心里马上凉了,料定他就是一班最后活着的人。

13

欧阳阿男小姐找到一班的时候大约是下午五点,她是在郝梦龄军长的随从副官李振声的陪同下作战地采访的。本来预期目的已达到,但她却执意要见见一班的士兵。当初第九军拉上前沿布阵时,欧阳阿男曾经采访过一班,与士兵们谈得十分投机,特别是郭二东、孔先明、钱晋生等都是文化人,整体素质很高,不像有的班,整个班里全是文盲。

郭二东、钱晋生等人见欧阳小姐来了,便搬过一个手榴弹箱让她坐。欧阳小姐没坐,望着他们,问道:"你们班长刘杰柱呢?你们班的其他人呢?"

小诸葛孔三白了眼钱晋生:

"你问他吧!"

钱晋生说:"也许,他们都……我是最后回来的,后面一个人都看不到了。"

欧阳阿男最初见到一班战士的那种喜悦没有了,当初她来到这里时,那么生龙活虎的一大帮年轻人,将她围个密不透风,争着抢着回答她的问题,可是,现在的情景又是多么凄凉。

"你们是十二个人吧?"

"十二个。"

"就剩下你们五个了?"

"四个,这个是南怀化的老百姓,后面坑里躺着的那个穿便衣的才是我们班的。"小诸葛孔三说。

"你……"郭玉川顿时觉得脸上火辣辣的,"老百姓"三个字深深刺伤了他的自尊,有心与人争辩,又不知说什么,只好气鼓鼓地转过身去。

欧阳阿男一时也不知该如何表示,想了半天,才挤出一句:

"我知道你们都很难过……"

其实是她自己心里很难过。别人倒不像她想象的那么难过,小诸葛孔三说道:

"其实也没啥,几乎天天都死人,想难过也顾不上。"

其余人无话,沉默的场面很令人尴尬。

这时,因赌气别过身去的郭玉川突然用手一指:"你们看,那有一个活人!"

是有一个活人,正朝阵地上爬,钱晋生和孔三立刻越过一道沟壕,朝那人跑过去。

"好像是我们刘班长!"孔三说。

当钱晋生和孔三将刘杰柱挽起来时,一看模样,吓得连头皮都乍了起来,浑身冷飕飕地窜起一层鸡皮疙瘩。

刘杰柱的面孔实在太可怕了,他的整个下颌骨都被炸掉了,甚至连舌头都看不见了,只剩下一排白森森露在外面的上牙。乍一看只有半颗脑袋。

"哇——"最初看见刘杰柱的胡青云惊叫一声,一下子扑到郭二东怀里,双臂紧紧勾着他的脖颈。

欧阳阿男也叫了一声,两手捂住脸。

刘杰柱靠在一截烧焦的木桩上,也就是刘海负伤后曾坐过的那个地方。他稍稍平息一下,然后睁开眼。或许是出于对他的尊重,极富修养的欧阳小姐已将双手从脸上拿下。但刘杰柱分明在她眼中看到了恐惧,在所有人的眼中看到了恐惧。

他抖抖地伸出一只手,朝着郭二东站的方向。

"是我么?你想要啥?"郭二东问,有心想推开青云过去。

刘杰柱将手摇了摇了,又重新伸出来。

"是叫你!"郭二东对青云说。

"哇——"青云又尖叫一声,缩进郭二东怀里,把郭二东搂得更紧了。

刘杰柱的手依然朝青云伸着。

旁边的钱晋生明白了。他知道青云口袋里装着一面小镜儿,有事没事青云总爱掏出来偷偷照照,这种恶习总也改不了。玉川怕露馅穿帮儿,只好说这面小镜是青云的未婚妻送给"他"的,"他"想她的时候就掏出来看看。

钱晋生走到青云跟前,伸手从她口袋里掏镜子,走过去,放到刘杰柱掌心里。

刘杰柱自己照着镜子,他对着镜子端详的时间很长。其余人别过脸去,不忍旁观。

小镜儿从刘杰柱的指缝中滑落,掉在地上。

刘杰柱右手举起手枪,指着自己的太阳穴,扣动了扳机。

嘭的一声枪响,人们扭过脸来,见刘杰柱的头歪在一边。太阳穴上有一缕鲜血,缓缓流下来。

欧阳阿男哭了。

钱晋生走过去,拦腰抱住刘杰柱,将他往后面的大坑里拖,刘杰柱的两只脚在土地上磨出两条宽宽的并不笔直的痕迹。

……

欧阳小姐前脚刚走,郝梦龄军长就到阵地上来了。与他随行的有五十四师师长刘家麒和独立第五旅旅长郑廷珍。

暮色笼罩在弹痕累累的纵深阵地上,焦土之上余火未熄,硝烟弥漫,穿着长筒皮靴的郝梦龄来回踱着,他也是刚从南怀化督战回来,将军服撕开了两条口子,满脸污痕,与整个背景形成了一个无限悲壮苍凉的画面。

"弟兄们!"

郝梦龄突然停住脚步,望着排列在阵地上的士兵,他们一个个军服褴褛,钢盔下是一双双血红的眼睛和污黑的面孔,同样神色庄严地望着他们的军长。

"弟兄们……"军长郝梦龄爆发而出的声音凝重而洪亮,整个山岭沟壑彻响着巨大的回音:

"弟兄们,现在,我毫不讳言告诉大家,我们三二二团只剩下这一百多人……我将你们这一百多人缩编为一个连,由原第一连连长张国贤担任连长……弟兄们,先前,我们一团人守这个阵地,现在我们剩一连人还是守这个阵地,我们既无援兵,又不能放弃逃跑,只有拼杀到底,哪怕就剩下一个人,也要守住这个阵地,我们一天不死,抗日的责任一天就不算完。临出发前,我已给家里人立下遗嘱,不打败日本人决不生还!弟兄们,我们当中,有怕死的没有?"

"没有!"士兵们齐声回答。

"很好,将有必死之心,士无贪生之意,这句格言只有在生死拼杀中才能体会到它的意义。弟兄们,现在,我与你们共同坚守此阵地,决不后退。我愿意与大家立个军令状,我若是后退,你们不管是谁,都可以枪毙我;你们不管是谁,只要退后一步,我立即枪毙他。你们大家敢陪我在此坚守阵地吗?"

"敢!"

"誓死坚守阵地!"

全体官兵为将军的豪言壮语所感染,群情激昂,雷鸣般的吼声震彻着山谷,经久不息。

14

一班所守的无名高地就在一二〇〇高地侧翼,因一二〇〇高地比无名高地高出至少三四百米,因此炸弹掀起的厚土黄尘浓云般的笼罩在一班阵地,数尺开外便不见人影。

那边战斗打得十分激烈,喊杀之声不绝于耳,仿佛就在头顶上一般。这一切似乎跟一班的士兵们无关,他们看炮弹落在一二〇〇高地上,每个炸点都会掀起一团云朵,后来视线被巨大的尘埃遮挡了,索性围坐在一起闲聊,反正一二〇〇阵地离这儿不远也不近,火力够不上,即使有心帮忙也顶不上事。

这阵子郭玉川正跟着青云怄气,他发现青云对郭二东有些"那个",有事没事就往郭二东跟前凑,两眼眨巴眨巴的,透着那么股子劲儿。这使得郭玉川醋劲大发,恨不得咬青云一口。昨天钱晋生他们把刘杰柱班长架回阵地后,青云一看刘班长的可怕眉眼,就尖叫一声扑进郭二东怀里。郭二东在青云左边,他在青云右边,可青云不往他怀里扑,偏偏扑进郭二东怀里。八成郭二东已经知道青云是女扮男装,一只巴掌还揽在青云背上。他看了连剥郭二东皮的心思都有。事后他也没说,觉得青云当时实实在在是受了惊吓,哪还顾得上左面右面谁的怀里。莫说她一个女孩儿家,就自己这个大老爷儿们都吓得两腿发软。钱晋生往后拖刘班长时他本想上去帮个忙,可两个腿肚子戳在地上一个劲抖,迈不出去,直到钱晋生在刘杰柱班长脸上扣了一个钢盔,这才站稳了些。

但是现在就不一样了,现在好端端的咋也不咋,青云还是一个劲地往郭二东跟前凑,大概又在听郭二东讲他家那些乌七八糟的事儿,讲有多少女人喜欢他。更主要的是,昨晚上三二二团缩编成一个连后,郭二东被提升为排长,人升了官自然就大不一样。郭玉川忍来忍去再也忍不住了,上去一把揪住青云的后领子,将她从地上提起来。

"玉川你这是咋哩?这是咋哩?"

郭玉川不答,拖着青云朝后边走,走了二三十步,就看不见后面的人影了。郭玉川一把搡开青云,气鼓鼓地说:

"咋哩?俺还问你哩!俺看你是叫郭二东把魂儿勾走了,你咋跟他热成个……"

青云上前,一把将玉川的嘴捂了:

"小声些行不?当心人家听见。别忘了,俺现在可是个男的。"

郭玉川压低声音,气哼哼地瞪着青云:

"男的?你知道自个儿是男的就好,怕是早就忘啦!全班都知道你兜里揣着小镜儿……"

"好啦,别说啦,那面能听见,再说就更让人怀疑了。俺当心些就是。"青云说罢,像躲伤寒病人似的拔腿就走。

"青云。"郭玉川叫了声。

"还有啥事?你这人真麻烦!"

"俺有件事一直想问你。"

"啥事你快说吧。"

"算啦。"玉川想了想,还是没说。

"你看你这人,有啥事就说呗。"青云返回来,坐在玉川身边,一手托着腮,望着他:

"你说吧,俺听着呢!"

"青云,你是不是心里恨俺没照顾好你娘……"

青云的脸一下子拉长了,眉宇间又出现了痛楚的神色:

"玉川哥,说心里话,俺不恨你,就算你在也保护不了娘,还得跟着搭上一条命。俺恨日本人,他们干吗连个老人都不放过……"

青云说着,眼圈儿红了。

玉川往青云身边靠了靠,未开口,脸上便觉得热辣辣的:

"青云,有件事俺一直想正经八百地问你。咱们打小就是邻居,俺想……本来,俺也知道这种时候问你不合适,俺也知道现在不是问这话的时候。可是,昨天俺看见了刘班长……青云,你是个明白人。干脆说吧!反正你爹娘都不在世了,你一人说了算,你答应不答应,给俺个话吧!"

郭玉川红着脸,语无伦次地啰唆了半天,最后总算把话说完了,他如释重负般的长出了一口气,望着青云。

青云脸上并没有出现玉川想象的那种所谓的难为情,也没说出玉川想象的是或不是。她站起身,拍拍屁股上的土,说:

"玉川哥,你刚才说得对,这种时候谈有些不合适。这样吧,等打完仗,等咱把日本人赶走了,俺再告诉你,行不行?"

青云未等玉川说话,扭身朝前走。她见钱晋生独自一人在一堆弹药箱前坐着,指间夹着半截子旱烟,正在那儿喷云吐雾。

"晋生哥,你一个人坐在这儿干啥?"

青云凑上去,坐在钱晋生对面儿。青云老有一种感觉,觉得钱晋生这人挺可怜的,老是一个人闷闷不乐地待着,也不知有什么心事,又不肯跟人说。她也特佩服他,他敢动死人,不管啥样的死人他都敢动,就像在自己家里挪动一件家具。他打仗十分沉着老练,好像子弹见了他会绕弯似的。

钱晋生此刻的确有些闷闷不乐,最大的心事当然是郭二东当上了排长,他一直看不惯郭二东这小子的做派,一副自以为了不起的架势。听到指命郭二东当排长的话时钱晋生的第一感觉是很累,他只想要是能扒光全身的衣服在一个暖暖的被窝儿里睡一觉就好了。他的心事不能跟人说,当然也不能跟青云说,青云来了不过两天半,年纪又小,长得跟个女孩似的。

前面傻圈儿宋春来和小诸葛孔三正一左一右地傍着郭二东,果然在听他讲家里的事,不过可不是讲叠翠楼的那副排场,而是在复述月娘讲的故事,把孔三和傻圈儿听得五迷三道的。

"完了?"

"完了。"

小诸葛孔三换了个姿势,沉浸在一种美好的想象里:

"我恨不得现在就回去见月娘去,我也喜欢上月娘和小兰了,世上就有俩好姑娘,都叫你占了,轮到我一个都没有,真不公平!"

"去去,没大没小的,应该叫嫂子。告诉你,不许打我媳妇的主意噢!"郭二东玩笑道。

傻圈儿在旁边急了:

"二东哥,你偏心眼儿,为啥带他不带俺,都是自家兄弟嘛!"

"他跟你不一样,他现在孤苦伶仃一个人,你有爹,有老婆孩子。"

"可俺吃不饱饭呀!俺全家都上你那儿去,俺爹给你家看大门,俺老婆给你当老妈子,俺给你家扛活,俺儿子……长大了给你放羊,行不行?"

"行,就是你儿子嘛,就不用放羊啦,小孩子家的,应该念书,要不以后又跟你一样,连老婆孩子都养不活。"

傻圈儿脸上便绽出了惬意的笑容,傻圈儿笑的时候让人觉得他真有点傻。他笑得好好的突然绷紧了脸,双眼瞪得贼圆,像是要从眼眶里跳出来一样,跟着大吼一声:

"杀呀!日本鬼子上来啦!"

傻圈儿喊着,纵身跃起,一把抓起郭二东身后的那挺机枪,端起来一阵猛扫。

"哒哒哒哒哒……"

日本鬼子上来了,他们在一二〇〇阵地上的激烈喊杀声中上了无名高地。一二〇〇阵地上炮火掀起的烟尘到处弥漫着,能见度很低,当傻圈儿的视线越过郭二东的肩膀看到黄压压的日本兵时,敌人已经离阵地三四十米远了,火力已经压不住敌人了。

士兵们站起身上了刺刀,一场白刃格斗就要开始了!

钱晋生也端起刺刀,一歪头,噗的一声将唇间含着的烟屁股唾掉,回身对青云喊:

"鬼子上来啦!你快跑,跑得越远越好!"

15

一颗手榴弹在小诸葛孔三身前爆炸了,小诸葛被掀翻在地。钱晋生以为他死定了,没想到他又从地上爬了起来。小诸葛已经冲出沟壕十几步,他从那片开阔地上爬起来的时候本身已置于前方日军的火力之中。小诸葛怀抱一挺机枪,"杀呀杀呀!"地喊着,朝敌人猛烈地扫射。他对自己已经不管不顾,青云在战壕里大喊:"孔三你疯啦!"密集的枪声响成一片,孔三根本听不见。

小诸葛孔三已经杀红了眼,他是疯了,完全失去了理智。孔三再次爬起来时他的小腹已被炸坏。钱晋生看到他那红红绿绿的肠子从腹中流了出来,在西斜的太阳映照下泛着一种润泽的光芒。孔三腾开一只手,抓起那些东西大把大把地填进肚子里去……

这是发生在一小时前的事。现在孔三背靠着一堆烧焦的木箱,正在哭喊:

"哎哟,我的妈哟,疼死我啦!疼死我啦!"

"我×你娘日本人!老子变成鬼也不放过你们……二东哥,你快来接我吧……"

"哎哟,玉川玉川,求求你啦,给兄弟一枪吧,给兄弟个痛快吧!"

孔三涕泪横流,哭一阵骂一阵,骂一阵闹一阵,闹一阵再哭一阵。他的肠子又从腹部挤了出来,湿乎乎一片,粘连着许多土与草屑,最后他也顾不上骂了,声声哀求郭玉川:

"给我一枪行不行,我实在受不了啦!玉川爷爷,玉川祖宗,我给你磕头啦!"

郭玉川急哭了:

"大哥你别为难俺,俺下不了手,俺真的下不了手哇!"

小诸葛孔三转而哀求钱晋生:

"晋生哥,你是老兵,帮帮俺吧,晋生爷爷……"

"你别求,求也没用。"钱晋生将手里提着的步枪端起来,瞄准孔三:

"你骂我,你骂骂我试试。"

"山西老西儿爱喝醋,交枪不交醋葫芦……"

"不行,你狠狠地骂!"钱晋生歪着脑袋,脸上透着冷峻的神情。

"钱晋生,我×你娘,×你十八代祖宗……"

"啪!"一声枪响,子弹正中孔三的眉心,孔三的叫骂声戛然而止。

这是一个下午,激烈的战斗过去了,浑浊的太阳照着残烟缭绕的阵地,一切都隐入了死一样的沉寂。

为孔三之死哭泣了很久的青云呆坐着,两只哭红的眼睛怔怔地望着某个地方。郭玉川正挽起裤管挠腿上的疙瘩,他的皮肤因这阴凉潮湿的沟壕过敏。

钱晋生将自己的烟布袋翻了个底朝天,将最后一点烟叶小心翼翼地抖进一张纸条里,卷好,沾了点唾沫。

钱晋生划火正要点烟,忽然发现青云的裤裆里有一片血迹,他吓了一跳,马上叫青云:

"青云你过来,你负伤了?"

"嗯?"青云一愣,看看腿上的血,脸忽然红了:"没有,俺没受伤。"

钱晋生没再说话,点着烟,闷闷地抽,他见青云站起来,朝沟壕外面爬,急忙喊:"喂,你干什么去?"

"俺……去方便方便。"

"不行,外面太危险,就在这沟里尿。"钱晋生道。

"俺不,俺要到外面。"青云任性地说。

"我是排长,我说不行就不行。"钱晋生发了火。

"俺不,俺要到外面。"青云固执地说着,眼圈儿也红了。

这时玉川过来说:"你就让青云去吧!"

于是青云便爬出了沟壕。其实钱晋生担忧是有道理的。此时的阵地与昔日不同,敌我双方的临时掩体犬牙交错,已形成了战壕与战壕的对峙,双方相距不过五六十米。

青云死得很简单,对面敌人的阵地上传来了几声稀疏的枪响,青云一头栽倒在地,再也没起来。

郭玉川将青云抱回战壕内,然后盘腿坐着,把青云拥在怀里长一声短一声地哭嚎:

"死吧,死吧,都死光好啦……"

钱晋生对郭玉川的哭声置若罔闻,他心里很烦。

"我才知道她是个姑娘家,我真该死,为啥要让她出去!"钱晋生恨恨地说,使劲捣了自己一拳。

天傍黑时阵地上来了送饭的,食品是在一个担架上放着。抬担架的是一老一少,钱晋生认出那位五十多岁的老者就是抬刘海下去的人,就挨过去问:

"老叔,我认得您。上回你从我们这儿抬下一个伤员,叫刘海,你还记得么?"

"俺往下抬的人也不止三十二十的,要记住才怪哩!"

"不知道那个人活着没有……"

"告诉给你哇,死啦!"

"啊?您刚才不是说不记得了么?"

"是不记得了,可俺抬的都是重伤号,实话说吧,进医院时就有一个活着,姓马,剩下的都在半路上咽气啦!"

老者说完,和那个年轻人抬了空担架,正准备走,坐在这边的郭玉川将青云抱了过去,对那位老者说:

"大叔,这儿有伤员,您把她送下去吧。"

老者应承着,朝玉川这边靠,前面那个年轻人把担架一扔,过来在青云嘴上抹了一把:

"算了,早就死了,还抬个啥?"年轻人翻着他的斗鸡眼说,狭窄的前额上浮出两条斜纹,一看就不是什么好东西。

"这位大哥,咱都是忻州人,乡里乡亲的帮个忙,你摸摸她的手,还热乎着哩!"

"去去,活着的还抬不过来哩,谁有力气给你抬死人。"年轻人铁着脸,抽身就走。

"大哥大哥,你摸摸她的手,俺不骗你……"

年轻人还是不理,坐在旁边的钱晋生火了,跳起身,端起手里的枪:

"你娘的×,你他妈的抬不抬?"

年轻人的态度有些软了,对钱晋生说:

"不信你看看,已经死啦!"

"死了也得给老子抬,老子在前线卖命,叫你抬个人算啥,不抬老子崩了你!"

"你敢?还有王法没?"

"在阵地上老子就是王法。"钱晋生哗啦一声将子弹推上膛,"你他妈的抬不抬?"

年轻人一脸不高兴地将青云放到担架上,抬着下山去了。

郭玉川蹲在地上,两手捂着脸又续上了刚才那番哭诉:

"死吧,死吧,都死了干净……"

16

夜深了,不时有一两颗照明弹腾空而起,闪光过后,又归于一片沉寂。敌我双方的尸体,横竖杂陈,排长钱晋生伏在一挺"马克沁"重机枪后面,通过标尺的缺口,密切注视着前方的动静。高地北端的一群日军士兵正向中间地带匍匐前进,搬动那一具具尸体,一个个拖回去,在掩体前垒成人坝,以阻挡这边的火力。

钱晋生左边不远处还有两个人,一个是南怀化村民郭玉川,另一个是二班的士兵小贾。这就是蒋飞鹏剩下的全部兵力。

"排长,人都死光啦,看来这仗是输定了,等咱死后,怕是连个收尸的都没有。"二班的小贾长叹一声,十分难过地说。

"不,你说错了,我们这仗已经打赢了,只要我们坚持住,你、我,也算上玉川,就是咱们排最命大的人了……"钱晋生止不住一阵咳嗽,震得胸部的伤口又刀绞般疼起来。

"真的?你说的是真的?不是骗俺俩吧?"郭玉川的神经一下子绷紧了,求生的欲望明明白白写在脸上。

钱晋生点点头,凭一个老兵多年的作战经验,他察觉出自己这仗是赢了:

"你们看见敌人掩体后方的那两堆大火没有?你们知道他们在干什么?"

"看不太清……"

"他们在焚烧同伴的尸体。日本人的毒气弹也放了,燃烧弹也投了,他们的三板斧都用尽了,这几天飞机也不来了,他们已经无力进攻啦!照前几天那攻势,就凭咱们能顶得住么?"

小贾和郭玉川听了,立刻兴奋起来:

"排长,你说吧,咱怎么干?"

"后边不是还有十几箱手榴弹么?你们把它全拿出来揭开盖,一部分摆在战壕前,另一部分你们拖到前面去,悄悄埋在前沿,敌人进攻时就把它们拉响……"钱晋生说着又是一阵咳嗽,他捂着胸部的伤口,痛苦地喘息着。

"排长,你的伤怎么样啦?"

钱晋生强忍着剧痛,摆摆手:"没关系,我的伤我清楚,我能坚持到打完仗，我们肯定能活着。"

敌人在黎明前的那场冲锋来得并不凶猛，被阵地上的手榴弹一炸又缩回去了，可惜这边的兵力太少，经不住一打。

钱晋生不知道小贾是怎么死的，也没看见郭玉川倒下去，他停止射击以后听见郭玉川说：

"排长，你猜错啦，咱们赢不了啦！"

郭玉川伏在小贾的尸体上，仰着头，满脸的鲜血直往下淌……

钱晋生喃喃地说："肯定赢，不骗你们，可惜，你们都看不到了……现在要是有烟叶儿就好啦……"

大约过了一袋烟的工夫，阵地后方有大批的晋绥军增援上来，一个士兵指着钱晋生，对身后的人说：

"排长，这儿好像还有一个活的。是个当兵的……"

钱晋生浓眉倒竖，大喝一声：

"谁说我是当兵的？我是排长！"

另一个士兵在旁边嬉笑：

"嘿嘿，听见没有？他说他是排长。"

17

残阳如血，浸红了通天的霞云，前面大道上，汽车、野炮、步兵汇成的长龙浩浩荡荡，蜿蜒南去。大道因了这千军万马的踩踏，泛着浓厚的尘埃，在天地间浮动着，多了几分悲壮，几分苍凉。

重峰叠嶂的忻口阵地上，横陈着数百抗日烈士的尸体……

第九军五十四师三二二团二营五连一排最后一名战士钱晋生强忍着伤痛，一直走到皇后园一带，看着太原城已近在眼前，他却再也走不动了，他觉得很累很累。他对同行的人说,他想在路边躺一会儿,一小会儿就足够了。

队伍依然浩浩荡荡地从钱晋生身边开过去,这时,行列里有一位名叫钱奋勇的人一连回了三次头,身旁的人问,钱营长,你看什么?

钱营长说,我觉得路边躺着的那个士兵很像我们村一个人。

钱营长有个小名,叫二疤,不过现在没人知道他这个名字,他的疤长在背上,只有脱光膀子才能看得见……

从此,再也无人知道钱晋生的下落。

十一月三日这天,《国闻周报》记者秋江在他的笔记本中曾写下这样一段:

将近皇后园车站,一位穿军衣的士兵,侧卧在路边。双手叉抱,没有一丝气息。两眼深陷,成了黑洞。鞋袜和军帽,放在头前,不像他生前的动作,他是不是伤兵,无从知道,右脚面上的肉,被野狗啃去一块……

(本文节选自长篇小说《血祭忻口》,与人合著)

骆驼草丛书

长篇小说(节选)

郑爱蓉·刘喜喜

1

居住在柳城纺织厂宿舍的青年女工郑爱蓉正在十字路口不远处的一棵柳树下站着,身边停靠着一辆漆皮剥落的旧式"永久26"。与她在一起的还有一袋刚刚从身后的粮店里拖出来的白面。本来她很想给四岁的女儿小欣欣买两斤鸡蛋,家里只剩下了三个,但她的衣袋里的确没钱了。这天上午虽然阳光明媚,但空气却十分清冷。爱蓉两手冻得通红,她不停地掬起手哈气,使劲搓着。她没戴手套,或者说她根本就没有手套,她那副戴了好几年的棉手套已经破得不成样子,戴着上街来还不够丢人的。

郑爱蓉在街边不停地翘首张望,她在等三轮儿。街上倒是有一辆辆空"面的"驶过,但她想都不敢想。她打算拦一辆人力三轮车把身边的这袋白面拉回家去。她那辆破"永久"的后车架打螺丝孔的地方"骨折"了,没法儿焊,买一个新的多少钱她没问,问也是白问。

这时候爱蓉看见了街对面站着的我,她已经十多年没见过我了,但她还是一眼就认出我来。一九九五年春天的一个下午爱蓉对我说,她看见我跟一个从红色小轿车里下来的男人聊天。她说她想跟我打招呼的心情特强烈,但她当时面临着如何将那袋白面运送回家的窘境,怕我对她施以令人难堪的同情和帮助,更怕我问她姐姐的情况以及她个人的情况。

我在这时候让郑爱蓉出场难免有些牵强,因为目前她的出现与故事的发展没什么关系。但我这么做当然有我的理由,因为爱蓉将会在一种特定的场合出现在"人境庐",并且成为我今后的故事中一个必不可少的人物。

当我坐着二黑留的摩托一溜烟消失在如水的车流里时,爱蓉看到了一辆三轮儿。她迫不及待地连连招手,好像一不小心车就会溜走似的。

"去纺织厂宿舍多少钱?"这当然是她关心的焦点。

蹬三轮儿的看来有些年纪了,松弛的面皮上布满了黑硬的胡碴儿。他打量了一眼爱蓉身边的面袋,毫不犹豫地伸出三个指头:

"照顾你,算三块吧。"

"太多。"

"你还个价。"蹬三轮儿的下了车,到树边去搬那袋面。

"一块。"

蹬三轮儿的弯腰的动作定格了,扭过头斜眼瞧着她:

"你可真够狠的,我们也是指苦吃饭,总得叫人填饱肚子吧?"

"那就一块五。"

"两块,就这了。"

"一块五,拉就拉,不拉算。"爱蓉表现得十分坚决。

蹬三轮儿的叹了一口气,将面袋搬到车上。

路上,蹬三轮儿的一边蹬车,一边对郑爱蓉发牢骚:

"你说这一块五跟不拉差多少?看你是个软溜溜的闺女家,就算帮你一把……"

爱蓉没吭气,他爱说什么说什么,只要拉到家就行。

"早知你这宿舍院这么大,给我五块钱也不干。"到了爱蓉家的单元门口,蹬三轮儿的跳下来,一边往车下搬面一边说。

爱蓉还是不吭气,她掏出两块钱递过去,等他找。

蹬三轮儿的手里攥着钱,问:

"楼上?"

"楼上。"

"就两块吧,我替你扛上去。"

"不用,我能扛。"爱蓉说。

蹬三轮儿的气哼哼地甩给她五毛钱,蹬上车走了。

爱蓉在面袋跟前站好,朝手心里啐了一口唾沫,抓紧面袋的两角,退着身子将面袋往里拉,楼道口的水泥地上留下了一条长长的白色拖痕。

等到上楼梯的时候,她才感到愈发困难了。面袋在下身体在上,人都不由得要朝下栽,也不知是人往上拖面袋还是面袋朝下拉人。她只好斜侧着身子,一阶一阶地朝上拖,每拖两三阶,她都要停下身来,直起腰喘口气。不就是三楼么?拖一阶少一阶,总会到家的。

有人在上楼,脚步很重,空洞的楼道里充满了皮鞋叩击台阶的浑厚音响。

"哟嗬,是郑书记呀,咋?买回面来了?"

郑爱蓉一听就是对门的刘喜喜，只好自认晦气。她头也不抬，只管闷声不吭地拖自己的。

刘喜喜见爱蓉弯腰拱背，脸憋得通红，两缕长发从额前垂下来，要多狼狈有多狼狈，别提有多开心了。

"哎呀，领导亲自参加劳动，对我们这些落后青年真是一个巨大的鼓舞，这一比较我就看出差距了，真该好好向你学习。"

刘喜喜靠在下边的楼梯栏杆上，掏出一支烟点着，悠然自得地观看郑爱蓉吃力地朝上拖面袋。

郑爱蓉见状，索性直起腰来，喘了一口气，不无讥讽地说：

"其实你用不着跟我学，你在农场不是劳动挺积极么？要不咋就提前出来了？"

刘喜喜一时语塞，只好瞅着面袋说：

"搬不动了吧？你试着求我一声，说不定我会看在你是我老领导的分上，帮你扛上去。"

"算了吧，我怕吃面条儿的时候闻到一股监狱味儿。"郑爱蓉说罢，弯下腰又接着往上拖。

"那也总比一股楼梯味儿强吧？多少人的臭脚在上面踩。"

"……"

郑爱蓉正憋足了劲儿往上拖面袋，顾不上答理他。

刘喜喜见郑爱蓉不还嘴，大概也看得没什么意思了，这才扔掉手里的烟蒂，走上前来，一把拨开郑爱蓉的手：

"去去，一边去，挂衣服的架子装饭的桶，搬不动就是搬不动，哈巴狗戴串铃儿，冒充大牲口……"

刘喜喜嘴里说着，提起面袋朝肩上一抡，蹬蹬蹬几步就上了楼。

"狗拿耗子多管闲事，谁用你帮了？"郑爱蓉跟在后面说。

刘喜喜将面袋往郑爱蓉家门边一戳,狠狠拍了两掌肩上的面尘:

"废话,你拦着我路。"

"楼梯宽着呢,你又不是螃蟹。"郑爱蓉还是不依不饶。

刘喜喜推开自家房门,进去半个身子又回过头来:

"好男不和女斗,你爱咋说咋说。对了,厂子也停产了,你现在顶多也不过算个下台干部,你的话我看也没人听了。"

刘喜喜说罢,不等郑爱蓉开口,就砰的一声关上了房门。

郑爱蓉将面袋拖进屋,靠在紧挨门的墙边,喘息了一会儿,这才脱去外套儿,一仰身躺倒在床上。

过了好一阵儿,刘喜喜刚才的那一番话还气得她肚子一鼓一鼓的。"这个无赖!"她心里暗暗骂了一句。

女儿欣欣也不知跑哪儿玩去了,屋内显得十分沉寂,窗外的太阳在地板与墙壁的结合处折成一个九十度的菱形,光道上布满了缓缓升浮的细小尘埃。厨房里的水龙头没拧紧,传来了韵律感十足的清脆的滴答声。爱蓉是有意这么做的,她在水池里放了一个面盆,一点点地蓄,这样水表就不动。这种声音虽然并不刺耳,但郑爱蓉听来却十分悲伤和凄凉,她到了连水电费都交不起的分上,还有什么奔头儿,还有什么指望?

要是大全还活着就好了,最起码还有他的那一份工资,最起码还有一个情感上的支撑,再不济还有一个分担苦难的伴侣。

然而,王大全与她一道生活了仅仅几个月,就匆匆走了。

2

当初楼下的张纪德给郑爱蓉介绍王大全的时候,她对大全几乎没什么印象。王大全在市服务公司看仓库,他是厂里连续多年的劳动模范,二十九岁了还没谈过恋爱。王大全干工作十分认真。经理说王大全是好同志,有乐于奉献的精神,他就连夜加班给公司整理货仓,并且一分钱的加班费也不要。职工们闲了没事就将他围在中间,拿他当"开心丸",当然最津津乐道的话题是关于女人的事儿。一个问:"大全,你看咱公司的'白玫瑰'咋样,要不要介绍给你当老婆?"大全说:"唉,想都不敢想。"另一个说:"你真他妈的胆子小,你想想怕啥?想又不犯法,我每天夜里一蒙上被子就想。"于是大伙儿就跟着笑。有人说:"大全,有女人了没?我最近手头上有个指标,介绍给你?"大全听了就会很认真地说:"那敢情好。"对方说:"我这一回出马保准能成,你得请我们先抽喜烟,喝喜酒,不过这'茅台'烟可不成,'柳城大曲'也不成。"于是王大全就请大伙儿下馆子,但事后连个女人影子都见不着。他也不生气,好像把这事儿给忘了。用不了多久肯定会有人故技重演,王大全就再领着人下馆子,类似这样的"喜酒"王大全至少请了八九回。然而那个真正把郑爱蓉介绍给大全的人却没有喝上这样的"喜酒"。

一天晚上,郑爱蓉和王大全在介绍人借故离开后谈了一个多钟头,第二天她就把王大全的模样给忘了,也丝毫回忆不起他们到底谈了些什么内容,这反而让郑爱蓉觉得挺有意思。服务公司的人都说王大全是个"八成",也就是脑水不够,是个傻子。但爱蓉却不这么认为,她觉得大全其实不傻,只是过分老实,搁在如今的社会里未免有些可笑罢了。后来她给王大全找到了一个参照物,她觉得他很像电视剧《渴望》里的宋大成,从规格、质量到包装都很近似,包括他的名字。

郑爱蓉闪电式的结婚把所有认识他们的人都弄得瞠目结舌,省过味儿来之后都目标十分一致地对王大全有种切齿之恨,好像王大全霸占的是他们共同的财富。

郑爱蓉的模样十分特别,把她的面庞五官卸成零件,拿出哪样来都有毛病:她的两颊有淡淡的"雀斑",眼睛发眯,好像总也睡不醒的样子,鼻梁有些塌,牙齿也显得过分细碎而不齐整。但世上的事情就这么怪,她的这种组合却产生了一种十分奇特的效果。人人都说郑爱蓉生得"养人"。"养人"这个词在《现代汉语成语词典》或其他同类的辞书中没有,这是柳城人对汉语言的一点儿微不足道的贡献,它专指人的长相,与"漂亮"和"好看"有区别。"漂亮"是十分鲜明一目了然的,但"养人"乍一看也许很一般,可是越看越耐人寻味,越看越讨人喜欢。

这就难怪人们为她落在王大全这种人的碗里而痛心疾首了。

但郑爱蓉自己却一点儿类似的感觉都没有,虽然她只有二十四岁,虽然她在人们一片赞叹声中对自己的魅力也有充分的认识,可她毕竟是一个离过婚的女人,而且还带着一个孩子。她至今还记得一个叫李硕的大哥哥(当然那就是我)讲过的一个小笑话,说从前有个人戴着一顶旧帽子,街上的人见了劝他,你干嘛不买一顶新的?他说,新的?你们想让我花钱你们看好看,没那么便宜的事。她的第一个丈夫马维人们看了倒是挺舒服,都说他俩是天生地造的一对儿,结果怎么样?还不是一起相跟着到法院办了离婚手续。近来市面儿上有一句很流行的话:鞋子好不好,只有脚才知道。

她就曾经是钻在一只华贵鞋子里的十分难受的脚。

而王大全恰恰是一只宽松舒适的鞋子。

郑爱蓉结婚后没少听别人说风凉话,特别是对门儿的刘喜喜。当初刘喜喜对她表现出的是憎恶,她对刘喜喜的反应是鄙夷,用刘喜喜的话说结的是世仇。刘喜喜的父亲和郑爱蓉的父亲在同一个车间,又住对门儿,都是个性很强的那种人,正所谓一山容不得二虎,经常吵嘴,有一次还动了手。俩人退休后见了面都不说话,现在他们都已去世,在地府阴曹不知会不会改变态度。刘喜喜和郑爱蓉顶替父亲到厂工作后还在同一个车间,两年后郑爱蓉当了团支部书记,而刘喜喜却因打架出了名,被列为纺织厂的"八大金刚"。于是郑爱蓉弱小的双肩就担负起了改造落后青年的重任,这本身就是一对矛盾。

郑爱蓉和大全结婚不久,刘喜喜就被刑满释放了,一见她就说:

"郑书记,这时间过得可真快,一晃就两年半了。"

她以为刘喜喜改造了这么久,想必也有过"悔恨的泪",一定脱胎换骨了。于是也深有感慨地说:

"是呀,瞧你浪费了多少光阴,今后再也不要像从前那样了。"

"就是呀,哪像你,一点时间都没浪费。"

"我也没做什么事情。"她还是没有省过味儿来。

"谁说的?你连丈夫都换成了新的,还说没做事儿?怎么,是不是想当一个当代巾帼陈世美?"

"……"

她当时气得连话都说不上来,恨不得上去给他两个嘴巴子。

过了几天,俩人又在楼梯上碰面了。

刘喜喜站下身子,脸上的表情十分认真:

"爱蓉,那天我当人的面挖苦你是我不对,我向你道歉。"

她一下子愣住了,这是她万万没想到的。

"爱蓉,我想过了,都是邻居,何必呢!"

这两声爱蓉一叫,她就相信了。是呀,都是邻居,何必呢!

"我以前也有不对的地方……"

"言重言重,都是我的错。"刘喜喜说。

"过去的事就算啦。"她自认为自己也不是那种小气人。

"对了,昨天我看见妹夫了,叫王大全是吧?"

"以后大家多关照吧。"虽然这声"妹夫"让她觉得对方有套近乎之嫌,但她还是很客气地说。

"爱蓉,你知道我今天为啥向你道歉?"

"这我可不大明白。"她老老实实地回答。

"因为我同情你,可怜你!瞧瞧你招回咱家的女婿,典型的一个植物人,跟电影《追捕》里的横路靖二一模一样。"

郑爱蓉这才知道自己中了刘喜喜的圈套,不过这一次她倒不很生气,只是淡淡一笑,说:

"这倒不必,我觉得再咋着他也比某些人强,至少他没有跪在地上求我。"

这是揭刘喜喜的短。当初他被判刑的时候,曾跪着求他的女友小欢一定等他回来。没想到小欢不但没等他,还把他的丑态说了出去。

刘喜喜的脸憋得猪肝似的,二话没说就走了。

中午下班后,郑爱蓉听见刘喜喜在门外跟王大全说话,刘喜喜的声音很高,看来是专门说给她听的:

"哟,王先生,买回菜来啦?你可真是个模范丈夫。"

"不算啥,下班顺路。"

"王先生,你可真有艳福呀,讨了这么出色的老婆。"

"那是。爱蓉挺好的。"

"叶厂长也挺有福气,有这么一个好秘书。"

"那是,爱蓉挺能干的。"

"她对你主动不主动?"

"你问啥?"

"……"

郑爱蓉知道后面肯定没好话,她将水瓢朝案板上一摔,气狠狠地喊:

"王大全!"

"来了!"王大全应声而入。

"你把门关上。"

"哎。"王大全又返身关了门。

郑爱蓉从厨房出来,指着大全的鼻子说道:

"我跟你说过几次了?叫你别跟刘喜喜说话,你为啥不听?"

"是他先跟我说的。"

"他先跟你说就不算说话?"

"……"

"我问你呢,没长耳朵?"

"可我老是不好意思……"

"我再听见你跟他说话就把你撵出去,看你好意思不好意思。"

"哎。"

王大全应了一声,就拿着菜进了厨房,跟着厨房里就传出了哗哗的流水声和当当当的切菜声。

爱蓉的情绪稍稍安定下来,也觉得自己对大全刚才的态度有些过分。大全是个老实人,他无论做什么事情都会做得很好,菜洗得很净,切得也很匀,焖饭从来不糊,到幼儿园接小欣欣甚至没耽误过一分钟。他跟"东西"打交道向来是驾轻就熟,举一反三,滴水不漏,只是他唯独不能跟"人"打交道。如今的社会,奸商猾吏,刁妪顽童,而他总是把别人想象得太好。

郑爱蓉有心跟大全道声歉,但又觉得没必要,因为大全根本不会介意,说不定他已经把这事儿给忘了。

她挽起袖子,走进了厨房。

……

一九九四年的那个春季郑爱蓉虽然难免跟对门儿的刘喜喜怄一点小

气,但对她来说简直微不足道,她绝对不会跟一个刚刚刑满释放早已被厂里除名的社会渣滓一般见识。应该说这年的春天是郑爱蓉生活中的一次回光返照。那时她是厂长秘书,与厂里的那班副厂长们平起平坐,自然风光得很。在家里她有了王大全,小欣欣由他来照顾再放心不过。受到过严重感情打击的她又一次充满了新的活力。

然而,从这年的夏末秋初开始,深重的灾难接踵而来。这远远不是一个天生弱质的姑娘所能承受的。

最初是厂里的生产陷入困境,病症跟柳城的大部分国营企业差不多,产品推不出去,原料进不回厂,外欠收不回来。郑爱蓉当时的情绪还算稳定,以为这是征途上的一点坎坷。在她眼里,四十刚出头的叶文英厂长是一个有胆识有能力又有远见的决策者,他肯定胸有成竹,定能在最关键的时刻力挽狂澜。没想到就在这节骨眼儿上,上边一纸命令,将叶文英调到轮胎厂任党委书记兼分管生产的副厂长。没多久厂子就"放假"了。说放假只是好听一点儿,说白了就是破产。

厂里的外欠如此之少(而且大部分是死账)令人诧异,厂子的内亏如此之巨足以令人目瞪口呆。

郑爱蓉给叶厂长当了两年零九个月的秘书,对此竟然一无所知。这一次她才完全明白,她从十六岁起就开始为其贡献精力和心血的工厂,已经血液流干,心脉俱断,无可救药了。

女工们回家死心塌地地做饭抱孩子,男人们从副厂长到修理工,纷纷出去各谋生计,各显其能。

郑爱蓉这才发现,自己除了装装梭子,给青年人开个会,替厂长打打电话保管保管材料之外,什么都不会。而她这些所谓的"技艺"在社会上根本派不上什么用场。

她万念俱灰。

冬天来了，降下了一九九四年的第一场大雪。那天夜里，王大全穿上大衣，准备出去给高烧三十九度的小欣欣买药。

"大全。"

王大全已经拉开了房门，听见她叫，站下身子，以为还有什么事。

郑爱蓉拿着自己的一条纯白的羊毛围巾给大全裹上，又为他扣紧了大衣领上的扣子。

"路滑，当心点。"她说。

"哎。"王大全笑了笑，走了。

郑爱蓉无论如何也想不到，这居然是王大全留给她的最后一个笑容。

就是在那个大雪过后寒风凛冽的冬夜，王大全被一辆呼啸而过的汽车撞倒了，自行车的前后轮圈全部拧成了麻花。当时对面一家五金商店的一名守店的职员刚好被一泡尿憋醒，他披了一件军大衣走到门外，对着马路边的下水口尿尿。这时过来一辆汽车，车灯将他尿水抛出的弧线照射得晶莹闪亮。之后他便听到了一声金属的裂响。他看见人在街对面躺着，汽车却风驰电掣般地驶去。那个职员看见那是一辆带拖斗的大卡车，车牌号码是多少没看清，一个字也没看清。对此他有多种理由，而且每一种都十分站得住脚。他说他有三百度的近视，他没戴眼镜，而且夜里尿尿也用不着眼镜，更主要的是卡车的车速太快，飞驰而过后扬起一股经久不散的雪尘，阻挡了本来就不清晰的视线。汽车的声音消失以后，那个职员裹着大衣缩着脖子进了商店，打了一个冷战，插了店门躺在床上。临睡前他还自己问自己：不知街上那个人到底伤得重不重。

郑爱蓉在天色微明时分赶到了出事地点，柳城交警队事故科的人正撅着屁股用卷尺丈量地面。面目皆非的自行车横躺在街面上，旁边散落着一小瓶"病毒灵"和十几袋"感冒退热冲剂"。看来王大全当时并没有死，他朝前爬了足足有三十米，在洁白的雪地上留下一条血色拖痕。初冬的奇寒如同一个天然冰箱,对洇在地上的斑斑血迹起到了很好的保鲜作用,仿佛刚从体内流出来的一般。

郑爱蓉在这条长长血痕的中段看到了自己那条纯羊毛围巾,如同一根带血的肠子曲曲弯弯地盘在地上。

……

"嘀嘟嘀嘟嘀嘀嘟……"

挂在南墙上的石英钟奏响了一支郑爱蓉多年来一直叫不出名字的乐曲,这是正午十二点的信号。她没想到时间会过得这么快,她实在太疲劳了,看来那一袋白面的确把她弄得够呛。

她强打精神坐起来,打算到厨房里做饭。她自己吃不吃倒无所谓,但她还有小欣欣。

这时候传来了钥匙扭动门锁的响动,接着她又听到了说话声。

"二喜叔,你答应送我两条小红鱼的,你忘了吗?"小欣欣问。

"叔叔这两天有事,没顾上钓鱼。"是刘喜喜的声音。

"那你什么时候去钓鱼?"

"三天吧,三天以内叔叔保证送你两条鱼。"

"可你上次就跟我说三天。"

"叔叔没帮手,冬天钓鱼可费事了。"

"为啥?"

"要在冰上凿一个大窟窿……"

小欣欣不是王大全,刘喜喜当然不会拿她"开涮",这一点郑爱蓉也很清楚。她也没发现刘喜喜跟欣欣的谈话中有什么动机不纯的地方,因此她从来没有向女儿作出过不许和刘喜喜说话的规定。但近来她的心里特别烦,她像一头被激怒的母狮,冲到门厅,对着门外大声喊:

"小欣欣,你回来!"

小欣欣推门进来,眨巴着眼睛,怯怯地望着她,不知自己做错了什么事。

3

"还不快些起?大冬天的睡个啥午觉?这大个后生躺在家里,也不出去思谋个营生,我死了看你咋呀……"

母亲屋里屋外来回走动着,她走到哪里就把唠叨声带到哪里。母亲是个半聋子,听不见别人说话,除非你对着她的耳朵喊。也许她觉得别人都跟她差不多,因此唠叨起来声音也特别高。

于是刘喜喜便从床上坐起来,看了一眼表,刚刚三点多。

刘喜喜过去基本不和母亲顶嘴,现在是绝对不和母亲顶嘴。他这个人身上的毛病要多少有多少,是这条街上有名的"灰鬼",可就有一条,挺孝顺。

本来母亲一直在哥哥家住着。刘喜喜一个人在家,活得挺自在,饿了泡一袋方便面,困了倒头就睡。但母亲在哥哥家放心不下,隔三差五往回跑,一回来就唠叨,催他出去赶快想个谋生的法子。他只好躲出去,哪怕到个没人的地方看看狗打架也行。

刘喜喜不跟母亲顶嘴的原因还很多,他有不少理亏的地方。首先,母亲和哥哥都说,母亲的耳朵是在他蹲了局子以后哭聋的。刘喜喜只知道人能哭瞎眼睛,还头一回听说哭聋耳朵的。不过既然母亲和哥嫂都这么说,而且母亲也确实是他被捕以后才聋的,他也没法分辩了。再说,谁叫自己犯了案,被厂里开除了公职?从母亲手里抠那点退休金花,也真够惨的。

刘喜喜起了床,到厨房去洗脸。

"你总得出去谋个营生吧,别的不能干,卖茶水,蹬三轮儿,干啥不能养活自个儿?"

刘喜喜心里说:卖茶水蹬三轮儿?我宁肯回去再坐班房。但嘴上没吭气,他低下头马马虎虎地朝脸上掬了两捧水,用毛巾胡乱擦了两把。现在他唯一能做的就是赶紧溜出去。

刘喜喜一下楼梯,便遇到一件十分开心的事。郑爱蓉正撅着屁股在她家小房门前给那辆破自行车打气,也搞不清是气门芯的问题还是气管子的毛病,反正郑爱蓉在上面吭哧吭哧地打,气在下面吱吱吱地跑。郑爱蓉蹲下身去捏了好几次轮胎,都不足。

刘喜喜一看乐了,身子靠在单元门旁边,一边看着郑爱蓉打气,一边说风凉话:

"哎哟,郑秘书,您还骑车子?您的那辆红'尼桑'呢,那多神气呀!"

刘喜喜指的是叶文英厂长坐的那辆"尼桑"轿车。那时候爱蓉是厂长秘书,自然也跟着车进车出,有时想上街买点东西,叫出司机来跑一趟,也是常有的事。

郑爱蓉因为轮胎不进气而无比懊恼,脸憋得通红,力气也费得差不多了。她无心跟刘喜喜斗嘴,只管接着干自己的。

"郑秘书,怎么着?要不然我给您到厂里叫车去?"

"……"

"像您这么金贵的身子骨,咋能干这个呢,要不我替您打?"

"……"

刘喜喜见自己的挖苦起不了作用,干脆直来直去:

"你今天是不是吃上耗子药了?八成是过去话太多,都说完了,是不是?"

郑爱蓉踢了一脚车胎,索性不打了,她将气管子当的一声扔进小房,锁了门,骑上车子就走。

"哎……"

刘喜喜还想说点什么,他还没过足瘾。但爱蓉的车子拐了弯儿,不见了。

刘喜喜说他与郑爱蓉是世仇,自有他的想法。他是个男人,肚量总是大一些。两个糊里糊涂的老家伙为一点鸡毛蒜皮的事结仇,老实说与他无关;郑爱蓉当个屁大的团支部书记,板着一副正儿八经的面孔教训他们这帮"哥们儿",他也能理解。女人嘛,稍稍一抬举,就他娘的起性子,有句歇后语:×上的毛——了(燎)不得,指的就是女人。后来她又抱了叶厂长的一条粗腿,俩人出双入对,今天广州明天哈尔滨,一走就是半月二十天,女人一旦抱住男人的腿,更是了不得。你问她哪面是东,她也未必知道。刘喜喜觉得他才不会跟这种女人一般见识呢!

刘喜喜从心底憎恨郑爱蓉,是因为四年前的一件小事,这件事在谁看来都是小事。有一天刘喜喜偷了厂里的一包棉纱,一包棉纱算什么,厂里哪个人不偷?可那天刘喜喜走背运,偏偏冤家路窄,撞上了郑爱蓉。这件事一旦厂里知道了,点名批评倒是小意思,最主要的是扣工资。到了这分儿上刘喜喜只好说了一大堆好话:天知地知,你知我知,高抬贵手,下不为例,等等。郑爱蓉当时只说了句:你把东西放下吧。刘喜喜以为没事了,夜里躺在床上还挺感激爱蓉,觉得这个表面上趾高气扬、牛逼哄哄的郑秘书,内里还不错。

没想到刘喜喜感激得有些太早了。没过三天,刘喜喜就被厂里点了名,工资也叫扣了,恨得刘喜喜牙根儿直痒痒。

当时刘喜喜是纺织厂的"八大金刚"之一,这名头儿是他脑袋上被半头砖开了两个窟窿,肋骨叫板凳砸折两根,大腿上还挨了一刮刀才换来的。过去一提柳纺的"八大金刚"来了,整条街都跑得一个人不剩。哪个敢惹刘喜喜,那无异于虎口拔毛。可刘喜喜就是拿郑爱蓉没办法,他又不能动手。倘若有人知道刘喜喜打了一个女人,那还能在街上混?

4

郑爱蓉和刘喜喜一样,也在搜肠刮肚搜寻着以往熟识的朋友,琢磨着究竟敲哪家的门合适。不过她不是为了找职业,而是借钱,尽管她也同样需要一个职业。

这天下午,郑爱蓉连续找了三四家都没借到钱。人啊,一旦到了这种地步,借钱也难,停发了工资的人大概都有这种感受,人们都知道像他们这种人最缺乏偿还能力。

郑爱蓉最后去的是郭百灵家。郭百灵是她初中最要好的朋友,上下学总是勾肩搭背,宁肯绕远道儿也要结伴走。她们是无话不谈的一对异姓姊妹,郭百灵第一次来例假的时候最先告诉的就是她,这使她在自己下身来红的时候免除了许多麻烦和恐惧。

郑爱蓉走进郭百灵家的时候,郭百灵刚从被窝儿里爬起来,头发蓬乱,哈欠连连,见了她也不像过去那么热乎。郑爱蓉也不便多坐,三言两语说明了来意。后来郭百灵和她的丈夫圣奎就到别的屋去了。

过了一会儿,圣奎和百灵一前一后走了进来,圣奎手里拿着一张五十元的票子。

"爱蓉,这是五十块钱,你先花着,还不还都无所谓。"圣奎说。

"是啊,你先拿着吧。"郭百灵也说。

郑爱蓉看了一眼圣奎手里那张崭新的票子,说:

"算了。"

"你拿着吧,不就是五十块嘛。"圣奎又说。

郑爱蓉站起身来,说:

"我该回家了。"

郑爱蓉当时没接那钱,倒不是完全因为圣奎那句"还不还都无所谓"刺伤了她的自尊心。人都到这分儿上了,哪还来的什么自尊心?最主要的是这五十块钱摆脱不了她目前的困境,不值当领郭百灵这份人情。她觉得不如再找人去借。

郑爱蓉走到大街上时觉得天已不早了,她打算回家去,借钱的事明天再说,反正闲着也是闲着。她在路上犹豫了一下,停住了车子。

她口袋里还有两块钱,她伸进手去捻着那两张软绵绵的旧纸币,心里盘算着该给女儿小欣欣买些啥东西吃。这几天欣欣唯一的零食就是她从窖里起出来的胡萝卜,她不能再委屈孩子了。

小欣欣是个很懂事的孩子。前几天郑爱蓉出去找欣欣回家,她见欣欣在大门外站着,两眼望着前面。郑爱蓉看见一个女人领着一个跟欣欣差不多大的男孩儿,那男孩儿边走边吃着手里的苹果。欣欣两眼盯着的正是那孩子手里所剩不多的苹果。后来那个孩子把它扔在了马路边上。郑爱蓉过去,拉着欣欣的手就朝回走,小欣欣走了两步,又回过头去,朝马路边看了一眼。

回到家里,小欣欣一言不发地走进厨房,又从菜篮子里拿出一个胡萝卜,轻轻地咬下一点点来。

郑爱蓉心里不由得一阵阵发酸,她蹲在欣欣跟前,拢了一下孩子的头发,问:

"欣欣想吃苹果了?"

孩子轻轻摇了摇头。

"小孩子要诚实。"她说。

孩子又轻轻点了点头。

"等妈妈发了生活费,就去给你买,好不好?"

"我不要。"

"为什么?"

"……"

"你咋不说话?"

小欣欣停止了咀嚼,眼睛扑闪扑闪地望着她,忽然问:

"等我有了爸爸,就什么好吃的都有了,对吧?"

"是的。"她望着女儿,不知怎么就回答了她的问话。

"你找到新爸爸了吗?"

"还没有。"

小欣欣想了想,又看着她,说:

"我想让二喜叔叔做我的新爸爸!"

她吓了一跳,不假思索地说:

"那可不行!他是个坏人。"

"我觉得他不坏,他还说要送我两条小红鱼呢!"

"好了,咱们不提他了,总之妈妈给你找一个世界上最好的爸爸,好不好?"

……

郑爱蓉用身上仅有的两块钱在一个儿童食品店里给小欣欣买了两块巧克力,然后出来,骑上车子朝家走。事情坏就坏在这上了,无论是从金钱还是时间的角度考虑,这都是她的一个十分重大的失误。假如她没有在食品店里耽搁这几分钟的时间,恐怕她现在已经拐进柳纺宿舍的大门。正是因为晚了这几分钟,才使她的自行车与一个酒后骑车的长发青年撞在了一起。

当时,郑爱蓉只听得断金裂石般的一声脆响,脑海中轰的一声,连人带车摔撞在路边上。

"他妈的,你没长眼睛?敢撞老子。"长发小伙子从地上爬起来,拍着手上的土,大声吼道。

"……"

那人又照着她的腿上踢了一脚:

"臭婊子,问你呢。"

"……"

郑爱蓉一直没有说话,剧烈的疼痛使她大张着嘴,半天没换上气来。等到她能够说上话来的时候,她又不能说,她一声没吭尚且被踢了一脚,若是再开口,指不定会咋样呢。

骑车子的长发青年骂骂咧咧地走了以后,从地上坐起来的郑爱蓉才发现自己被撞得不轻,右手的两根手指被地面磨出了血,裤子的右膝处也磕破了,高跟皮鞋的鞋跟儿脱落了,鞋和跟儿分别搁在横躺着的自行车下。她浑身上下到处都是土。

郑爱蓉捡起鞋子穿在脚上,又捡起鞋跟儿装在衣袋里,强忍着剧痛站起身来,然后又咬着牙往起搬车子。

作过一番艰苦的努力之后,郑爱蓉才发现自己的麻烦远远比想象的大得多。

首先是她的脚,她的脚脖子崴着了,一往地上站就钻心地疼,况且那只脚上的鞋子还没有跟儿。她原想着这个难处也许能克服,只要咬着牙骑上车子,无论如何也能坚持到家。她没想到车子也受伤了,右脚镫子磕在路面上,碰弯了车子的"大腿",死死地卡住了大链盒儿,动都不能动。

街上看热闹的人站在周围议论着:

"瞧,裤子磨得多厉害,连里边的毛裤都露出来了。"

"这裤子肯定是好料子,笔挺笔挺的。"

"车子,车子也不能骑了。"

"那小子也真不是个东西,撞了人就走。"

"跟这种人撞了,有什么办法?"

"……"

看热闹的人大概觉得没什么意思了,这才先先后后地散去。

郑爱蓉推着车子,一瘸一瘸地走上人行道。她将车子支住,刚刚离开身子,车子就砰的一声摔倒在地上。郑爱蓉扭头看了一眼,也懒得去扶。她提起伤脚,连续跳了几下,伏倒身子,两手托住商店门口的水泥台阶,坐了下来。

她一边揉着脚踝,一边神情木然地望着街面。

她必须好好想想,到底该怎么办。

前面不远处就有一个修理自行车的摊子,郑爱蓉现在的位置就能看得到,只要她把车子推过去,修一修,就可以骑着回家了。

然而她口袋里没钱,一分钱也没有。仅有的两块钱也给小欣欣买了巧克力了。

假如她的脚没受伤,鞋跟儿也没坏的话,也许会好一些,她相信自己就是扛也能把车子扛回去。

冬日天短,灰蒙蒙的天空似乎就要暗下来了。郑爱蓉坐在台阶上,觉得眼前的人影车流都离她十分遥远。身居闹市无人问,现在的郑爱蓉才真正体验到了"身无分文"这句话的分量。

要是她不给欣欣买这两块巧克力就好了。

她现在最后悔的就是没有收下郭百灵那五十块钱,她觉得自己简直是昏了头。干吗不接下那五十块钱?干吗要在人家面前充硬汉子?

王大全也是个天生的贱命,若是换了别人,至少也能讹它个三万两万的。就是耍赖皮,她和欣欣也有个上门哭喊的地方。可是,王大全连一点点线索都没有给人留下,他在雪地上爬了足足三十多米,除了那个活得很精明、眼睛又近视得十分厉害的年轻人外,他是这次突发事件中唯一的目击者。他身上装着一支几毛钱的圆珠笔,那支笔就在那条羊毛围巾的不远处。郑爱蓉曾经十分仔细地看过他的手,她曾经期望他能够在手心或手背的某个地方写下一组车牌号码,哪怕仅仅是一个尾数也好。他活着时活得窝囊,死也死得毫无价值。

郑爱蓉真想抱头痛哭一场。

……

5

弓尚这人还真够朋友,说到做到,当下就领着他去了望都商厦,面见了总经理何喜发。

整整一下午,刘喜喜坐在总经理室的真皮沙发上,大讲特讲自己这些年来的坎坷经历。他不时地扒开头发,撩起衣襟,捋起裤管儿,让何喜发看他那些累累战果。

何喜发坐在写字台后面的转椅上,不时地插一两句问话。他时而注目托腮,时而手舞足蹈,就像小时候听瞎子说书或者在看一场精彩的大戏。好几次有人敲门,他都充耳不闻,敲得烦了,就喊一声:

"滚!没见我正忙着吗?"

……

刘喜喜得了一句"明天早上就来"的指令,欢欢喜喜地出了望都商厦。几个月来窝在心里的烦恼与不快一扫而空,这没法不让他高兴。

所以他就要唏唏嘘嘘地吹口哨,所以他就要慢慢腾腾地骑车子,这使得他有更多的机会见到坐在马路边上的郑爱蓉。

刘喜喜见郑爱蓉的车子在人行道上躺着,人也浑身是土,裤子也破了,立刻就意识到了所发生的事。

他心里一阵狂喜,马上就下了车子。

"哎哟,我当是谁呢,敢情是郑秘书,失敬失敬。"

"……"

郑爱蓉看了刘喜喜一眼,脸上毫无表情。面对这个唯一见了她打招呼的道上行人,她只当不认识。

"郑秘书,怎么?您在等厂里的小车?"

"……"

"用不用我打电话给您叫一叫?"

"……"

刘喜喜又看了一眼地上躺着的自行车:

"怎么?嫌车子不如汽车来劲儿,扔了,对不对?何必呢!"

"……"

"这可是我们贫下中农的交通工具,您不心疼我心疼。"

刘喜喜说着,支好自己的车子,走过去将郑爱蓉的车子扶起来,冲着车镫子踢了一脚:

"哟,摔得还不轻呢。是不是真的不想要了?我今儿个运气真他妈好,办了事儿不说,还捡着一辆车子。"

"你滚。"

"你说什么?"

"你滚!"

"……"

郑爱蓉面色灰白,一手抱着膝,一手指着前面,歇斯底里地高喊:

"我让你滚!你他妈的听见没有!你个王八蛋!"

"……"

刘喜喜一下子愣住了。他没想到郑爱蓉会发这么大的火,他跟郑爱蓉一个厂子里待了那么多年,虽然郑爱蓉舌尖口利,对他竭尽讽刺和挖苦,但她向来不失风度。他从来也没有见过她张口骂过人。

刘喜喜站在那里,既没说话也没走。他不知自己究竟该对郑爱蓉的谩骂作出反应呢,还是撅起屁股走人。

郑爱蓉两手捂着脸,抵着屈在怀中的双膝,蜷成一团的身子剧烈地抽搐着。她哭了。

"哎,咋着,你别哭呀!"刘喜喜见状,只好走了过去,推了推郑爱蓉的肩膀。

郑爱蓉哭得愈发厉害了,街边又聚过来一大堆人,有的还在窃窃私语:

"大概是这个男的把那女的撞了。"

"不对吧,撞就撞了呗,哭什么?"

"你没见车子都坏了么?"

"我看不像,八成是老汉打老婆。"

"打老婆干吗不在家里打?"

"……"

刘喜喜劝不了郑爱蓉,见身后又围了这么多人,一下子火了,扭过身走上前去,指着那些人说:

"看你娘的勺子看!滚!×痒了找扇?王八蛋!"刚才郑爱蓉骂了他一声王八蛋,他现在又骂了这群人王八蛋,觉得挺过瘾。

围观的人一个个掉转身子,走了。

刘喜喜过去搀住郑爱蓉的胳膊,一边往起拽,一边说:

"走吧,待会儿人又围过来了。"

郑爱蓉扬了一下胳膊,甩脱刘喜喜的手,没动,但也不哭了。

刘喜喜又将手插到郑爱蓉的腋下,说:

"快走吧,没听见刚才那些人说的话?再待下去保不准遇上熟人,人家见堂堂的郑秘书灰头土脸地坐在地上哭鼻子,不笑个大跟头才怪呢。"

"刘喜喜,我恨死你了。"郑爱蓉说。

"你搞错了吧?又不是我撞了你。"

"你那张臭嘴,没一句人话。"

刘喜喜看着郑爱蓉那张哭花了的脸,笑了:

"我不就说了你一句等小车么?再说你的嘴比我的还臭,你还我两句不就得了?还值当哭?"

"人家心情不好嘛。"郑爱蓉抹了一把脸上的泪。

"走吧,心情不好回家再哭,行不行?"刘喜喜说着,往起扶郑爱蓉。郑爱蓉的屁股刚刚离开地面,他就发现郑爱蓉伤得着实不轻,鞋跟儿也掉了。

"怪不得你的刀子嘴使不出来,敢情你也是癞蛤蟆垫桌子,坐在这儿硬撑着。这伤势至少也相当于一个二等甲级残废。你先等着。"

刘喜喜说罢,推起了郑爱蓉的车子。他穿过马路,将自行车推进一家单位的大门里,又走了回来。

刘喜喜将自己的车子推到郑爱蓉身边,又过去搀住她的胳膊,架到车子跟前。

路上,刘喜喜一边蹬着车子,一边问:

"喂,是谁把你撞成这样?"

"……"

"是不是也跟王大全一样,叫人家跑了?"

"……"

刘喜喜见郑爱蓉不答,也不再问,而是颇有感慨地叹了一口气,说:

"你今年也是命里走背字,厂子完流稀了,王大全也'古得白'了,你呢,守寡不说,出门还碰这种事儿。比我这个劳改释放的光棍汉也强不了多少哇……"

柳纺宿舍离出事的地点并不远,骑车子几分钟就到了。

刘喜喜将车子支好,然后扶郑爱蓉上楼。郑爱蓉那只受伤的脚腕儿直到这会儿好像才苏醒过来,别说走路了,疼得连地都不敢沾。

刘喜喜见她一脸痛苦的样子,就问:

"我背你?"

"谁用你背。"郑爱蓉说。

"都这样了还在我跟前充硬汉子,好!不用背就扶着你。"刘喜喜说着,将她的一只胳膊绕在自己脖颈上,又将自己的胳膊绕过去牢牢地搂住她的腰。

郑爱蓉每上一个台阶,都要吸一口凉气,同时也不得不把身体的几乎全部重量放到刘喜喜身上。

刘喜喜像个纤夫似的弯腰拱背,一边扎稳脚跟,一边眼盯着郑爱蓉那只上楼梯的独脚。就这嘴也不肯歇着:

"唉,也不知上辈子咱俩什么关系,反正我肯定欠了你的,命里注定要给你当牛做马。在厂里的时候你高高在上,叫我们这些人伺候你,如今树倒猢狲散,心想没事儿了吧,想不到还得伺候你。什么时候才能铁树开花枯枝发芽,你也伺候上咱一回……哎哎,你别动,把钥匙给我。"

刘喜喜从郑爱蓉手里拿过钥匙,刚刚插进锁孔里,门就开了。

"妈妈你怎么了?二喜叔,我妈妈怎么了?"小欣欣问。

"来来,快让开道,二喜叔还真有点顶不住了。你妈咋了叫她晚上睡觉的时候给你慢慢讲,好不好?"

刘喜喜说着,将郑爱蓉扶到床边。郑爱蓉两手撑住床沿儿,侧身坐下,微微轻喘着。

"咋着?我帮你把鞋脱了,躺一会儿?"刘喜喜问。

郑爱蓉斜了他一眼:

"去你的,谁用你管?"

刘喜喜并不生气,瞪大了眼睛说:

"你以为我想管?我是见你一个人坐在大街上哭,可怜你。唉,你说这人他妈的也怪,就像你吧,当初在厂里的时候,瞧你那副德行,今天训张三明天训李四,谁见你哭过?王大全死了你也不过眼圈儿红了两三天。要是有人跟我说咱的郑书记坐在街上哭鼻子,打死我都不信。"

郑爱蓉的情绪一下子又激动起来:

"你高兴了吧?你解气了吧?你又有了开心的话题对不对?你说去呀,你现在就挨家挨户说去,门在你身后,用不着我替你开!"

"妈妈,我饿了。"小欣欣从另一个房间跑过来说。

"妈这就给你做饭去,你把妈妈的拖鞋拿过来。"

郑爱蓉轻轻抱起自己那只受伤的脚,紧锁着眉头,咬紧牙关将皮鞋脱了下来。

刘喜喜两手抱在胸前,神态悠然地打量着郑爱蓉,看她如何下地行走。他小时候最喜欢的就是到动物园看猴子,他喜欢给猴子吃一些瓜子花生之类的食物,看它们到底如何解决这些难题。他此刻面对着郑爱蓉恰恰就是这种感觉。

郑爱蓉两手扶着床沿儿,一只脚在地上蹦。可当她离开了床,手扶着墙壁的时候,身体的重心无处着落,一步也挪动不得,只好又坐回到床上。

"嘻嘻,不行吧,这可麻烦了,饭也吃不上了。"刘喜喜站在一边说。

郑爱蓉怒视着刘喜喜,大声说:

"你走呀,我叫你走,你听见没有?"

"你不叫我走也留不住我。我老爸活着的时候就说过,寡妇门里是非多,我可不敢惹事儿。"刘喜喜说罢,转身朝外走。

"你怕惹事儿?你要是怕惹事儿也就不会到那里面去喝棒子面粥了。"郑爱蓉对着刘喜喜的脊背说。

刘喜喜没回话,拉开门出去了。

郑爱蓉呆呆地坐在床边愣了一阵儿,忽然觉得该给欣欣做饭了。

"欣欣,你去给妈拿一个板凳来。"

小欣欣将板凳搬了过来。这是一种普通的折叠小圆凳,郑爱蓉两手托着,每朝前跳一步,便将凳子往前移一下。也许是她太不小心了,刚走了几步,便压翻了凳子,整个人也跟着一起倒在了地上。

她的那只伤脚又被碰着了,她龇牙咧嘴,两手紧紧卡着小腿,半天换不上气来。

就在这时门又开了,刘喜喜走了进来,他右手提着一副长拐,左手拿着一把钳子。一见郑爱蓉在地上坐着,又止不住乐了:

"不行吧?再叫你逞能。"他说着,过去一把将郑爱蓉扯起来,扶到床边,又拿起长拐,在她的腋窝儿下比了比,然后蹲在地上,用钳子拧开拐上的螺丝。

"这是我那年腿上叫人捅了两刀,买来拄的。原想把它扔了,又一琢磨,像咱这种刀尖上舔血过日子的人,保不准哪天又叫人把腿打折。你瞧,派上用场了。"刘喜喜说着,又把郑爱蓉从床上拉起来,将拐插在她的腋窝儿下,觉得高低差不多,这才用钳子把螺丝拧紧。

郑爱蓉拄上了双拐,果然觉得方便多了。她走进厨房,将暖壶里的水倒进锅里,打着煤气,拿出方便面,又从篮子里取出一个鸡蛋来。

刘喜喜在厨房门口站着,见郑爱蓉取鸡蛋,就说:

"怎么,下荷包蛋是不是?给我也下两个,这半天把我的肚子也折腾空了。"

"你这号人也配吃鸡蛋?连母鸡知道了都不会同意。"郑爱蓉从厨房走出来,又坐回到床上。

刘喜喜又跟了过来,依然将两只胳膊抱在胸前:

"你这话也真够损的,不过厉害倒是厉害,可一点也不幽默,这可不像郑大秘书说出的话,倒像是泼妇叫街。"

"……"

"你咋不说话?敢情这干部下了台,水平也跟着下台,立竿见影。"

"你走吧。"郑爱蓉说。

"遵命。对了,还有一件事忘了请示,用不用我去给你叫厂里的通讯员来,叫他帮你做做饭什么的?"

"……"

"不用?那好,我走了。"

刘喜喜刚刚拉开房门,就听见郑爱蓉叫:

"刘喜喜。"

"怎么,后悔了?是不是觉得良心上过不去?"

"你回来。"

"我回来了,有什么指示?"

郑爱蓉看着刘喜喜,目光中透着一丝悲哀,说:

"喜喜,我最近心里很烦,也很累,要不是有欣欣,我连上吊的心都有。咱们以后别斗嘴了,行不行?"

"原来你是这么个意思,当年双枪将陆文龙刚出道的时候,非常勇猛,岳飞的'八大锤'都不是对手,只好挂'免战牌',金兀术也就不打了。凡事都有个规矩,既然你烦,我也不想乘人之危。停火一个月,咋样?"

郑爱蓉十分诚恳地说:

"刘喜喜,我说的可是真的,这真的是我的心里话。"

"好好,那就无限期停火,即日起生效,行了吧?"

刘喜喜说罢,走了。

郑爱蓉从口袋里掏出街上买的那两块巧克力,将欣欣叫到身边。

"吃罢。"她说。

欣欣接过巧克力,将外面的包装纸撕开,递到郑爱蓉嘴边:

"妈妈,吃罢。"

郑爱蓉一把将女儿搂在怀里,眼里的泪水夺眶而出……

6

这时候楼道里传来了唏唏嘘嘘的口哨声,吹的是"不白活一回"。郑爱蓉一听便知是刘喜喜回来了,她拿了双拐走出去。刘喜喜正用钥匙开门,见背后有响动,便也回过头来。

郑爱蓉站在门口愣住了,她好像已有好几天没见到刘喜喜了。此刻的刘喜喜通身上下焕然一新,一套崭新的鼠灰色西装和马甲,白衬衣,真丝花领带,脚上的大红皮鞋锃光铮亮,头发显然是梳理过的,还有着略微有些不大自然的造型,脸上也刮得光溜溜的。郑爱蓉还从来没见过刘喜喜像今天这样刻意装饰过自己,平日里他总是着一件土黄色的条绒夹克,脏不脏也没人知道,那张脸上也一直杂草丛生。

"甭这么看着我,弄得人挺不好意思。"刘喜喜打量了一下自己,表情有些不大自然,还真的有些不好意思的神色。

"怪了,你这样难道不是为了让人看?"郑爱蓉说。

"你可别以为我是相对象什么的。我是找到工作了,这代表企业形象。"刘喜喜抖了抖西装的衣领说。

"你?什么工作?"这还真有些出乎郑爱蓉的意料。

"干这个。"刘喜喜朝郑爱蓉伸了一下拳头。

"拳击?"

"什么拳击,我给'望都'的大经理当保镖,你瞧。"刘喜喜说着,撩起马甲,从腰带上的一个皮套儿里抽出警用"护身宝",按动了一下键钮,电击器前面的两个亮闪闪的金属钉便嗞嗞嗞地射出了蓝白的电光。

郑爱蓉本能地后退了一步,努力掩饰着自己的失措,说:

"我猜你也不可能找什么好差使,看着吧,保不准哪天又进去喝两年棒子面糊。"

"喝糊就喝糊,像咱这种人,也是没法子,谁叫咱被开除了呢。我要能坐在家里掰着指头数日子等政府的救济,也不会干这刀刃舐血的勾当,你说呢?要不然劳您驾给指条阳关道走走?"

郑爱蓉知道刘喜喜虽然换了行头,但内里还是那个刘喜喜,也懒得跟他多说,将手里的拐递了过去:

"还你。"

"伤好了。"

"好了。"郑爱蓉说罢,扭身回屋去。

"你站住。"

"干什么?"郑爱蓉回过身来,见刘喜喜的表情还挺严肃。

"不干什么,用过别人东西,总该有个表示吧?"

"谢谢你。可以了吧?"郑爱蓉说。

"有点儿勉强。"刘喜喜笑着说。

郑爱蓉没理他，进屋以后关上房门。现在的郑爱蓉从本心来讲，仍然十分看不起刘喜喜，她绝对不会真心地感谢他，也绝不会认为刘喜喜是在真心帮她。她很清楚刘喜喜这个人，他出手帮她只不过是满足了自己，他赢了，正以一种胜利者的姿态俯视她。她对刘喜喜以一种救世主的面孔跟她说话十分恼火，但她还是把心里的气愤压下了。她觉得刘喜喜这一回是碰巧帮了她，这种事相信不会发生第二次，即使真有第二次，如果刘喜喜还用这种腔调跟她说话的话，她也绝不会像今天这么客气。

郑爱蓉当然没有想到，世上偏偏就有这么巧的事。

7

下午郑爱蓉坐在沙发上看一个没头没尾的电视剧。自从厂子停产以后，与她相伴时间最长的就是这台十八英寸的电视机了。她懒得出去串门，最主要的是不想跟别人聊天，一聊天总会说到家庭丈夫还有月收入什么的，而这些都是郑爱蓉极不愿提起的话题。

这是一个没看上开头的电视剧，夫妻两个正为一些无聊的琐事斗嘴，郑爱蓉不明白他们过得好好的干嘛还要吵，好没意思。好几次郑爱蓉都想起身将它关了，但最终还是没动身子，后来还是电视剧里的人物给了她启发。那个女的吵完架之后，拿起了笤帚和鸡毛掸子，开始收拾房间。

于是郑爱蓉想到自己也该扫扫房了。现在虽然离过年还有二十天，但年根儿下的事总是要做的，而且干完一件少一件，更主要的是这给了她一个很充分的关电视的理由。

郑爱蓉从楼下取上两把捆有竹竿的笤帚，一长一短。笤帚是过去用过的旧笤帚，已经基本上秃了，扔在小房里，只有每年打扫房间时才用。她回到屋里，又找出过去存下的一些旧报纸。屋里的东西她自然一件也搬不动,她只有将它们全部用报纸盖住。

小欣欣本来在床上睡着了,是她拾掇屋里的东西时将一个台历架掉在地上,才把孩子弄醒了。小欣欣见她收拾屋子,兴致也很高,她下了地,拿起地上的报纸,一张张地往她手里递。

"欣欣真是个好孩子。"她夸奖了孩子一句。

她的这句表扬给小欣欣增添了新的动力,小欣欣跑前跑后,干得更热乎了。当她站在高凳上,开始扫屋顶上的尘灰时,小欣欣还是不肯离开。

尘土纷纷扬扬地落了下来。

"欣欣,快到别的屋去,听话。"

小欣欣的头上也裹了一条毛巾。她搬来一个小凳子,又拿起了另一把笤帚:

"我也要扫。"小欣欣说着,就要往凳子上站。

"欣欣听话,快出去,这儿脏。"她冲着小欣欣喊。

小欣欣搬上她的小凳子,出去了。

于是郑爱蓉又接着扫她的房子。小欣欣一向很听话,从来也没有违背过她的意愿。郑爱蓉怎么也不会想到,孩子居然有那么强烈的表现自己的愿望。

也许对于一个早熟的孩子来说,小欣欣已经有了一种为母亲分担责任的想法。她将小凳子搬到了客厅里。客厅里的东西已经用报纸和需要换洗的床单覆盖好了,小欣欣站到凳子上去,用笤帚扫着墙壁。

"砰砰!啪!"

郑爱蓉被客厅里传出的声音吓了一跳。那是竹竿落地、凳子翻倒以及钢化玻璃茶几被撞的磕碰声,接着便是欣欣一声紧似一声的哭喊。

郑爱蓉跳下凳子奔出屋去,只见小欣欣倒在地上,额头上碰开一个大口子,殷红的鲜血顺着孩子的指缝小泉似的涌出来,浸染了孩子的眉眼口鼻以及衣衫的前襟,斑斑点点地洒落在水泥地上。

郑爱蓉被眼前的情景吓坏了。她只是出于一种本能的反应,一下子从欣欣身上跨过去,拉开房门尖叫了一声:

"刘喜喜,你快来!"

对门的刘喜喜好像早就准备好了似的,应声而出,夺门进来,一把抱起地上的小欣欣,冲着她喊:

"你还愣着干什么?快找东西包伤口呀!"

面如死灰的郑爱蓉这才有了反应,她急忙打开柜子,手忙脚乱地寻找给孩子包伤的布。她先是拿出了欣欣的一条裤子,觉得不合适,扔在地上,又拿出欣欣的一顶毛线帽子,觉得更不合适,又扔在地上,最后她提出一个包袱,索性将里面的衣物一股脑倒在地上,然后又跑到这边来。

"你倒是快点呀!"刘喜喜很不耐烦地喊。

"我的剪子呢?剪子怎么找不到了?"郑爱蓉几乎拉开了所有的抽屉,她惊慌失措茫然四顾,拿在手里的包袱皮因了她全身的剧烈抖动而不停地摆动着。

"把布拿过来!"刘喜喜说着,等郑爱蓉刚一近前,就一把扯过那块包袱皮,叼在嘴里,一只手用力一拽,只听嚓的一声,就撕下一条儿,跟着又嚓的一声撕下一条儿,将手就在嘴边,挽了一个疙瘩,然后飞快地将布条儿缠在欣欣脑袋上。

血很快就从布条儿上洇出来。

刘喜喜将欣欣抱起来,又对站在一旁的郑爱蓉喊:

"走,快上医院。"

刘喜喜下了楼,将欣欣交给郑爱蓉,推起自行车,一脚踢开后支架,说:

"快上车。"

郑爱蓉坐在车子后架上，怀里抱着小欣欣。这时小欣欣已经不哭了，躺在她怀里，好像睡着了。

"欣欣，告诉妈妈，疼不？"她问。

小欣欣仍旧闭着双眼，没吭声。

"你倒是说话呀！疼不疼？"郑爱蓉急了，用力摇着孩子，话里带着哭音。

"问什么问，你这不是废话么？把你的脑袋凿开一个口子试试。"刘喜喜一面飞快地蹬着车子，一面不满地说。

一到柳城市人民医院的大门口，刘喜喜便下了车子，他二话没说一把从郑爱蓉手里抱过欣欣，朝楼里跑去。郑爱蓉将车子存了，也朝楼里走，她只觉得两腿发软，抬都抬不起来，有几次险些坐倒在地上。大门距楼前的这块空地实在太大了，对于她来说，这是一段很远很远的路。

郑爱蓉走进门厅的时候，好像听见刘喜喜在楼道里的某个地方叫她。她走了过去，知道门上写着三个大字，可她的视线一片模糊，一个字都看不清。她身子靠在墙上打起精神问刘喜喜：

"欣欣呢？"

"医生正给她消毒呢，你怎么了？"刘喜喜看出她有些异样。

"我头晕。"郑爱蓉两手抵着额头。

"我扶你去找大夫？"

"不用。我怕血，我一见血就晕。"郑爱蓉说，她今天可以说是创造了奇迹，连她自己都奇怪为什么直到现在才感觉到晕。

"那你还是别进去了，就在外面等着吧。"刘喜喜说罢，推开身后的门，走了进去。

郑爱蓉手扶着墙，顺着楼道走回门厅。挂号室的窗口旁边有一张长条木椅，她摸索着坐下，低下头，做了几个深呼吸，这才觉得稍稍好了一点儿。

"爱蓉,爱蓉。"

郑爱蓉听见有人叫她,光凭声音,她就知道是她的前任厂长叶文英。她给他当了两年多的秘书,与他相处的日子比跟自己的丈夫都多,对他的声音再熟悉不过了。

"爱蓉,你怎么了?病了?"叶厂长坐在她的身边,一只手搭在了她的肩膀上,十分关切地问。

郑爱蓉轻轻摇了摇头,这才抬眼打量了一下叶厂长。这时她的眼睛已经恢复了正常的视觉。她看见叶厂长仍旧穿着一套笔挺的西装,领带也打得十分齐整。叶厂长与离开厂子的时候几乎没什么变化,依然是面色红润,印堂发亮,沉着而充满自信。他的旁边站着一位身穿黑色皮夹克、拿着白线手套的男人,看样子是他的司机。

"你到底怎么了?"叶厂长十分关切地问。

郑爱蓉对眼前的这种关切一点儿都不陌生。当初她给叶文英当秘书的时候,平日在厂里,叶厂长一向不苟言笑,一脸的严肃,但只要一出柳纺的大门,叶厂长对她一点点微不足道的不适都给予细心的关怀,哪怕她夜里被蚊子叮了一小口,叶厂长都能体察得到。

"我没什么,是小欣欣,她的头碰破了。"郑爱蓉说。她知道自己如果不说出来,叶厂长是绝不会甘休的。

"欣欣在哪儿?你快领我去。"叶厂长从长椅上站起来,显得十分焦急。

"她正在包扎,很快就会出来,没事的。你干什么来了?"郑爱蓉问,现在她觉得自己好多了。

"要过年了,检查一下身体,这是惯例,你知道的。"叶厂长说。

是的。这的确是惯例,郑爱蓉觉得叶厂长什么都没有改变,包括他的一些所谓的惯例。变了的好像只是她自己,在她的脑海中,过去的一切已经十分模糊了,就像刚才房门上的那三个红色大字。

"你最近怎么样?"叶厂长问道。

"就那样。"她说。

那样究竟是什么样?郑爱蓉自己也说不清楚,但好像又什么都说清楚了。她不想跟叶厂长深谈,虽然叶厂长对她一直很不错,没有一点儿亏待她的地方。

"工资发不出来了吧?"叶厂长又问。

郑爱蓉没说话。事情是明摆着的,用不着她说。

"缺钱不?我这儿正好有些零的,你先用着。"叶厂长说着,掏出皮夹,从里面抽出一些票子,郑爱蓉看见那都是些面值一百元的。

"我不缺。"郑爱蓉说。

然而她的话根本骗不过叶厂长,不过叶厂长自然也不会说破。他又将钱朝她的面前伸了伸,说:

"不缺也拿着吧。说实在的,你给我当秘书的那段时间,确实帮了我不少忙,为我做了许多工作范围以外的事。本来我有心把你调到轮胎厂来,继续给我当秘书,可柳纺的情况你也清楚,都是些长舌妇,保不准又会说出什么来,反映到局里去。"

"我已经说了,我不缺钱。"郑爱蓉说。

于是叶厂长便将钱塞进皮夹,装回口袋里。他这人就这样,无论对什么人,一声军令如山,向来是一言九鼎,但唯独对郑爱蓉例外,有时甚至对她言听计从。当初在厂里的时候,工人们给他起了一个绰号,叫冷面杀手,有什么话都不敢跟他说,包括那些副厂长在内,他们常常把急于想表达的意思转告给郑爱蓉,请她帮忙。

这时候刘喜喜领着小欣欣出来了。郑爱蓉一见就扑上前去,一把抱

住女儿,轻轻摸着她头上的绷带,问道:

"还疼么?"

"哟,这不是堂堂的叶厂长么?怎么,今儿个有空,来医院转转?"刘喜喜说。

"啊,是刘喜喜,好久没见了。"叶厂长主动上前,伸出手来和刘喜喜握了握,那态度活像是遇上了多年不见的老朋友。

"是啊,是有阵子不见了,在轮胎厂当了书记,还不错吧?"刘喜喜似笑非笑地问。

"有啥错不错的,还不一样,替公家料理这些烂摊子。"叶厂长还挺谦虚。

刘喜喜的嘴巴向来不饶人:

"那可不一样,同样是烂桃子,谁还不挑好的再啃几口?"

叶厂长大概觉得必要的礼貌已经够了,便不再跟刘喜喜说话。他走到小欣欣跟前,蹲下身子,和蔼地问:

"欣欣,怎么弄破头的,告诉伯伯。"

"是从凳子上掉下来的。"小欣欣说。

"以后要当心,要听妈妈的话,啊?"

"嗯。"

"走吧,咱们回家吧。"叶厂长说着,站起身来,拉住了小欣欣的手。

旁边的刘喜喜见此情景,便十分知趣地对郑爱蓉说:

"我还有事,先走一步了。"

"你先别走。"郑爱蓉说。

刘喜喜看了看腕上的手表,那手表也是新的,亮闪闪地放着光。

"我真的有事,这不,正好叶厂长,不,叶书记的车在,不如麻烦他送送你们。"这时的刘喜喜倒是一脸的正经。

"是啊,咱们走吧。"叶厂长像是对欣欣,又像是对她说。

"刘喜喜。"

刘喜喜已经走出五六步远,又被郑爱蓉叫住了。

"什么事?"

"你先别走。"郑爱蓉还是那句话。

"还是叫小杨师傅送送吧,反正是顺路,很方便的。"叶厂长说。

郑爱蓉拉起了小欣欣的另一只手,脸上的表情显得很平静:

"谢谢了,你们先走吧,我跟刘喜喜还有话说。"

于是叶厂长也就不再勉强,又跟刘喜喜打了个招呼,便走出门去,站在台阶上,一辆崭新的"现代王"在他身边停下,叶厂长拉开车门,伏身而进。

小车悄无声息地开走了。

刘喜喜扭过身来,看着郑爱蓉:

"有话你就说吧。"

"没话。回吧。"郑爱蓉说罢,拉着小欣欣朝外走。

刘喜喜跟在后面,以一种不满的腔调说:

"你是不是有病?放着大书记的'现代王'不坐,偏要坐我的人力自行车,你嫌我中午吃的饭没地方消化怎么着?"

郑爱蓉不说话,自顾自朝外走。

在回来的路上,刘喜喜还是一边蹬车,一边唠叨着:

"你说你坐叶厂长的小车多好,害得我还得送你一趟。今儿早上梦见一只乌鸦落在我家阳台上,知道就他妈凶多吉少,这不,又叫我赶上了。"

坐在车后一言不发的郑爱蓉终于忍不住了,突然吼了一声:

"你说够没有!"

刘喜喜根本不吃她这一壶,扭头说道:

"我他妈没说够,怎么着?你害得我上班迟到,扣了工资你赔?"

郑爱蓉张了张嘴,但没说出话来。

到了家门口,郑爱蓉用钥匙开自家的门锁,刘喜喜也拿出钥匙开自家的门锁。

"呀——"

郑爱蓉突然发出一声尖厉刺耳的叫喊,仰身跌靠在墙上,双手紧紧地捂住了脸。

"怎么啦?"刘喜喜吃了一惊,回身过来,顺着郑爱蓉打开的门缝儿朝里一看,只见客厅遍地狼藉,地板上赫然有一片欣欣流下的血迹。

刘喜喜恍然大悟:

"对了,你怕血,一见血就晕,对不对?"

郑爱蓉紧闭着双眼,脸色灰白。

刘喜喜走进屋,从卫生间里提出一个拖把,将地上的血擦了。又进去涮了一次墩布,又重新擦了一遍。

"请进吧,我的郑大秘书。"刘喜喜说罢,又回到自家门前,将掉在地上的钥匙捡起来,重新开门。

"慢着。"郑爱蓉叫他。

"怎么?不干净?"

"把你的衣服脱了,我帮你洗洗。"郑爱蓉说。

刘喜喜打量了一下自己,只见自己这套崭新的鼠灰色西装上有好几处沾上了小欣欣的血迹,还真的没法儿穿了。

"算了吧。我这可是'望都'最高级的毛料,不能手搓的,回头还是我自己送到干洗店去。"

"你慢着。"郑爱蓉又叫道。

"我说你到底有完没完?我还急着上班呢!"刘喜喜有些不耐烦了。

"谢谢你。"郑爱蓉说。

刘喜喜回过身来,朝前倾了倾身体:

"你说什么?"

"谢谢你。"

"真心的?"

"真心的。"

"光嘴说说? 没什么实际行动?"

"你想要什么实际行动?"郑爱蓉问道。

刘喜喜抬起手,打算抓抓头皮,大概是想到自己的发型是喷过胶的,于是活动了一下指关节,又将胳膊放下来,笑了笑说:

"我还没想好,等想好了再告诉你。"

8

郑爱蓉从医院出来,已经是中午了。她没有回家,领着欣欣进了饭店,叫了两碗担担面,喝过面汤之后,她又和欣欣在市场上逛了一圈儿,用口袋里的钱买了花生瓜子糖块儿,还割了五斤猪肉,买了一包粉条儿,两根"春都"火腿肠,一盒虾片儿,一根彩珠筒,两个滴滴筋儿。另外还有一个画着孙悟空的红色氢气球,最后又买了一副现成的对联儿,往年厂里都有人专门给写,到了这时候办公室的桌上地下到处都是红辣辣的。

郑爱蓉回到家里,忙乎了好大一阵子,将置办来的东西分门别类,放在它们该放的地方。看看表,又到了该吃晚饭的时候。她和了一小块儿面,擀成细细的面条儿,下进锅里,然后做了一个肉末儿炒粉。母女俩全坐在沙发上,看着电视里放着的"机器猫",倒也吃得津津有味。

吃罢饭,郑爱蓉还没来得及收拾,就听到有人敲门。她家已经有好久没来过人了,乍一听敲门还真有些不大适应。

当郑爱蓉打开屋门的时候,着着实实地吃了一惊:

"郭百灵?"

是郭百灵。郭百灵穿着很时髦的花呢服装,腋下挎着一个挺大的包,浓妆艳抹,口唇涂得十分鲜亮,与上次见面的时候简直判若两人。

"我说小麻雀,连门都不让进?不就是没借给钱么?小肚鸡肠。"

上学那会儿郑爱蓉管郭百灵叫百灵鸟,郭百灵就叫她小麻雀。郑爱蓉听郭百灵这么一叫,又听她这么一说,就笑了。她觉得这才是真正的郭百灵,昔日的好朋友好像又活了似的。

"进呗!"郑爱蓉说着,大开了房门。

郭百灵进了屋,一屁股坐在沙发上,将欣欣抱过来,问:

"欣欣,还认得阿姨不?"

小欣欣看着她,摇了摇头。

"好好想想。"郭百灵说着,打开挎包,从里面掏出一个塑料袋儿来,袋子里装满了酒心巧克力,旺旺甜饼,山楂糕,薄片瓦酥,花花绿绿应有尽有,全是孩子喜欢吃的东西。

郭百灵拿起一块盒装山楂糕往欣欣手里递,见孩子不要,就狠狠瞪了郑爱蓉一眼,怪道:

"看你把孩子教成啥了?"

"欣欣,阿姨给你就接住吧。"郑爱蓉发了话,小欣欣才把东西接了过去。

"想起阿姨来了没?"郭百灵又侧着脸问。

小欣欣还是摇了摇头。

郭百灵长叹了一口气,对郑爱蓉说:

"这女人呀就是不如男人,一旦结了婚,家务孩子一缠,再好的朋友也就淡了。我大概快两年没来了,难怪孩子不认得我。"

"上次你来我家是跟圣奎吵了架对吧?我撵都撵不走你,我真担心圣奎急出病来。"郑爱蓉说。

"算了吧,你是急着出差,怕我跟你家胡玉文孤男寡女共处一室出事儿,给你扣绿帽子,对不对?"

郑爱蓉嗔怪道:

"你这张嘴呀,还是那样儿,就不能改一改?"

"还生气不?"郭百灵问。

"生什么气?"她问。

"装蒜!没借给你钱呗。"

"我真的没生气。"郑爱蓉说。

"虚伪。你身上有几颗黑痣,你肚里有几条蛔虫,从里到外哪样儿能瞒得过我?你说说!"

郑爱蓉笑笑,也就不跟她争辩。人有些事往往自己也说不清楚,要说一丁点儿不生气怎么可能呢?

"当时我家里真的就剩下五十一块零三毛。就算我有,能借给你么?圣奎那个人,比女人都小气。"

"算我不对,行了吧?"郑爱蓉说,反正过去她跟郭百灵闹矛盾,临了道歉的总是她,多年的习惯了,她也不在乎这一回。

郭百灵也就不再说别的,从衣袋里掏出钱,放在茶几上:

"这是三百,够不够?"

"算了,我们厂里已经发了补助,不骗你。"

郭百灵又从口袋里掏出两张一百元的票子,作势要往茶几上放:

"到底够不够?说实话!"

"够了,够了。"郑爱蓉说着,急忙从茶几上拿起那三百块钱,收了起来。

郭百灵也将手里的两张票子装回衣袋里，以一种摆阔的口吻说：

"实话告你吧，我们年终光奖金就发了一千多，圣奎也发了一千多。咱们可一向是有福同享有难同当，你说对不对？小麻雀？"

"对！"郭百灵的话使郑爱蓉的心里觉得畅快极了。

"那我走了。"郭百灵说着，站起身来。

"要不你别回了，就在我家住一晚？"郑爱蓉突发奇想。

"你别说，我还真有这么点儿意思。我也不知咋搞的，一见你就不想走。"郭百灵笑着说。

"那就这么定了。"郑爱蓉童心大发，好像又回到了无忧无虑的少女时代，那段快乐的时光真让人难以忘怀，她简直有些陶醉了。

"很可惜，我还不能留。我要在你这儿住，圣奎保准以为我跟哪个男人睡觉呢！"郭百灵很遗憾地摇着头。

"要不然你回去跟他打个招呼，然后再来？"

"你以为就凭我一句话，他就肯信？"

"还不是你平时不稳重，惹他怀疑？这样吧，你跟欣欣在家，我去你家说一声。"郑爱蓉还不死心。

"算了吧，大老远的路，别费劲了。"郭百灵说。

郑爱蓉想想也对，人家也是拖家带口大人孩子的，何必麻烦呢。于是她也就不再坚持，一直把郭百灵送到了楼底下。

郑爱蓉出了楼门才知道下雪了。天气是下午变的，但一直没落雪。这时候冷风有一股没一股地刮过，楼房里透射出来的灯光映照着飞飞扬扬的雪片，看样子下得还挺大。

地上已是白皑皑的一片。

"下雪了，要不真的别回了。"

"不要紧的。"

"当心路滑。"郑爱蓉说。

"新雪,没压瓷,好走。"

郭百灵骑着车子走了。

郑爱蓉慢慢腾腾地上着楼梯,此时此刻,这是她一年最快乐最满意的一天。她唯一遗憾的是,现在没有一个人能与她共同分享,就像一个母亲身上鼓足了的双乳,很希望孩子能吮吸她的奶,这样才能给她带来更大的快感。

令人痛心的是,此刻的郑爱蓉一点儿也没有预感到将要发生的凶险。倘若她知道欣欣今晚会发高烧的话,她无论如何都要把郭百灵留下,那么,后面的一切灾难与不幸也就不会一直折磨着她脆弱的心灵了。

可惜,世上偏偏没有卖后悔药的。

9

小欣欣的病兆出现在夜里十一点多钟。当时她刚刚睡着,迷迷糊糊地听见欣欣喊:

"妈妈,我冷。"

郑爱蓉披着衣服到小欣欣的房间,她摸了摸欣欣的额头,觉得很烫,她心里不免有些发毛。

郑爱蓉很清楚自己的孩子,欣欣要么不病,要病起来简直不可收拾。她急忙回到自己的房间,拉开抽屉找药。

抽屉里有金万红、伤湿止痛膏、当归片、维生素 C,还有半瓶眼药水,偏偏没有欣欣急需的药。她走进厨房,打算给欣欣熬一碗姜汤水喝,可是生姜也没了。她只好给欣欣冲了一杯红糖水。

"来，妈妈喂你。"郑爱蓉将糖水端在欣欣床边，一勺勺地送进孩子嘴里。

郑爱蓉在欣欣的房间里一直守候着，她企盼着孩子的烧也许会降一些，最起码维持到天亮也好。可是，到了夜里一点多钟，孩子烧得愈发厉害了，浑身就像火炭似的烫人。

本来她打算用烧酒给欣欣擦擦身子，降降温，但翻箱倒柜找了半天，竟连一点酒都没有，这个家里已经有许多时日没男人了，酒是男人们的饮料，没男人的家里自然不会有酒。

郑爱蓉不能再等天亮了，等下去会把孩子烧坏的。

也就在这时候，走投无路的郑爱蓉想起了刘喜喜。她走出去，来到刘喜喜家门前，稍稍迟疑了一下，最终还是叩响了房门。

门开了，刘喜喜光着上身，只穿了一条大花裤衩，两眼还迷迷糊糊没有完全睁开。他见是郑爱蓉，便打了一个哈欠，问：

"深更半夜敲光棍儿的门，是不是耐不住寂寞？"

郑爱蓉没心思理会他的胡说八道，低着头说：

"小欣欣病了，在发烧。"

"知道也没那么便宜的事，你等着，我马上过去。"刘喜喜门也没关，回去穿了衣服，跟着郑爱蓉到了这边。

刘喜喜伏下身子摸了摸欣欣的额头，真像是被烫了似的突然缩回手：

"我×他娘的，咱厂的锅炉都没这么热过。"

"要不从你家拿过些酒来，给欣欣身上擦一擦？"郑爱蓉此时已经六神无主了。

"酒？酒顶个屁用！我跟你说，欣欣的烧要是再降不下来，准把大脑烧坏，到时候就跟你家王大全一样，傻乎乎的。"

"那你说这深更半夜的，该咋办？"

郑爱蓉最担心的就是这个,她也顾不得刘喜喜话里有刺儿,十分焦急地问,话里都带了哭音。

"办法倒是有一个。"刘喜喜却显得并不着急。

"那你快说呀!"

"我有个朋友是传染病医院的大夫,最好叫他来看看,现给打上一针,保准就没事了。"刘喜喜说,好像都是事先策划好似的。

"深更半夜的,外面又下着雪,人家肯来么?"

"那好办,我就说你是我老婆不就行了?"刘喜喜笑嘻嘻地说。

郑爱蓉一听这话,脸上就变了色:

"刘喜喜,你还有点心肝没有?孩子都病成这样了,你还说这种无聊的话!"

刘喜喜讨了个没趣,也就笑不出来了:

"你这人也是变得越来越没涵养了,不就是一句玩笑么?你吵着嚷着要嫁我我还未必愿意呢。好了,不跟你说了,我这就叫人去。"

刘喜喜说罢,朝外走去。

"刘喜喜。"

刘喜喜刚下了三四级台阶,听见郑爱蓉叫,便站住,回过身来:

"干什么?"

"你等等。"

郑爱蓉回到屋里,手脚麻利地从柜子里拿出一件大衣,抱出来,递给刘喜喜。

"外面下雪,穿上。"她说。

刘喜喜穿上大衣,将两只胳膊朝外张了张,又仔细审视了一番,抬起头问:

"是胡玉文的还是王大全的?"

"别管谁的,快走吧。"郑爱蓉催促道。

刘喜喜又下了三四级台阶,突然想起了一件事,又站住了,看着郑爱蓉,问:

"我记得王大全叫汽车压死的那天夜里也下着大雪,而且也是欣欣发烧,他出去买药,对吧?"

"……"

郑爱蓉一下子说不出话来了。王大全出走的那个风雪之夜,她也是站在现在这个地方,目送着他一步步走下楼梯,从此他就再也回不来了。

"我可是还没娶媳妇呢!要是我也叫汽车压死了,你会不会为我红两天眼圈儿?"

"……"

"你怎么不说话?"刘喜喜接着问。

郑爱蓉双唇抖动着,眼里聚积的泪水扑簌簌地落了下来。

刘喜喜一见哭了,又走了上来,站在郑爱蓉跟前:

"我跟你说着玩呢,别哭了。"

郑爱蓉用手捂住了脸,双肩也在剧烈地抽搐着。

"你哭得我都走不成了,别哭了,听见没?"刘喜喜说。

"嗯。"郑爱蓉点了点头。

"进屋去吧,你进了屋我再走。"刘喜喜又说。

"嗯。"

……

刘喜喜和大夫进门的时候已经是夜里两点多钟了,俩人的头上肩上盖满了晶莹的雪花。大夫用手扑打了几下头顶上的雪,将脱下的大衣交给郑爱蓉,便匆匆走了进去。

大夫坐在床边，给小欣欣量了体温，又听了听她的心脏，最后摘下听诊器，对郑爱蓉说：

"你们放心吧，输点液就会好的，请把外屋的那个衣架拿过来。"

刘喜喜出去，将衣架搬到了小欣欣的床边。大夫从挎包里拿出一个一次性输液器，又打开两个小药瓶儿，将药倒进液体里面，然后用一根听诊器管拴住欣欣的胳膊，将针头扎进血管里，看见有了回血，才用胶布粘住针鼻，又将软管儿绕了一圈儿，固定好。

"多年不见，没想到你孩子都这么大了。"大夫一边看着腕上的手表，一边观察着液体的滴速，嘴里说。

"老孙，事儿急，忘了跟你说了，这是我们邻居的孩子。我的孩子还在他妈的腿肚子里转筋儿呢。"刘喜喜笑着说。

"难得你们邻居相处得这么好，现在的人情可是薄得很。"孙大夫说，又最后调整了一下流速。

"你不相处也没办法，架不住有人半夜叫你。"刘喜喜看了郑爱蓉一眼说。

孙大夫在一个小瓶盖儿里留下两个酒精棉球儿，对刘喜喜说：

"等液体输完了，把针头拔了就行，我走了。"

"请问药费多少钱？"郑爱蓉边问边从口袋里掏钱。

"跟刘喜喜算吧，药是他买的。"孙大夫已经穿上了大衣。

刘喜喜也忙着穿大衣，说：

"我送送你。"

"算了。看好孩子，别让她动，一旦针头移了位，那可就麻烦了。你们只管放心，我保证孩子明天早上欢蹦乱跳的。"

孙大夫说罢，走了。

"多少钱的药？"孙大夫一出门，郑爱蓉就问。

"小意思,不贵,大概也就是个八九百块钱吧。"刘喜喜说。

郑爱蓉显然又不高兴了:

"那你干脆抢银行去得了。"

"真的忘了,你看着给吧。"刘喜喜也不像是开玩笑。

郑爱蓉掏出二十块钱,递给他。

刘喜喜接过去,把一张装进口袋,又将另外十元塞了回来。

郑爱蓉背靠着桌子站在床边,看着输液管中的液体一滴一滴下落着。孙大夫临走时的那句话对郑爱蓉起了决定性的作用,她那一颗高高悬着的心终于跌进了肚里,紧绷着的神经也松弛下来。

郑爱蓉一旦放松了自己,浓浓的困倦便乘虚而入,袭上身来。她觉得两个眼皮就像吊了石头一般,无论如何也撑不住了。

"爱蓉。"

"嗯?"她睁开了眼。

"你睡去吧。"刘喜喜说。

"还是我看着,你回吧,没事了。"她说。

"你别癞蛤蟆垫桌脚强撑着了,瞧你的脑袋,摇来晃去的,活像吊在藤上的一颗京瓜。"刘喜喜揶揄道。

郑爱蓉此刻的确有些支持不住了。从早上开始,她又是到厂里领钱,又是去医院,又是逛市场,不曾有过片刻歇息,再加上夜里这一番折腾,喜怒哀乐,苦辣酸甜,都让她在这一天中尝尽了。她身心交瘁,几乎要垮了。

"你睡去吧,反正我也叫你给弄醒了,就算回去也睡不着,不如干脆好人做到底。"

刘喜喜既然这么说,又看他精神抖擞的样子,郑爱蓉也就不再坚持了。

郑爱蓉回到自己屋里,也没开灯,摸索着坐在床边,脱了鞋,和衣躺下,又将被子拉在身上。

……

郑爱蓉躺在床上,估摸着离输完液的时间尚早,就放松了全身的每一根神经,脑海中便也信马由缰,想些不着边际的事。

窗外那个冰雪的世界给屋里送来淡淡的微光,明如水,细如纱,冷如月,万籁俱静的冬夜给人的总是一点愁思,一分哀怨。"寻寻觅觅冷冷清清凄凄惨惨戚戚",胡玉文曾说李清照的这句话已经把人世间愁苦的心绪包容尽了。这真的能说尽她此时此刻的心情么?

郑爱蓉又想起了胡玉文。自从那天将胡玉文的鱼缸从阳台上搬回屋里之后,她已经好几次想到了胡玉文,她不明白这是为什么,一切都变成了难以回首的往事。作为一个心气很高的女孩子来说,她最不愿意承认的,就是她对和胡玉文离婚这件事后悔了。

其实,站在今天的立场上重新审视胡玉文,他依然是一个比较称职的丈夫。他头脑聪明,有文凭,又是工业局办公室的副主任,生活也很有情趣。

相比之下,王大全说是块木头也毫不过分。初结婚的那天夜里,王大全将浑身上下脱了个一件不剩,就那么呆呆地等她。她将外衣脱了,进了被窝儿,王大全还是那么呆呆地等她。

郑爱蓉在做爱的问题上从来没有主动过,即使她心里十分想做也从来没有主动过,她的内衣向来是由胡玉文替她脱,那时候她总是拨开胡玉文的手,始终是半推半就。但胡玉文在这方面有一种明察秋毫的本领,他总是能看出她什么时候想做爱了,并且会不失时机地做他应该做的事。

郑爱蓉与王大全的前几次做爱都是一塌糊涂,她看着王大全赤条条地跪坐在她的两只脚下,红着脸,喘着粗气,活像一个被剥光衣服遭受了杖刑的囚犯,心里便又气又羞。后来她毫无办法,只好主动去帮他,引导他该怎么做。王大全从来没有主动向她要求过一次。

与胡玉文初结婚的那段日子,是她一生中最幸福的时刻。有时候,胡玉文下班晚了,不管她是在厨房做饭还是干别的,他总是蹑手蹑脚、神不知鬼不觉地来到她的身后,将两只手从她的腋下伸过来,轻轻捂了她的双乳,又用嘴吻舔着她的后颈与耳郭。

郑爱蓉从来没有问过胡玉文,他是怎么知道这些部位都是她最最敏感的地方。总之她喜欢怎么做胡玉文就会怎么做,这也许就是人们所说的心照不宣吧。

到了晚上,如果胡玉文回不来,她就会一直等他,等困了也就倒在床上睡着了,但她从不脱衣服,意思还是在继续等他。

胡玉文从开门一直到床边,一点声音都没有,他总是悄悄地进来,脱了衣服,钻进被窝儿里,他也不急于给她脱衣服,那样会把她弄醒的。他将身子贴了她的脊背,用口唇缓缓地吻她的后颈,用舌尖儿轻轻地舔她的耳郭,鼻息在她的脖颈后面风儿似的轻吹着,她会在睡梦中感觉到一阵阵的温暖,一丝丝的微痒,那是一种说不出的惬意。这之后,他就会轻轻撩起她的衣裳,一只暖暖的手便顺着她的腹部水一样地流上来,在她的两个凸起的乳房周围轻轻地流淌着,打着旋儿,又缓缓地朝峰顶的地方顺着坡儿一浪又一浪地涨潮。

后来,她的裤带松了,就像开启了坝上的一道闸,那股暖暖的水流便顺势而下,注入了她的两腿之间,使那个原本很平静的湖漾起了涟漪。她的身子便也如水中的一叶小舟,悠悠地荡漾起来。

潮水一浪接一浪地鼓荡着,冲刷着,潮头愈发迅猛,继而有了翻江倒海般的气势,"小舟"也因此十分剧烈地摇荡着,颠簸着……

"啊——啊——"

郑爱蓉的心底发出一声欢快的呻吟，这声呻吟使她在沉沉的睡眠中恢复了一点知觉。她朦朦胧胧地感觉到，这好像不是梦，更不是回忆，而是现实。

郑爱蓉觉得自己的裤子已经褪到了膝盖处，贴在她身后的那个人喘着气，温热的鼻息依然吹拂着她的后颈，他很有节奏地挺动着身子，一下一下地冲撞着她的臀部，充满了一种雄壮的力量。

是刘喜喜。

郑爱蓉的身体随着刘喜喜的动作而掀动着，席梦思床好像承受不了俩人的剧烈运动，也在吱吱地颤摇。郑爱蓉已经完全清醒过来了。

但她没有扭动，也没有出声，让一切就这么进行着。

这倒不是因为她正处在高潮，她本来想起身狠狠扇刘喜喜两个嘴巴，然后痛骂他一顿，再把他撵走。可这又能怎样？刘喜喜已经把这个便宜占了。他已经登堂入室，已经将桃子摘下搁进了嘴里。

她努力控制着自己的呼吸，不让自己的喘息声过重。除此之外她不知道该怎么做或者该做些什么。

这一切真像一个梦，她多么希望这是一个梦，并且盼着这个梦早一点结束。

刘喜喜兴致勃勃地做着他的事，过了一会儿又坐起了身，脱了她的袜子，将她裤子扒了下来，做了一阵子，还觉得不那么酣快，又将她的身子压平了，往起脱她的毛衣。郑爱蓉初时将两臂夹得紧紧的，但刘喜喜硬扳着要脱，她也只好装做睡着了不知。

刘喜喜越做越胆大，后来干脆把灯也拉着了，郑爱蓉白嫩柔润的胴体便完全暴露在雪亮的光线下。刘喜喜愈发激动不已，跪在她的身下，两手抱了她的大腿，身体便机关枪似的颤动着。

郑爱蓉闭着眼睛，牙齿咬着下唇，两手紧紧攥了枕巾。

这一切的经过是那么长,又是那么短,最后刘喜喜长长地噢了一声,跌伏她身上,在她的脸上颈上和胸上印下了一阵狂吻。

"爱蓉,高兴不?"刘喜喜问。

"……"

"你别装了,我知道你早就醒了。"

"……"

"有点不好意思,对不对?"

"……"

刘喜喜见她还不吭气儿,就用嘴将她的口鼻堵了。

郑爱蓉把脸扭向一边。

刘喜喜也就不再问,继续在她的胸上舔咬了一阵子,又拍拍她的脸蛋儿,为她拢了拢头发。这才起身穿衣服:

"小欣欣的针已经拔了,她睡得挺好,你放心了吧?"

"……"

"有事你再叫我,我走了。"

"……"

10

柳纺大院里车来车往,人声鼎沸,道边聚集了制作各种食品的小贩。做蛋卷儿的是一对黑脸小个夫妻,女的将黏稠的面糊往铁板夹上倒,男的一边左右翻动着那些铁夹,一边不住声地咳嗽。爆米花的正撅着尖瘦的屁股,熟练地踩动某一个机关,一声炮响震耳欲聋,一团青烟在人群里膨胀开来,空气中弥漫着一股干燥浓烈的香味。大人孩子怀抱手提着盆盆罐罐,嘴里咀嚼着食物来回奔忙,一脸的兴奋,丝毫看不出将近一年没发工资的阴影。

刘喜喜在人圈里发现了一个怀抱大茶缸的小女孩儿,他以为是小欣欣,走近前才发觉认错了。"刘喜喜,忙什么呐?"人群里有人跟他打招呼,他没吭气,压根儿没朝出声方向看,老实说他对柳纺的人没他妈的一丁点儿好感,他可没闲心跟人玩虚的,只是目不斜视地朝自家的那个单元走去。

郑爱蓉家的门并未碰紧锁,留着巴掌宽的一条缝儿,刘喜喜知道人在家,心里便又涌起一阵激动。

屋里的电视机开着,爱蓉和小欣欣都坐在沙发上。看样子她们刚刚吃过午饭,茶几上放着两只残余着数颗米粒儿的蓝花儿小瓷碗和一个剩了一小撮炒土豆丝儿的菜盘。虽然电视机里有人高吆二喊,但眼前的情景还是让刘喜喜觉得有些寒酸和凄凉。

郑爱蓉面对着电视机,手里还捧着一本书,也不知她到底是在看电视还是看书。她在最初的一瞬间瞥了刘喜喜一眼,什么话都没说,脸上毫无表情。

"二喜叔。"小欣欣绕过茶几奔近前来,抱住了他的腿。小欣欣的这一举动弥补了郑爱蓉的冷漠,使他又找回了一点想象中的那种感觉。

"二喜叔,你上哪儿了?我哪儿都找不见你。"小欣欣仰着脸,发现他衬衣的一个纽扣开了,便踮起脚尖儿,两只小手笨拙地为他扣着。

这一细小的动作使刘喜喜特别感动,他蹲下身子,摸了摸小欣欣的脸,问:

"叔叔这两天忙,抽不出空来看你,是不是想二喜叔了?"

"嗯,你不在了没人跟我玩儿。"小欣欣说。

"院里不是有那么多小朋友么?你可以跟他们玩儿。"

"我不跟他们玩儿,他们老欺负我。"欣欣很委屈地说。

"他妈的,下回谁欺负你告诉二喜叔,我把那狗小子填到茅坑里去。"刘喜喜很仗义地拍了拍欣欣的肩膀。

"哎。那我出去玩儿了。"

"你等等,这是二喜叔给你买的。"刘喜喜说着,将手里提着的一袋小食品递了过去。

小欣欣接过袋子,没有丝毫推辞的意思。她蹲在地上,将袋子打开,一件件地往外掏着那些花花绿绿的塑料袋,边掏边说:

"谢谢二喜叔。"

"不用谢,拿着东西出去玩儿吧。"刘喜喜想尽快将小欣欣打发走。

没想到小欣欣反而没了要走的意思,她将那些小食品又一件件地装回袋子里,站起身来,问道:

"二喜叔,你是不是要做我的新爸爸了?"

刘喜喜吃了一惊,没想到欣欣会突然问出这么一句话来,他瞧了一眼郑爱蓉,发现她也表情异样地看着自己的女儿。

刘喜喜又一次蹲下身,拍了拍欣欣的肩膀:

"是不是你妈妈对你说的?"

"不是。"

"你怎么知道二喜叔要做你的新爸爸了?"

"那你为什么给我买这么多好吃的东西?"小欣欣反问道,一双黑亮的眼睛瞧着他,好像真的窥破了他的内心。

刘喜喜咽了口唾沫,没找出一句合适的话,他又拍了拍欣欣的肩,说:

"以后你就知道了,好了,快出去玩儿吧。"

小欣欣答应一声,正要往外走,始终一言未发的郑爱蓉说话了:

"欣欣,就在家,哪儿也别去。"

小欣欣十分不解地看着刘喜喜,刘喜喜也十分纳闷地打量着郑爱蓉。

郑爱蓉还像当初一样,视线搁置在书和电视屏幕之间,脸上毫无表情,就像一副石膏拓就的面具。

"那你到里屋玩儿吧。"刘喜喜只好说。

小欣欣一进里屋,刘喜喜就一屁股坐在郑爱蓉身边,在身子陷进沙发的一瞬间,他嗅到了郑爱蓉身上散发出的那股特有的女人味儿,这使他仿佛回到了与郑爱蓉肌肤相贴的那个夜晚。

"你干什么来了?"郑爱蓉抛出一句石头样的问话。她的身子没动,也没朝他这边看。

"找我的魂儿来了。×他娘的,这几天我人在'望都',心可在你这儿搁着……"

刘喜喜说着,伸出胳膊便去搂郑爱蓉的脖颈。郑爱蓉的身体触电似的哆嗦了一下,她伸出那只拿书的右手,将刘喜喜的胳膊打开,那本受到强烈震动的书在空气中抖动着书页,发出一连串哗哗的声响。

刘喜喜似乎被这声音吓了一跳,他掏出衣袋里的香烟,腕子朝上抖了抖,用嘴叼出一支,大概是想稳定一下情绪,但他摸遍了身上所有的口袋,却没找到打火机,侧仰起脸想了想,好像是忘在餐厅的饭桌上了。他又将视线在屋子的每一个角落巡视了一番,没有看到火柴。

"啪!"这时候电视机的一个穿西装的男人很响亮地给了对面女人一个嘴巴,女人鲜艳的红唇间叼着的一支香烟被扇落在地上。

"你他妈的跟我装什么假正经?"穿西装的男人骂道。

这句话给了刘喜喜一个启发,或者说是正好说在他的心坎上,于是他打消了抽烟的念头,将烟卷丢在了茶几上,用手轻轻拽了拽郑爱蓉衣袖:

"是呀,别装什么正经了,让我亲亲你,时间可是不多了。"

郑爱蓉还是没说话,一缕头发从她的额前无声地落下来,她用另一只手将它轻轻地拢上去。

刘喜喜很喜欢郑爱蓉的头发从额前落下来的样子,他两眼直勾勾地盯着郑爱蓉那从绿色毛衣里鼓起的双乳,看着它们在里面随着呼吸活生生地拱动着,就像两个肉乎乎的一派天真的小猪娃儿,这与木头一样坐在沙发里的郑爱蓉的神情迥异。刘喜喜觉得犹如一杯烈酒进肚一般,整个腹部热乎乎的。他右手不由朝那两个活脱脱的小生命伸了过去,左手同时伸向她的颈后,打算将她拥进怀里。

哗啦一声,郑爱蓉再次扬起那只拿书的右手,将他的胳膊打开,动作与刚才的一模一样。他的那只伸向乳房的手突然改变了方向,很像一个扇嘴巴的手势,从郑爱蓉的颈侧扫过,指尖划到了郑爱蓉的肌肤。

刘喜喜打量着自己手指划过的地方,发现她白嫩的颈上渐渐泛红了,状如一根玉兰花的长叶。

"你是不是觉得有点难为情?"刘喜喜问,声音有点沙哑。他不停地搓着两只手,使这句话变得更像是问自己。

"你说呀!"

"……"

"其实这球有个啥?都是过来人了。"刘喜喜说,他觉得自己未免有些外强中干。

郑爱蓉还是没说话,像是在跟谁赌气,又像是身边根本没人。

刘喜喜看了一眼腕上的手表,时间两点二十八分,看来今天是球的事也干不成了。

刘喜喜从沙发上站起来,看样子是要走的意思。他拉开房门,又站住了:

"他妈的……"他嘴里嘟囔了一句,不知是骂郑爱蓉还是骂自己。

……

11

"其实我招你不是给我当保镖的。"何总好像又续上刚才的话题。

刘喜喜被何喜发的话惊了一跳:

"怎么,莫非我有什么叫何总您不满意的地方,要炒我的鱿鱼?"

"不,我对你非常满意,就是因为我对你满意,才叫你去保护我家那个小贱货。他妈的,人怕出名猪怕壮,不知有他妈多少人想谋算我。我看他们八成要拿我家那个小贱货开刀。"

车子一直往东开,出了东门,过了清水河大桥,前面有一大片欧式风格红顶建筑傍河而立,色泽艳丽的釉面贴砖光彩夺目,远远看去就像是一群身着霓裳虹衣的妙龄少女,青春活泼,楚楚动人。这就是柳城著名的葡萄园小区,是柳城最早建成的商品房,房价高得令人咋舌。

何喜发是最早搬进葡萄园的住户之一,他家二楼的阳台临河,是葡萄园房价最高的那一种,但他这两年却很少来这里。何喜发有一个小情妇,叫于小倩,现年十九岁,比何喜发的小女儿还小三岁。于小倩原是葡萄园酒家的服务员,生得唇红齿白,小巧玲珑,十分惹人喜爱。何喜发在老婆生病的那一年,常常一个电话打过去,点他想吃的菜。酒店老板总是派十七岁的小倩端着盘子往他家送,从酒店进屋滴水不漏,何喜发就喜欢上了这个女孩儿。何喜发的老婆死后,他也不雇保姆,每日由小倩为他送饭。有一天于小倩送饭过来,何喜发不让她走。他将房门拴死,对于小倩说:"我姓何,你姓于。我是窗外的清水河,你就是河里的鱼。你这辈子命里注定要跟着我,离了我你就会死,就会被人红烧叫人清炖,然后一口口地咽下肚去。这就是你的下场……"何喜发说着,拿起筷子,从汤盆里夹起了一条剩鱼的头颅,那鱼梳子般的身子骨升出汤面,左右晃动,零零落落的汤汁溅了于小倩一脸。何喜发将那条鲤鱼的尸骨连同筷子一同丢在餐桌上,抱着于小倩进了卧室,并将她脸上的汤汁舔净。于是,于小倩那片处女的鲜血便淌在了四十九岁的何喜发床上……

刘喜喜最初听何喜发说叫他去保护那个"小贱货",以为指的就是于小倩,但何喜发自从与于小倩做了老少夫妻之后,就在裕民街的佳地花园另买了一套住宅,虽然不及葡萄园的豪华,但也够一定的档次。刘喜喜不大明白何总领他到这里来干什么。

何喜发走到自家的大门前,按了按门铃,里面半晌没动静,又用力叩了叩狮口中衔着的铁环,还是没人应,便掏出钥匙,挑出一把,打开了大门,院子里有两株冬青树,还有两条水泥与钢管搭就的葡萄架廊,廊下有磨面花岗岩的石桌石凳,由于掩埋了葡萄藤,院子显得很开阔。

何喜发站在自家屋门前,从那串钥匙里挑出一把,插进锁孔里,来回扭动了半天,开不开。他拔出钥匙想了想,又重新找出一把,插进去,这一次开了。看来他已经很久没有来过了。

"这个小贱货,跑到哪儿去了?"何喜发自言自语地说,在屋里来回踱着步子。

司机黄栓柱捧着何总那只硕大的锃光铮亮的老板杯走进来,打算往里添些水。他提起一个暖瓶摇了摇,空的,又提起另外的暖瓶摇了摇,也是空的。

何喜发将刚才开房门的那把钥匙从金属环上旋下来,又将开大门的钥匙也旋下来,一并丢给刘喜喜:

"这个以后就归你了。"他说。

刘喜喜正要说什么,就听到大门外响起一阵马达声,一辆摩托车的前轮穿云裂石般撞开了铁皮大门,风一般驶进了院子里。

这是一辆紫红色的豪华摩托,泥瓦与轮胎的距离很宽,大概是一辆进口车,刘喜喜认不出是什么牌子。

骑车的是一位姑娘,头盔下露着乌黑的长发。那姑娘穿着一件鲜艳无比的大红皮夹克,黑色皮裤,高筒黑皮靴,侧面的金属扣子闪闪发亮。她在车上转弯刹车的动作以及骗腿儿下车的动作驾轻就熟,十分潇洒,活像香港枪战片中的某个角色。

姑娘在走上台阶的时候摘下了头盔,甩动了一下头发,推门进来。

刘喜喜打量了一下眼前的姑娘,才发现她远不如戴着头盔好看,脸上有许多十分突出的缺点,她颧骨微凸,前额偏窄,嘴唇也显得过薄了些。刘喜喜在瞬间产生的美好印象就这样被破坏了。

何喜发一见那姑娘就骂开了:

"你他妈又到哪儿疯去了?害得老子等半天。"

姑娘斜了何喜发一眼,没接言,但脸上阴云密布,气哼哼地将手里提着的头盔扔向了沙发。

头盔在松软的真皮沙发上弹了一下,跳起来,碰着了刘喜喜的胳膊,朝外面滚去。刘喜喜急忙伸手接住,重新放好。

何喜发指了指刘喜喜,对那姑娘说:

"这是我给你找的保镖,以后就由他跟着你。"

刘喜喜这才知道自己保的并不是于小倩,而是眼前这个女子。莫非这个也是何总的情妇?档次也未免太低了点儿——他心里这样想。

"你听见没有?"何喜发见那女子不吭气,又气势汹汹地吼了一声。

姑娘白了一眼何喜发,又白了一眼刘喜喜,没好气地说:

"我眼不瞎,早看见了。"

"我上辈子也不知造了什么孽,生了你这么个没用的东西。"何总说。

"你上辈子造的孽跟这辈子一模一样,吃喝嫖赌。"这姑娘的嘴也真够损的。

刘喜喜这才听出些门道,原来何总指的"小贱货"就是自己的女儿。老实说,跟他刘喜喜打交道的赖人多如牛毛,嘴巴比菜缸酸比粪坑臭的不在少数,但骂自己闺女"小贱货"的,他还真是头一回听见。

刘喜喜知道何总没儿子,只有两个女儿,大花和二花。何喜发有事没事总是把大花挂在嘴边炫耀,吹得天花乱坠。大花像不像何喜发吹的那么玄也未必,不过,据知情人透露,何大花早年是个当兵的,考上了军校,毕业后在空军某部地勤工作,年轻轻的就提成了上尉。何大花模样儿生得十分出众,丈夫是某部副司令的儿子,也在部队上,副师级干部,极可能还要往上提。相比之下,何二花无论长相、灵气、心性、品味都不值一提,纯粹是一块边角废料。这就难怪何总对她不大感冒了。

"刘喜喜,你听好了,从今天起你给我时时看着她,小心出事,白天你一步也不能离开,晚上你就睡在楼下的这间房,就像跟我一样。"何喜发说。

刘喜喜应了一声,算是彻底明确了自己所担负的任务。他看了一眼何二花停在院里的豪华摩托车,十分歉意地笑了笑,耸耸肩膀,作了一个无可奈何的手势:

"对不起何总,我没有摩托,只有一辆旧自行车。"

"用不着,你就坐她的车,她去哪儿你就坐着去哪儿,她吃饭你跟着吃饭,她去茅房你就在外面盯着。记住,出了事我可找你算账。"

看来问题比刘喜喜想象的要严重多了,他不敢怠慢,很郑重地点了点头,说:

"何总您放心,有我刘喜喜这条命在,就有小姐在,我保证一步也不离开她。"

"嗯。好好干,我不会亏待你的。"何喜发点着头,对刘喜喜的回答十分满意。

"干脆叫这小子晚上钻我被窝儿得了,那样不就更安全了?"何二花嘴边挂着讥讽的笑,言词尖刻地说。

何喜发没答理她,拉柜门开抽屉,看样子是在找什么东西。

"找保镖也不找个高大些的,尖嘴猴腮的,能经得住个打?"何二花冲着父亲的脊背发牢骚。

刘喜喜只觉得脸上火辣辣的,腹中立马聚了一团气体,热烘烘地朝心口上撞,但他终归还是忍住了。

何喜发还是没说话,继续找他想要找的东西,过了一会儿,他停止了动作,恍然大悟般的盯着自己的女儿:

"你个小贱货,是不是拿了我的长城卡?"

"没有。"何二花十分尖厉地叫了一声。

"拿出来!你个小贱货!"何喜发伸出一只手,语气更加坚定。

何二花嘴里嘟囔着什么,拉开红色皮夹克的拉链,从里面掏出卡来,赌气似的拍在何喜发的掌心里。

"你花了多少?"何喜发铁青着脸问。

"……"二花的两片薄嘴唇动了动,没发出声来。

"啪!"何喜发狠狠地扇了二花一个响亮的嘴巴:

"打死你个小贱货。"

何二花用手捂着脸颊,眼窝儿挤出两滴死泪。她走到何喜发刚才站着的那个地方,飞起一脚朝开着的柜门踢去,那扇柜门发出了一声清脆的裂响,绽开了。

"花你两个臭钱有什么了不起?谁叫你当初×出我来?那个姓于的小婊子花钱你从不心疼……"

何二花尖声叫骂着,还不解气,又冲着刚才踢过的地方踢了一脚。那扇倒霉的柜门真是雪上加霜,算是彻底没救了。

"你等着,改天我再教训你个小贱货。小黄,咱们走!"何总气哼哼地朝司机挥了一下手。

黄栓柱抱着那只硕大的真空杯,尾随而去。

屋里只剩下了刘喜喜和二花。

何二花将捂在脸颊上的手拿下来,打量着掌心,好像上面沾上了什么东西。

"我爹一个月给你多少钱?"何二花问,脸上又浮出了那种尖刻讥讽的笑,看来那一巴掌对她根本不起作用,不到两分钟就被她遗忘了。

刘喜喜没吭声,他还对二花刚才鄙视他的那番话耿耿于怀。

何二花见他沉默不语,又接着说道:

"你爱说不说,我还懒得理会呢!反正你又不挣我的钱。我得走了,到外面散散心去。"

何二花说罢,正眼也不瞧他,从沙发上一把抄起头盔,扬长而去。

……

12

午夜零点,联欢晚会进入了高潮,新的一年开始了,外面响起了阵阵暴雨般密集的震耳欲聋的鞭炮声,明晃晃的彩珠筒将窗外的夜空映射得如同白昼一般。

此时的郑爱蓉一点也激动不起来,反而有一种愈发强烈的哀愁涌上心头:岁月无情,又长了一岁,该得到的都没有得到,得到过的也都失去了。现在的她除了一个女儿之外,什么都没有,一切都得从零开始。

在鞭炮声稀疏下来的短暂的间隙里,郑爱蓉听到自己肚肠中咕咕的叫声,这声音短促而无奈,就像怀中揣了一只刚刚下蛋而又力竭精疲的老母鸡。郑爱蓉没有认真体味这种声音,她想自己一定是腹中饥饿了。

郑爱蓉进了厨房,在灶上做了半小锅水,将案板刀盆擀面杖全部收拾到厨房里,又数了数最初包下的那些馅里忘了放盐的饺子,一共十一个,她决定将这部分饺子全部煮进去,她觉得自己应该能吃掉十一个饺子。

郑爱蓉将煮熟的饺子端到了客厅里,又拿了一个空碗,在里面倒了一点儿酱油。在吃饺子之前她将电视机关了,那里面的声音吵得她心烦,她忽然对电视产生了一种深恶痛绝的心理。

刚吃了两三个饺子,外面便传来了敲门声。

张纪德在门外站着,怀里抱着小欣欣。欣欣被裹在一件马裤呢军大衣里,睡得正香。

"快进来,我还说吃完饭下楼抱她呢,叫您受累了。"郑爱蓉一边伸手去接孩子,一边很歉意地说。

张纪德没把欣欣交给爱蓉,也没顾上说话。他屈起膝盖,将欣欣朝起顶了顶,蹬蹬蹬地进了里屋,把孩子放在床上,这才直起腰来,将喉头憋着的三寸气放了:

"唉,这人不承认老还真不行,抱个孩子上楼都喘开了。"他说,果然大口地喘着粗气,嘴唇的颜色都变深了。

郑爱蓉不明白老张两三个儿子在家,为什么偏要自己把欣欣抱上来,这话当然不便问。

"我给您盛碗饺子?"

"不啦,肚子里饱饱的。"

"那您坐下歇会儿,瞧把您累的。"

"不啦,你吃你的吧,别凉了。"

张纪德说着,将裹孩子的军大衣抖顺,搭在肘弯里。他走出门外,又站住了，回过身来说：

"对啦，忘了跟你说啦，过年好啊！"

"过年好。"

张纪德觉得意犹未尽，还想说几句吉利话：

"祝你今年走好运啊。"

"谢谢您。"郑爱蓉说。

这句走好运的话又勾起了张纪德一个十分现实的念头：

"对啦，我那三亲家有个邻居，儿子媳妇闹离婚，已经起诉到中级人民法院。上告的那会儿孩子小，人家不批，这不，过了这个年孩子就满一岁了，估计差不多能办。这一两天我把他叫来，你们见见面，看能相上不。"

张纪德倒是一番好意，但郑爱蓉听了却苦笑着说：

"算啦，老张，我不打算找对象了。"

"瞧你，小小年纪就说这种话，你还年轻，往后的日子还长着呢。听我的，成与不成先见个面，行不？"

"真的，老张，我一点心情都没有，见也是白见。"

"你这孩子，可不敢胡思乱想，人和人都是个缘分。实话跟你说吧，我跟你婶也是半道儿上的夫妻，老大是我带的，老二是她带来的，老三和老四是我们生的，说句笑话就是'你娃俺娃咱娃'，你看我们现在不也挺好的？老伴儿老伴儿，老来的伴儿，年轻的时候啥都无所谓，到老了就知道了。听我的，没错。"

郑爱蓉没说话，她并不是动了心，而是一点也不想跟老张谈这个话题。张纪德以为自己的话起了作用，很认真地说：

"那就这么定了，到时候我领来你见见。"

"过几天再说吧。"郑爱蓉敷衍了一句，她想尽快结束这个让人心烦的话题。

"到时候我可来叫你啊,你可不敢扭扭捏捏的。"张纪德下了几级楼梯,又回过身来叮嘱了一遍。

送走了老张,郑爱蓉回到里屋,给小欣欣脱了衣服,盖好被子,这才回到客厅。

郑爱蓉又夹了两个饺子放进碗里,看了看,又不想吃了,刚才腹中的那种饥饿感已消失得无影无踪,心口上好像塞了一团棉花,堵得气都喘不上来。她将碗筷草草收拾了,擦净了茶几,将买来的花生瓜子摆好。

临睡前郑爱蓉将自己过年的衣服拿出来,摆在了枕边,这是一套豆绿色的格儿呢西装,去年过年时她就是穿的这一身。两天前她将衣服挂在阳台的铁丝上晒了晒,用棍子敲去浮土。她没舍得拿到街上干洗,只是垫了一块湿毛巾,拿电熨斗熨了熨。

直到一切都安排妥帖后,郑爱蓉才上了床,脱了衣服钻进被窝儿,将灯熄了。

午夜零点急骤爆发的密集的鞭炮声渐渐稀疏下来了,噼噼剥剥,远不如先前那么清脆,并且时断时续,倒像是一个精疲力竭的哮喘病人。间或也有一些彩花焰火之类的东西在夜空中无声地爆开,如同一枚升起的信号弹,给屋里带来了一片转瞬即逝的光亮。这气氛倒让郑爱蓉想起了革命战争影片中那些决战前夕的场面。

"大旺火,冒黑烟,红灯笼,挂门前,冰糖水,洋白面,新衣裳,压岁钱,欢欢喜喜过大年……"想当初,郑爱蓉就是吟唱着这首儿时的歌谣,渐渐地长大成人的,大年对于她来说,永远充满了醉人的笑语欢歌。于是,她不由得想起了以往曾经有过的这一刻,包括与父母和姐姐度过的,与胡玉文度过的,直到与王大全和小欣欣度过的最后一个大年夜。欢乐的情景过电影般的在她的眼前一幕幕地闪过。

"今年元夜时,月与灯依旧,不见去年人,泪满春衫袖。"此刻的郑爱蓉,恰恰处在这样一种孤独无依的境界中,内心充满了悲苦与凄凉,也许正是因此,当她在睡意蒙眬中被一个男人结实有力的双臂紧紧抱住的时候,她却没有足够的勇气和力量从中挣脱出来。

……

13

刘喜喜上到三楼的时候,发现自家门边贴上了一副新对联,想必是嫂子过来贴的:

春风放胆来戏柳

夜雨瞒人去润花

对联字体是工整的隶书,一点也不潦草,因此刘喜喜每个字都认识,可他根本没弄明白内里的意思。过年了,无非是他娘的几句吉利话呗。他用钥匙拧开房门,进了屋,四平八稳地躺在了床上。

过了一会儿,刘喜喜听到门外有动静,他偷偷将门拉开一条缝,看到了楼下张纪德那微微有些驼的瘦长脊背。

"妈的,这老家伙八成是在打爱蓉的主意,老烧巴头!"刘喜喜心想,悄悄地掩上门。

这天晚上,刘喜喜对现场直播的春节晚会毫无兴趣,他的兴奋点根本不在这上面,老早就跑到郑爱蓉家去了。本来他是想过去和爱蓉一起看晚会,但他看见张纪德那个老东西把小欣欣接走了,既然接走肯定还是要送回来的。刘喜喜不傻,他知道爱蓉这个人好面子,去了也肯定会被撵出来,不如索性等到夜深人静再说。

刘喜喜觉得,人长着两只耳朵就是好,可以一只耳朵听晚会节目,一只耳朵听外面的动静。大约在夜里十二点多的时候,他听到门外又有了敲门声,当然是敲爱蓉家的门。他又像先前那样,将门偷偷拉开一条细缝儿,果然是张纪德那老东西送小欣欣来了。

张纪德走了以后,刘喜喜还是没急着过去。他一会儿拉开门缝儿看爱蓉门顶的玻璃,一会儿跑到阳台上望爱蓉家的窗户,他在等郑爱蓉脱衣服睡觉。

要是她脱了衣服,那又省多少事儿——刘喜喜美滋滋地想着,心里火烧火燎,电视也索性不看了,就像一只寻找目标的警犬,在屋子里转来转去。

当刘喜喜最后一次来到阳台上的时候,爱蓉家的灯终于熄灭了,刘喜喜冲进屋里看了看表,已是两点二十一分。他觉得自己还应该再等一会儿,最好是等爱蓉睡着了再进去。他将自家的灯也全部拉灭,屋里顿时陷入了沉沉的黑暗与静寂,只有他指间燃着的烟蒂明明灭灭,另外就是他自己粗重而急促的呼吸声了。

约摸过了一顿饭的工夫,刘喜喜才伏在门后,找到自己那双泡沫底儿的拖鞋。他在黑暗中摸索着脱了脚上的皮靴,将拖鞋套上。这一着还真灵,他用钥匙打开爱蓉家的门,走进屋里的时候,脚下一点声音也没有。

刘喜喜站在当地,觉得自己的视线比先前好多了,屋内被一片明净的微光笼罩着,就像乡村老家那个秋夜月光下的水塘。

咚——咚——咚——

窗外大街对面的某个地方又燃起了彩珠筒的光弹,一黄一白交替上升。郑爱蓉面朝外睡着,焰火的光亮力透窗幔,清晰而又迷蒙,将她那张宁静的脸庞映照得时而橙黄,时而银白。

刘喜喜解开纽扣和腰带,三把两把便将衣服剥脱得一件不剩。他赤条条地来到郑爱蓉床前,掀起被角,像条泥鳅似的滑了进去。

爱蓉的被窝儿暖和极了,她的圆润的大腿和肩臂也光滑极了,刘喜喜好像觉得自己真成了一条无比幸福的泥鳅,潜伏在被阳光晒暖的池塘底,这种联想使他果然泥鳅般的将身子缩了下去。

郑爱蓉也许觉得有些不舒服,她用手挠了挠胳膊和腿,翻了个身,又接着睡了。

刘喜喜先将手伸向她的后背,将乳罩的环钩摘开,这才贴紧了她的脊背,把手伸向了她的乳房……

"你咋进来的?"

郑爱蓉被弄醒了,今夜她可不像上次睡得那么死,她刚刚在朦胧中睡去,也许只是那么一小会儿。她一恢复神志便将刘喜喜的手推开,翻过身来问。

"……"

刘喜喜春情荡漾,无比陶醉,此刻他并不想说什么。他又将手伸过去,企图做自己想做的事。

郑爱蓉又将他的手推开,说:

"我问你,你是怎么进来的?"

"我有咱家的钥匙。"

"你哪来的钥匙?"

"用小欣欣那把配的……"

刘喜喜迫不及待地将嘴巴贴向郑爱蓉的口唇,迷醉中的他更渴望饮到这杯甘醇的美酒,像一个嗷嗷待哺的婴儿。他的表现像一个婴儿,智商更像一个婴儿,他想都没想爱蓉问他话的态度和含义。

郑爱蓉抬起手臂,用胳膊肘抵住了他的脸:

"你走。"

"咋啦?不高兴啦?"刘喜喜这才注意到郑爱蓉那冷若冰霜的态度,

但他还是没往更深一层想。

"我高兴,我高兴不高兴与你无关,你是我啥人?"

刘喜喜的心一下子凉了,就像从阳光晒暖的池塘忽然跌入了冰窖,清醒过来了,仿佛刚才睡梦中的不是郑爱蓉而是他自己。他又看到了真实的郑爱蓉,那个趾高气扬自以为是、时时处处与他过不去的郑爱蓉,而不是那个与他有过一夜之欢的、被他的想象与渴求美化了的温柔的女性。

"我是你啥人?是你男人呗。"刘喜喜强作欢颜地说,话一出口,连他自己都觉得十分勉强。

"不要脸,你卑鄙,骗一个不懂事的孩子!"郑爱蓉声色俱厉,两手用力将刘喜喜朝被窝儿外推去。

刘喜喜似乎明白了,他以为郑爱蓉是恼他偷偷配了家门的钥匙,于是说:"好了,算我错了行了吧?"

刘喜喜说罢,不等郑爱蓉开口,便翻身压在郑爱蓉身上。郑爱蓉闷声反抗着,但刘喜喜对此毫不理会,他认为郑爱蓉还是在他面前假正经,到时候自然就听话了。

"啪!啪!啪!啪……"四楼的阳台上忽然燃起了一串鞭炮,伴随着一簇簇火光在窗外炸开,俩人同时被吓了一跳,也同时停止了扭打。

鞭炮声响过之后,屋里的一切都恢复了先前的平静,而且似乎比刚才更加沉寂,也更加黑暗了。

黑暗中,刘喜喜听到了郑爱蓉急切的喘息,他将郑爱蓉的两只手按到两边,把嘴迎了上去,结结实实地吻了她很久。

郑爱蓉再也没有反抗。最初她只是闷声不响,任由刘喜喜将她搬弄来搬弄去。没多久她的两臂便搂住了刘喜喜的脖子,将手指插进他的头发里去,轻轻梳拢着,渐渐地她进入了状态,两手抚摸着刘喜喜光滑的脊背,身体也上下掀动着,迎合着刘喜喜,嘴里发出了一阵阵微弱的呻吟……

　　……

　　刘喜喜长嘘了一口气,伏倒在郑爱蓉身边。他感到了从未有过的愉悦,有了这一切,郑爱蓉对他的所有的冷漠与抢白都算不了什么,他知道最终的结果一定是这样。刘喜喜愈发对郑爱蓉增添了百般的爱意,他又一次紧紧抱住了郑爱蓉,将她吻得直到喘不过气来。

　　郑爱蓉将脸扭向一边,躲开刘喜喜的亲吻,像一只小猫似的缩在刘喜喜怀里:

　　"喜喜。"

　　"嗯。"刘喜喜应了一声,他还是第一次听到郑爱蓉叫他"喜喜",不由得"喜"从中来。

　　"我想求你一件事,你肯答应我么?"郑爱蓉轻声说。

　　"你说吧,叫我死都行。"刘喜喜觉得郑爱蓉的声音娇柔无比,还真的动了感情。

　　"你说话算数?"

　　"我刘喜喜说话什么时候不算数?"

　　"咱们就今晚这一次,以后你再不要来了,求求你。"郑爱蓉从刘喜喜的怀中抬起头来,看着他。

　　刘喜喜心想,郑爱蓉也许这时候觉得面子上下不来,毕竟是正正经经的女孩儿,于是毫不犹豫地说:

　　"好,我答应你。"

　　"那咱睡觉吧,我困了。"郑爱蓉说罢,便一手抱了刘喜喜,偎在了他的怀里。

　　郑爱蓉温热的呼吸轻吹着刘喜喜的胸膛,使他产生了一种带有微痒的快感。此刻的刘喜喜觉得自己是天底下最幸福的人了,他一只手轻轻

拢着郑爱蓉,另一只手隔着被子,像哄孩子似的拍着她的肩臂:

"睡吧。"他说。

……

郑爱蓉曾说,她活了这么大,只当过一次真正意义上的坏女人,那就是一九九五年的除夕之夜。连她自己都认为自己有足够的反抗能力不让刘喜喜得逞,但她没有这么做。因为这一年的除夕夜是她有生以来所面对的最孤独的一个夜晚,她那脆弱的神经简直有些承受不住了,谁人在这种非同寻常的夜里不期待着有人同床共枕呢?当她企图竭力抵抗的时候,窗外那一串嘹亮的鞭炮声又好像在明白地告诉她什么。到了后来,连她自己都告诉自己,她也要像所有人一样,快快乐乐随心所欲地过一个大年……

14

晚饭后何喜发问刘喜喜有钱花没,刘喜喜说有,但何喜发还是将十张崭新的一百元票子拍到他手里。刘喜喜知道这是对他的额外奖励,因为他的工资是从财务上领,用不着总经理亲自给。

"你听着,给我好好盯着那个小贱货!"何喜发说。

刘喜喜点了点头,他知道何总是指何二花要拿硫酸给于小倩洗脸的事。"望都"的人都说何喜发这个人小气,每次发工资他都要朝后推十天半月,他并不是没钱,只不过是想多生出些小钱来。这一点刘喜喜也很清楚,比方说何总的袜子,两个后跟上都打了补丁,最后补丁也磨破了,可他就是舍不得换双新的。不过他这个人是很会用钱的,他知道什么钱该花。刘喜喜从掌心里这一千块票子上,看到了于小倩对于他来说是多么重要,也意识到自己的责任是多么重大。

何喜发拍了拍刘喜喜的肩膀,拉开车门坐了进去。刘喜喜直到何喜发的车拐了弯,才返身回到屋里。

何二花坐在沙发上跷着二郎腿看电视,她刚刚削好一个菠萝,切成小块儿,用叉子插了,在茶几上的一个盐水碟里蘸着吃。她那只翘在上面的腿晃荡着,拖鞋底儿不住敲打着脚后跟儿。刘喜喜十分恶心她这副臭德行,况且何二花也不许他同她一起看电视,于是再没朝这边多瞧一眼,径直朝自己的房间走去。

"你站住。"

"什么事?"刘喜喜回过身,见何二花依然脸对着电视,并没朝他这边看。

"你两个在外面鬼鬼溜溜的,说些什么?"何二花问。

"你最好明天亲自问何总去。"

何二花碰了一个不软不硬的钉子,这才扭过脸来,啪的一声将叉子丢在茶几上,冷笑着说:

"嘀,没想到你才来几天,本事没看出来,脾气倒见长。你以为自己是什么东西?"

自从刘喜喜跟了何二花之后,至少听她说了几十个"你以为自己是什么东西",每次听了他心头都有一股怒火噌噌往上蹿。他使劲咽了一口唾沫,进了屋,咣的一声将自己的门甩上。

刘喜喜仰倒在床上,随手拿起枕边的一本杂志。杂志是下午在街边的地摊儿上买的。现在"扫黄",外面摆的全是一些严肃刊物,刘喜喜问有没有好看的。摊儿主就从身边的小木箱里取出这本来。刘喜喜翻阅着目录,找到一篇"怎样使女子尽快达到性高潮",津津有味地看着。

"刘喜喜,你过来!"

刘喜喜将文章看完后,来了点精神,便闭了眼睛,正打算拿郑爱蓉做目标,进行一番想象。听到何二花叫,才极不情愿地下了地,走出来。

客厅里的电视已经关了,何二花的房间里亮着灯,门半开着。刘喜喜见何二花早已躺在了被窝儿里,急忙止步,问道:

"什么事?"

"你去给我把尿盆提进来。"

"你说什么?"

"叫你提尿盆,你是聋子?"何二花从被窝儿里欠起脑袋说。

刘喜喜并不是没听见,而是不想干。他心想你何二花是什么玩意儿,也配叫老子提尿盆。提尿盆是刘家的一大忌。刘喜喜的大哥刚结婚的时候,早上起来倒尿盆,被他娘骂了个狗血喷头。娘说男人啥营生都能干,就是不能碰尿盆,一碰尿盆就在女人名下一辈子翻不了身。

"你有手有脚,自己去拿。"刘喜喜扔下一句话,扭身想走。

何二花腾的一下从被窝儿里坐起来,指名道姓地说:

"姓刘的,你别不识抬举。"

刘喜喜听了这话,又站住了。他平静了一下自己的情绪,对何二花说:

"二花,你最好识相点,不要蹬鼻子就上脸,拿我当稀屎。姓刘的在柳城也是一个人物,不信你上街打听打听。"

何二花听了,鼻腔里冷哼一声:

"人物?你是什么东西?不过是一条靠别人养活的看家狗。"

刘喜喜再也忍不住了,他两步跨到床前,咬牙切齿地说:

"你再说一句,我他妈的扇瘪你!"

"看家狗看家狗看家狗!你扇你扇!你扇呀!"何二花嘴里连珠炮似的说着,上半身朝前倾着,将半边脸伸了过来。

刘喜喜瞅了一眼自己停在半空中的巴掌,迟疑了一下又缩回来,抖了抖腕子,说:

"好男不和女斗,懒得理你!"

"害怕了吧?当缩头乌龟了吧?既当缩头乌龟你就当到底,乖乖地给我提尿盆去!"何二花手指着门外说。

刘喜喜站在原地,没动。

"你去不去?"

"……"

"你不去?好,明天早上我就找老头子,说你想强奸我,立马叫你小子卷铺盖滚蛋!"

刘喜喜心里着实吃了一惊,他没料到何二花居然会想出这么阴损的招儿来。他知道这种女人说得出就做得到,到时候恐怕谁也帮不了他。

刘喜喜权衡了一下利弊,只好走出来,进了卫生间,将浴缸角落里的蓝塑料痰盂掏出来。

何二花见刘喜喜进来了,脸上露出了得胜的笑容,十分不屑地说:

"现在你知道自己是什么人物了吧!还用我上街打听?"

刘喜喜看着何二花,她那张长脸因扑了过多的晚霜,活像一条面口袋。

"你爹说得对,你是一个不折不扣的贱货!"

他说罢,不等何二花报复,便将痰盂一扔,走了出去。

塑料痰盂嘣嘣地跳了两跳,扣在了木质地板上……

……

15

刘喜喜万万没想到,他与何二花的关系第二天就达到了白热化程度。

这天何二花看上去心情不错。上午她去了前进东街的人工溜冰场。人群中何二花穿着一件火红的皮夹克,就像一只飞翔的大雁,在冰场上飞来飞去,十分引人注目。刘喜喜没想到何二花冰溜得这么好,看了一阵觉得没意思了,自己也租了一双冰鞋。他溜冰是个二把刀,进场子总共不到一小时,就摔了四五跤,将屁股墩得生疼,也就不再玩了。

下午,何二花约了几个朋友到温泉度假村游泳。游泳刘喜喜会,进去游了个痛快。晚饭还是在银河酒家吃的。刘喜喜依照惯例,还是在对面的地摊儿上坐下,要了一大海碗炖骨头和两瓶翠岛啤酒。他没想到第二瓶刚刚喝了一口,何二花他们就从"银河"里出来了。

刘喜喜手里提着啤酒,边喝边穿过马路,见何二花与那帮人道了别,便等着她发动摩托车。

"给。"何二花将手里的头盔递了过来。

"干什么?"刘喜喜不明白她的意思。

"我想散散步,不行?"

刘喜喜便将头盔接了。何二花推着摩托车,悠闲自得地走着,嘴里哼着《迟来的爱》。刘喜喜走在摩托车的另一边,一手提着头盔,一手握着酒瓶,偶尔也喝那么一小口。

总的说来,刘喜喜今天的心情很好。他心情好主要源于何二花今天情绪不错。截至目前,何二花还没有说一句鄙视他侮辱他人格的话。因此他觉得在路上随便走走也是一件挺不错的事。

马缨街东头有一小段土路,路面凸凹不平,又没路灯,许多车都不走这里而选择绕行了,因此僻静了许多。这时候,前边南侧的一条窄路上拐出三个骑自行车的青年,三个人勾肩搭背地朝这边骑来,同时吹着口哨,那调子居然也是《迟来的爱》。

三个人骑到跟前,跳下车子,封住了何二花的路。

"你就是何二花?"左边的一个问。

"你们是谁?"何二花反问道。

"少他妈啰嗦,跟我们走一趟!"左边的人恶狠狠地说,从腰里掏出一把短刀来。另两个也从怀里抽出家伙。

眼前的三个人都是二十郎当岁,左边那人戴着一顶皮帽,中间的留着齐棱棱的板寸头,右边那个是个缩脖子,个头也不高,但看上去都不是善茬儿。刘喜喜见状,一把将何二花扯在身后,高声说道:

"请问朋友,哪条道儿上的? 可不可以交我刘喜喜这个朋友?"

"滚开!"中间的"板寸"从牙缝里挤出两个字,三个人一起逼近前来。

"喂,哥儿几个是不是手头紧,我这儿还有几个零花钱,就算兄弟请客。"刘喜喜用身体掩着何二花,一边转着圈子朝后退,一边说。

"想活命就滚开! 没你的事,叫这小妞儿跟我们走一趟。"说话的是左边那个"皮帽"。

刘喜喜一见这阵势,心里暗暗思忖:八成是何总的仇家寻上门来了,看来今天不是你死就是我活。于是他说:

"兄弟,你们是不是想打……"

话音未落,刘喜喜突然飞起一脚,朝右侧矮个子前面的一辆自行车踢去,同时将左手的头盔砸向那人面门;跟着,抡起右手的酒瓶朝"板寸"的头顶盖去,伴随着自行车倒地的哗啦声,刘喜喜手中的酒瓶在"板寸"的正脑心砰然炸开,还没等左边的"皮帽"反应过来,刘喜喜已将手中仅存的一截儿瓶颈的断茬儿朝他面上捅去,同时用左手抓住了对方拿刀的手腕儿。刘喜喜的这几下迅捷无比,一气呵成,几乎在眨眼的瞬间使前面的三个人同时受到了攻击。

一个回合过去,再看眼前的情势:右边的矮个子虽被自行车砸了小腿,但飞来的头盔却被他一扬胳膊架过去了;中间的"板寸"头顶上酒瓶开花,酒液顺流而下,看样子并无大碍;左边的"皮帽"可就惨了,也许是断瓶扎伤了眼睛,他坐倒在地,两手捂着脸,刀子也丢在地上。何二花见有一种黑色的东西从他的指缝里挤出来,想必就是血了。

刘喜喜一招得手,不敢大意,弯腰去捡"皮帽"落在地上的那把短刀。没想到刘喜喜的动作快,对方的身手也不慢。"板寸"抹了一把额上的酒水,扑上前来;矮个子也跨过自行车,朝他逼近。就在刘喜喜弯腰的一瞬间,已将刀子捅进了刘喜喜的左大腿外侧。这时刘喜喜将刀子捡在手里,也顺势捅进了"板寸"的小腹。矮个子跨过自行车,毕竟慢了一步,等他近前之时,刘喜喜已将刀子拔出并指向了他。

看样子双方都杀红了眼,吃了一刀的"板寸"一手捂着肚子,一手持刀,与矮个子一起朝他继续逼过来。

"还愣着干什么,快发动车!"

刘喜喜握着刀子,一边逼视着对方,一边高声喊。

何二花仿佛这时才省过味儿来,她捡起头盔戴上,跨上去一脚踩着摩托车。

刘喜喜缓缓地退到摩托车旁,飞身跃上。摩托车便像离弦的箭,一下子蹿了出去,将那些人远远地甩在后面……

16

从医院包扎了伤口回来,已是半夜十二点了。刘喜喜一瘸一拐地跌坐在床边,龇牙咧嘴地将伤腿搬到床上。

"真想不到,你小子看着不起眼,还真有两下子。"何二花肩膀靠着门框,对一脸疲惫的刘喜喜说。

"毛头小子,还嫩了点儿。"刘喜喜说。

刘喜喜嘴上这么说，可一想到刚才的情景，不免有些后怕。他心想今天还多亏了何二花，正是她晚饭吃得快，又提议走一走，才使他没把手里那瓶啤酒扔了，还有她随手递给他的那个头盔，在最关键的时刻使他有了攻击对手的武器。否则他所面临的结果只有两个，要么有辱使命，要么血溅当场。

"快给何总打个电话，把事情告诉他。"刘喜喜脱了鞋，躺在床上对何二花说。

"我在医院打了，他的手机关了。"何二花还在门框边靠着，看样子还没有去睡的意思。

"你再打一个试试，这么大的事，闹不好会出人命，可不是闹着玩的。"刘喜喜说。

"你别担心，老头子有的是钱，如今的社会，没有摆不平的事。"何二花嘴上这么说，还是到客厅打电话去了。

何二花的这句话使刘喜喜心头一热，他好像才发觉，何二花这人虽然生着一张臭嘴，但心地还算不错。

何二花又出现在了房间门口，对刘喜喜说：

"没应答。"

"那就算了，明天再说吧。"刘喜喜说，他也确实很累了，需要好好休息一下。

这时候，电话铃响了。何二花到客厅接电话。刘喜喜听到何二花"喂"了一声之后便是很长时间的沉默。最后，他听到何二花说："我知道了，有事明天再说吧，今天太晚了。"

"谁的电话？"刘喜喜放高声音问。他不明白有谁半夜三更还往这儿打电话。

"没事，一个朋友。睡你的吧。"何二花说罢，回自己房间去了。

于是刘喜喜便熄了灯。

没多久何二花房间里的灯也拉灭了。

所有的一切都陷入了浓稠的暗夜之中,万籁静寂,正是入梦的绝好时机。整个身心都感到疲惫不堪的刘喜喜本以为自己会很快睡去,没想到腿上的伤口却"苏醒"了,一绞一绞地疼,一阵比一阵厉害。

后来刘喜喜想清楚了,如果照这样下去,恐怕一整夜他也别指望合眼。正当他打算下地去找何二花,问她有没有止痛药的时候,电话铃又响了。

外面好像有所准备似的,很快就拿起了听筒。何二花并未拉灯,摸着黑接了电话。这让刘喜喜觉得十分可疑。

"我不是说了么?有事明天再说……"何二花的声音压得很低很低。

刘喜喜支起耳朵,全神贯注地倾听着何二花说话。

"……怪我?我怎么知道这小子出手又快又狠……三个笨蛋,连一个都打不过,技不如人,活该……算了,我不跟你们一般见识,就加一倍,医疗费我出……"

打电话的声音隐隐约约,但刘喜喜还是断断续续听明白了。他腾的一下坐起身,拉开灯,大喝一声:

"何二花,你他妈的过来!"

何二花出现在房间门口,十分底虚地问:

"你没睡着?"

刘喜喜脸涨得通红,大声质问:

"你个小贱货!还跟老子演戏?"

何二花一见事情穿了帮,只好赔上一副笑脸,说:

"对不起啊,我本是想试试你,看你到底中用不中用。没想到他们会带刀子……"

"你拿老子的命开玩笑,我×你妈!"刘喜喜破口大骂。

"你要多少钱,我给你。"

"老子给你放放血,你要多少钱?我×你妈!"

刘喜喜连着两个"我×你妈",何二花的脸上便有些挂不住了,她收敛了笑容,说:

"你骂够了没有?你还有完没完?"

"老子没骂够,老子就是没完,我×你妈!"刘喜喜怒不可遏。

何二花终于变了脸:

"刘喜喜,你别以为自己有什么了不起,最好想想自己的身份,你是干什么吃的,你不过是我家老头子花钱雇的看门狗!"

刘喜喜一听这话,顿时怒火中烧。他从床上跳下地,也忘记了腿疼,一下子就蹿到了何二花跟前:

"你他妈再说一句?"

"看门狗看门狗看门……"

"啪!啪!啪!啪……"

刘喜喜一把揪住何二花的衣领,未等何二花闭嘴,抡圆胳膊,一连扇了她五六个大嘴巴。打得何二花长发披散,嘴角立刻流出血来。

何二花也不是善茬儿,她擦了一下嘴角,看了一眼手背上的血,恶狠狠地说:

"好哇,你他妈的敢打我……"

话音未落,何二花便像一头狂怒的母兽,一头向刘喜喜撞来,同时十指箕张,抓向刘喜喜的面部。刘喜喜伸手扼住何二花的手腕,没想到却被她一口叼住,险些将手指咬下来。

刘喜喜闷哼一声,一掌打向何二花,将手抽出来。还没容他看清伤势,何二花又一次扑上来,看样子是打算再咬他一口。

"我×你妈!"刘喜喜骂了一声,心里发了狠。他一把揪住何二花的长发,脚下用力一扫,将她摔倒在地。

何二花的身体横飘起来,异常沉闷地砸在地板上。这一跤摔得着实不轻。她紧咬牙关,吃力地从地上爬起来。

没想到她立足未稳,刘喜喜又飞起一脚,踢在她的小腹上。何二花又一次坐倒在地,两手捂了肚子,半张着嘴,剧烈的疼痛使她的脸色都变青了。

刘喜喜还不解气,又照着何二花的肩臂上狠狠踏了两脚,这才意识到自己的腿上还有伤。他一瘸一拐地走到床边,坐了下来。

"姓刘的,你好大的胆。"半晌何二花才喘上气来,她瞅了刘喜喜一眼,有气无力地说。

刘喜喜嘴角叼着烟,喷出一股浓浓的雾来,不无讥讽地说:

"我这人天生胆小,我好怕,我害怕极了。"

"你小子会后悔的。"何二花威胁道。

刘喜喜脸上挂着冷笑,回敬道:

"我现在已经后悔了,正打算给你这个'小贱货'磕头求饶呢!"

何二花从地上爬起来,捂着肚子朝外走,到了门口她又站住了,瞪着刘喜喜,眼里冒着似乎要杀人的凶光:

"姓刘的,我要整死你,整不死你我是大姑娘养的。"

"那好呀,我等着呢!"刘喜喜以一种胜利者的姿态迎着何二花血红的眼睛。

何二花脸上肌肉一棱棱地鼓起,双唇紧绷着,蹦出三个字来:

"你、等、着。"

何二花捂着肚子撅着屁股出了刘喜喜的房间。

刘喜喜揍了何二花一顿,出了心头恶气,惊心动魄的打斗与被愚弄的愤怒似乎也变得无所谓了,腿上的伤也似乎不像先前那么疼。他心平气和地躺在床上,不一会儿居然睡着了。

刘喜喜入睡不久便做了一个梦。他梦见自己在郑爱蓉家里,好像是一个日光暖洋洋的正午,他坐在郑爱蓉家的餐桌旁。郑爱蓉穿着一件雪白的羊毛衫,腰间系着花边儿围裙,笑盈盈地从厨房里端出一道道色泽诱人的菜肴来。刘喜喜端着小碗拿着调羹,手脚笨拙地喂身边的小欣欣吃饭,浸满油渍的白米粒儿糊了小欣欣的大半个脸⋯⋯

"啊!"

刘喜喜像头公牛似的大吼一声,呼地从床上坐起,只觉得整个脸部一阵油炸火燎般的剧痛。他两手捂着脸,一片迷蒙之中,他看到何二花右手提着一把铁皮暖壶,左手拿着壶盖儿,站在他的床前。

"你用开水浇我?"

刘喜喜看了一眼湿漉漉的双手,直到这时,他似乎才从梦中醒过来。

"臭小子,敢打我?先给你一个警告,下回我用硫酸把你这张狗脸洗了!"何二花将手里的暖壶蹾在桌子上,扭身准备走。

"你站住!"

"咋着,不服?"何二花两手叉着腰,一副不可一世的神态。

刘喜喜没说话,他从水窖似的被窝儿里爬出来,穿上鞋,走到穿衣镜前。他在镜中仔细端详,发现自己的脸嫩嫩的,整个面部的皮肉猴屁股似的一片通红,个别地方已经变紫,好在这壶水是上午灌的,要是刚出锅的水还不知是个啥球样子。这一照不打紧,刘喜喜立时觉得整个脸部就像被一窝细腰蜂蜇了一般,密针扎了似的一阵阵地钻心疼。

刘喜喜返身瞧着何二花,言语中似乎并不带多少火气:

"最毒不过妇人心,你可真够心狠手辣的,怪不得你老子怕你!"

这一回该轮到何二花得意了,她也以一种胜利者姿态瞧着刘喜喜,笑着说：

"老头子哪怕我？是我怕他，更怕你，我现在害怕着呢！"

刘喜喜并不理会，还是很平和地对何二花说：

"二花，我打了你，你咬了我烫了我，也扯平了。你只要说一声算了，我只当今晚啥事都没发生。"

何二花一听，两道人工文眉就竖起来了：

"啥？你他娘的说得倒好听，你他娘的也不打听打听，你姑奶奶甚会儿叫人打过？你那厉害劲儿跑胯底去了？不整得你服服帖帖的你姑奶奶不算完。"

"你想一想，咱们最好还是和解。"

"和你娘的解！"

刘喜喜听了，也没说话，拐着一条腿出了房间。眨眼的工夫又回来了，手里多了一根捆食品的塑料绳。

"你想干甚？"何二花见刘喜喜手里拿着绳子，本能地朝后退了一步，随手从桌上抄起一只盛"枸杞珍"的玻璃杯。

玻璃杯最先砸了刘喜喜的右颧骨，又掉在地板上，地板是木质的，杯子没碎，接着就是四只胳膊的一阵厮打。男人毕竟力大。刘喜喜还是捉牢了何二花的右手腕子，朝外一拧，何二花就蹲在了地上。刘喜喜将手朝前一带，屁股上用脚一勾，将何二花放展在地，一脚踏住后腰，将她的手从右肩上拉过来，掰开大拇指用绳套死，又将她左手拧到后背上，也将大拇指套死，拴住了。这才将何二花一把提起，放在一张沙发椅里，抄起绳子，将她的两条腿与椅子腿儿绑在一处。

刘喜喜又出来找家伙。他在客厅里审视一圈儿，又进了厨房，房间那边传来何二花骂骂咧咧的声音，并晃得椅子咚咚响。刘喜喜从案板背后抽出一根擀面杖来，又回到房间。见何二花不再晃椅子了，但还在骂：

"姓刘的,你敢捆我,我要杀了你!"

刘喜喜也不答话,走过去,将擀面杖从何二花的后背插进去,套住绳子,并用力一绞。

何二花后背一上一下两个大拇指几乎挨到了一处。

"哎哟哟……姓刘的,你死到临头啦,哎哟!……"

何二花一面疼得高声尖叫,一面大声威胁着刘喜喜。

刘喜喜将擀面杖绞紧,坐回到自己床上,面对着何二花,好像在跟她聊天一般:

"你知道这叫啥?这是老公安整人常用的招儿,叫做'二郎担山',等会儿就知道滋味儿了。"

"哎哟,刘喜喜,明天我家老头子知道你这么对我,肯定会雇人卸你小子一条胳膊。"何二花一边龇牙咧嘴地叫唤,一边继续威胁着。

"可惜得很,现在离天亮还早着呢!"刘喜喜说。

"刘喜喜,你赶快放开我,你他娘的放不放?你要不放,三天之后我保你小子是个残废……"

刘喜喜斜靠着床头,两手交叉枕在脑后,半闭了眼,不再答理何二花。

也许是由于疼痛难忍,何二花终于哭了。她一边哭一边骂:

"姓刘的,你个挨枪子儿的劳改犯,我何二花不是好惹的……你等着瞧,我要不把你小子废了,我不是人……我就是大姑娘养的王八蛋曰的,我出门就叫汽车撞死……"

任凭何二花怎么叫骂,刘喜喜都充耳不闻,无动于衷。他看看手表,觉得时间差不多了,就站起来,走到何二花背后,将擀面杖往松放了几圈儿。

何二花得到松绑的快感,长出了一口气,以为刘喜喜要放她,就说:

"还算你聪明,快着点儿。"

"放你？等会儿再说吧。"刘喜喜又坐回床上，两手交叉枕在脑后，还是半眯了眼，不理何二花。大约过了五分钟，他又站起来到了何二花身后，将擀面杖再次往紧一绞——

"哎哟哟，我的胳膊断了……"这一次何二花叫得更惨了。她也就坚持了那么五六分钟，便再也顶不住了。

"咋啦？这他娘的刚刚开始，你就顶不住了？"

何二花弓着腰，脸也拧向一边。她的头发披散在脸上，大口喘着粗气，额头上也渗出了密集的热汗，黄豆大的汗珠儿透着晶莹的光亮，一颗颗地滴落在她的大腿上。

"瞧你那熊样，就这还在世面上混呢，哪天叫公安局收进去，我看你有的没的都得说。"

何二花那副不可一世的嚣张气焰早被疼痛赶跑了，她无心跟刘喜喜恋战，心说好汉不吃眼前亏，咋着也得混过今天晚上：

"喜喜，咱们和解吧！"

"和解？给你脸不要，迟了！"

"就算我不对，行了吧？"

"干吗？那不是太委屈你了？"刘喜喜悠闲自得地与她调侃。

"我不是人，您甭跟我一般见识。喜喜哥……"

刘喜喜连连摆着手：

"喂喂，你是大款的千金，我是劳改犯，少他娘跟我套近乎。"

"哎，我知道我错了，我求求你，我再也不敢了……"何二花最初的策略已成了意志崩溃后的哀求，她无论如何也支持不住了。

"照这态度还差不多，好吧，这一回就放过你，等天亮了就给你松绑。我得先睡一会儿。"刘喜喜说着，将何二花未浇湿的半截儿被子横过搭在身上，看样子是真要睡觉了。

何二花连一分钟都挨不下去,一听刘喜喜说天亮才松绑,当下就哭了:

"喜喜,我真的受不了了……求求你了,求求你了……"

一摊水渍洇湿了何二花的整个裤裆,并升起了袅袅蒸气。刘喜喜探过身去,在上面摸了一把,凑在鼻尖儿上闻了闻,笑了:

"你也他娘的太稀松了。我给你一句忠告,你可千万别犯事,万一进了局子,别看你爹有钱,这一绳子是免不了的。"

"是是是。"何二花忙不迭地应道。

于是刘喜喜便掀开被子,走过去将擀面杖往开松了松,但并没有给她松绑。

"喜喜,给我解开吧,我真的再也不敢了,以后你叫我朝东我不敢朝西……"

"少他娘啰嗦,给你松一松就不错了,说天亮就天亮,别惹老子发火!"刘喜喜两眼一瞪,大声喝道。

何二花吓得大气也不敢出。

17

上午九点,望都商厦总经理何喜发就坐着"皇冠",带着保卫科长马国宝赶了过来,他人在客厅,声音已传过来了:

"刘喜喜,你小子伤得重不重?"

刘喜喜听到何总的声音,立刻从床上坐起来,准备下地,被走进来的何喜发一把按住肩头:

"三个人?"

"三个人。"

"全带着刀?"

"全带着刀。"

"伤在大腿上?"

"在这儿。"

何喜发一眼瞥见了桌上那把刀,拿起来看了看,见上面沾着不少血迹,问道:

"这么深?"

"这不是扎我腿的刀,是那小子的血。"刘喜喜说。

"给我讲讲,从头到尾讲,一丁点儿也甭落。国宝和栓柱,你俩也坐过来听听。"何喜发显得异常兴奋,脸上放着红光。

保卫科长马国宝和司机黄栓柱也都凑近前来。

刘喜喜就开始讲事情发生的整个经过。刘喜喜的讲述并不怎么生动,但每到紧要之处,何喜发都瞪大了贼溜溜的三角眼。他的整个表情神态都随了故事的情节发展不断变化。他时而屏声敛气,紧抿双唇;时而眉飞色舞,跺脚击掌;时而胸气长舒,大声感叹。

"我日他娘娘的!"这是何喜发式的典型叹词。

"我日他娘娘的!"故事结束之后,何喜发又一声长长的感叹算是总结,他一拍大腿站起来,在屋里来回走了两圈儿,用手指着刘喜喜:

"刘喜喜,你他娘好样的,你小子立下大功一件。我现在给你一次机会算是奖励,允许你小子向我提一个条件,你说,要啥我都答应你。"

刘喜喜听了,并没显出多大惊喜。他想都没想就说:

"我啥都不要,能在何总手下做事,我已经心满意足了。"

这时候,站在何喜发身后的马国宝不住地朝刘喜喜挤眉弄眼,咧嘴龇牙,活像一只被火燎着屁股的猴子。刘喜喜不理他,假装没看见。

"你小子可要想好啊,难得我今天高兴一回,过这个村可就没这个店了。"何喜发再一次叮咛道。

"何总你不必客气,我啥都不缺……"

刘喜喜话还没落地,保卫科长马国宝便再也按捺不住了。

"是啊,何总的机会可不是轻易能得到的。要不然这么着,何总给你三天时间,你想想,想好了再跟何总提?"马国宝一边说,一边不住地使眼色。

"国宝说的不错,你好好想想。"何喜发对马国宝的举动一无所知。

刘喜喜朝床前挪了挪,将那条伤腿放下来,然后对何喜发说:

"何总,俗话说,养兵千日用兵一时。我不要奖励,是因为我做的是分内的事,要不然您花高薪请我来干啥?"

"说得好。国宝,你回去把今天的事给保卫科的人讲讲,别他娘一个个都往钱眼子里钻,叫他们听听刘喜喜是咋说的。"

"是哩!"马国宝答应一声,一脸的扫兴。

兴奋了一阵子之后,何喜发好像觉得缺了什么,问刘喜喜:

"我家那个小贱货呢?"

"还在屋里睡着。"

何喜发的脸沉了下来,他将烟蒂用手捻碎,恶狠狠地朝地上一丢,说:

"他娘的×!果然不出我之所料,狗日的到底下手了。国宝,你给我雇几个人,马上把狗日的家给我砸了,把他的腿给我打断,替刘喜喜报这一箭之仇!"

"是哩!"马国宝转身就朝外走。

"慢着!"刘喜喜将马国宝喊住,对何喜发说:

"何总,我看算了。"

"咋着?你害怕了?"何喜发不解地问。

"那倒不至于。何总,我平时爱看金庸的武打小说,书上常说一句话,叫做'冤冤相报何时了'。你们做生意的向来是求财不求气,整日里打打杀杀有啥意思?我看不如这样,这次我们不必计较,反正他们伤了两个人,我们伤了一个。我们就放个高姿态,看他咋着,要是对方自知理亏,善罢甘休,也就了了;要是对方得寸进尺,再收拾他也不迟。"

何喜发听了刘喜喜的话,不住地点头:

"嗯,有道理。你小子果然有勇有谋,智勇双全,就按你说的办。我过去瞧瞧那个小贱货。"

刘喜喜见何总等人出了屋,也急忙下地,拐着腿跟了过去。

何喜发推开房门时,何二花已经起床了,在床前呆呆地坐着。她头发散乱,面如死灰,三分像人七分像鬼。何喜发一瞅闺女的模样,吓了一大跳:

"你这是咋了?"

何二花似乎患了痴呆症,眼皮都没眨一下。

"她从没见过昨晚那阵势,吓得够呛。"刘喜喜手扶着门框,替何二花作了回答。

"知道害怕就好,省得出去给我惹事。"何喜发随口说了一句,也就不再答理何二花。他从房间里出来,对司机黄栓柱说:

"小黄,你把刘喜喜送到第一人民医院去,记着,开最好的高干病房。"

刘喜喜一听说要送他进医院,急忙说:

"何总,我不过是伤了一点皮肉,根本用不着住院。不过,我现在瘸着一条腿,怕是不能保护二小姐了。既然何总叫我养伤,我就请几天假,回去和家里人住几天,这里另外再派个人,您看咋样?"

18

这夜刘喜喜躺在床上,觉得眼前最重要的事莫过于见郑爱蓉了。他与郑爱蓉的上一次同床共枕的时间充其量也不到一个月,可他觉得比自己两年的禁闭时间都长。

从下午到晚上,刘喜喜始终未见郑爱蓉的面。小欣欣说妈妈上班去了,干什么她当然不可能知道。晚饭后刘喜喜扒在阳台上看了好几回,始终不见那面的灯亮。不过现在他的那副双拐又派上用场,走起路来并不怎么困难,想起年前他将这副拐借给爱蓉时所说的话,不禁哑然失笑。

将近十一点的时候刘喜喜架着拐又去了一次,这一回爱蓉家的灯亮了,刘喜喜使劲拍了一下楼梯的铁栏杆,回到屋里十分耐心地等待着。

夜里十二点,刘喜喜将自家屋里的灯全部拉灭,架着双拐走出来。他顺着墙根儿摸黑来到郑爱蓉家门前,掏出钥匙,摸索着往锁孔里插。他将钥匙翻来倒去试了好几回,根本插不进去。刘喜喜以为钥匙拿错了,掏出打火机打着,见钥匙没错,便将打火机移近门锁。

门锁已经换了副面孔,在打火机跃动的火苗的照耀下,闪烁着簇新的金灿灿的光。刘喜喜明白了,原来郑爱蓉已经换了锁。

"娘的!"刘喜喜心里骂道,对郑爱蓉恼火透了。老实说,他不喜欢那种轻易就范的女人,更不喜欢那种主动送上门来的女人。但啥事情都得有个限度。觉都睡过了,还他娘的推三阻四地来这一套。

刘喜喜回到自己家里,越想越觉得憋气。郑爱蓉的做法显然唤起了他更强烈的征服欲,使他欲罢不能。他来到阳台上,忽然发现郑爱蓉家阳台的纱门半开着,顿时心生一计,脸上露出了得意的笑容。

刘喜喜进了屋,将拐扔在地上,伏下身爬到床底下,从里面拉出一个表面十分粗糙的木箱来,打开盖,在里面翻腾着。

木箱里放了一些杂七杂八的东西,什么匕首、短刀、九节鞭、自制土枪应有尽有,都是他当年横行江湖时用的家伙。他从里面找出一个飞爪。飞爪是他小时候爬电影院高墙时用的,多年没碰过,三个铁钩上都有了斑驳的锈迹。

刘喜喜再次起来时没有拄拐,他咬紧牙关,像正常人一样健步走到阳台上。

柳纺宿舍每家阳台都是独立的。由于有月光和街灯的反射,一切都显得格外清晰。刘喜喜目测了一下距离,估计大约有两三米的样子,便将飞爪上的绳子解开,理顺了,左手提着飞爪前部的绳子,抖起腕子悠了两悠,轻轻抛了过去。铁爪在栏杆上碰了一下,发出一声轻微的金属声,勾住了。

刘喜喜将绳子这头绕在自家的栏杆上,一连挽了两个结,揪紧了,用手在绳子上压了压,感觉牢靠了,这才跨过栏杆。

紫云路虽然已经绝了人迹,但街灯却还不明不暗地照着,间或有一辆卡车路过,刮风似的驶过去。刘喜喜住的是三楼,虽然不算很高,但他朝下望去,还是觉得四肢发软。

刘喜喜稳定了一下心神,两手捉牢绳子,从阳台上滑下。他的身子在半空中荡了荡,稳住了。刘喜喜攀着绳子,两只手三捣两捣到了另一头。他扒住铁栏,翻身上去,蹑手蹑脚地走到阳台门前,从上衣袋里掏出身份证,用劲朝门缝里一插,门就开了。

"啊!"

熟睡中的郑爱蓉毫无精神准备,惊叫一声坐起身来,顺手拉着了灯。

刘喜喜被郑爱蓉猛踹一脚,一跤跌坐在地上,他腿上的伤处钻心地疼起来。

"你是怎么进来的?"

郑爱蓉见是刘喜喜,反倒不似先前那么惊慌了。她将被子往起拉了拉,遮住前胸,又用手理了一下乱发,问道。

郑爱蓉这一脚正好踹在刘喜喜的刀口上,疼得他半响都换不过气来,脸上的肌肉也痛苦地抽搐着。他朝阳台的门指了指,没顾上说话。

"刘喜喜,上次我是不是说过,那是最后一次了?"

"说过……"刘喜喜缓过气来,两手撑着地往起站。

"因为你答应了我,所以我没攮你,对吧?"郑爱蓉的态度很认真。

"没错,我忘了啥也忘不了你……"刘喜喜嬉皮笑脸地说着,朝郑爱蓉凑过来。

郑爱蓉马上用手指着刘喜喜,义正词严地说:

"那好,你现在给我从前门出去!"

刘喜喜一见郑爱蓉道貌岸然的样子,越发觉得好笑:

"算了吧爱蓉,你每回都跟我来这套假正经,不觉得累?"说着便凑过去抱郑爱蓉。

郑爱蓉一把推开刘喜喜,抬高声音说道:

"你到底走不走?"

"我冒着生命危险从阳台上爬过来,要走也得明天早上。"刘喜喜边说边用手捉住郑爱蓉的两个腕子。

郑爱蓉用力甩了两下,没甩脱,大声说道:

"你再不走我可要喊人了!"

刘喜喜停住手,脸上的笑容没了:

"吓唬我?"

"我真要喊人了,你滚!"

刘喜喜见郑爱蓉不是开玩笑,也就拉长了脸,透出往日里那种蛮不讲理的霸气:

"你唬我?当我是三岁孩子?你喊呀,我刘喜喜是啥东西柳纺谁不知道?流氓!万人大会的审判台我他娘都上过,今天就算我再强奸你一回。你好意思就喊,看看咱俩谁没脸见人。你喊!你喊呀!你咋不喊!"

刘喜喜这一套还真管用,郑爱蓉果然不再出声。她紧抿着双唇,闷声不响地与刘喜喜扭打着。

郑爱蓉身下的这张床由于两个人剧烈折腾,不堪重负,"吱吱嘎嘎"地怪叫着,也许是另一间屋里有了什么响动,郑爱蓉住了手,不再挣扎了。

"小欣欣醒了。"她说。

刘喜喜侧耳听了听,见那屋并无动静,就将郑爱蓉按倒在床上。

郑爱蓉红着脸,微微喘息着,不再反抗。

"这样多好!小乖乖,你听话的时候真好……"

刘喜喜柔声细语地说。他在爱蓉的前额上轻轻吻着,整个人也变得文雅了。

郑爱蓉不说话,任由刘喜喜将她的内衣一件件剥了去……

19

凌晨三点半,郑爱蓉就骑了自行车往第一批发市场赶。夜半更深,清冷的路灯发着惨淡的光,空旷的大街上连个鬼影儿都没有。若是以往,郑爱蓉是绝对没胆子一个人走夜路的,可现在,她恨不得马上就见到郭百灵,再也顾不得许多了。

刚到批发市场的大门口,郑爱蓉就听到了里面的嘈杂声。

大院里停着三辆大轿子车,其中一辆马达尚未熄火。场子西面一根倾斜的木杆上挑着一盏白炽灯,像挂在枝头上的一个熟柿子,仅有的一点点昏黄的光也似乎被巨大的夜空吸收了。汽车周围人影绰绰,两个男人站在汽车顶上,一边吆喝着,一边朝下递包裹。接了包裹的人各自忙乱着,人群边上停着五六辆拉货的三轮,有人与蹬三轮儿的谈好了价,便朝车上搬东西。

"球毛货,老主顾了还跟我抬价?"郑爱蓉正在四处搜寻之时,忽然听到了郭百灵的声音。

"货多车少,都这个价,你拉不拉?不拉我拉旁人的。"蹬三轮儿的说。

"货少车多的时候,我不也照样用你的车?"

"你到底拉不拉?"

"拉吧,球毛鬼胎,发不了横财。"

郭百灵穿着一件说不清什么年代的棉猴儿,头上戴一顶栽绒棉帽儿,一只帽耳子翘着,一只帽耳子耷拉着。她两手揣在袖筒里,一边跳着脚御寒,一边骂骂咧咧地说。她伸出手来正要提脚边的包裹,忽然看见了站在跟前的郑爱蓉:

"是你?"

"百灵……"郑爱蓉叫了一声,想说什么,但喉咙哽住了。她扑上前去一把抱住郭百灵,头抵着她的肩膀,哭了。

郑爱蓉一哭,郭百灵反而不那么尴尬了。她用力拍了拍爱蓉的脊背,扳住她两个肩头说:

"傻丫头,哭什么?"

"……你为什么不早告诉我?"郑爱蓉怎么也想不到郭百灵会是这么个形象,哭得愈发伤心了。

"告你管什么用?你养活我?快别哭了,听话!"

"……是我不好,还傻乎乎地找你借钱……"

"行了行了,谁叫咱们是好姐妹呢,再说,从小到大,哪回不是我让着你?"

"你到底拉球不拉?"蹬三轮儿的等得不耐烦了。

"去你娘的吧,老子有了自行车。"

郑爱蓉将自行车掉过来,郭百灵提着两个大包中间的绳子,一咬牙将大包一左一右驮在车子后架上。

"来,货重,还是我推。"

郭百灵推着自行车,与郑爱蓉一起走出了批发市场。

"要不是亲眼所见我真不敢相信,你现在说话咋这样?"郑爱蓉在路上问。

"难听,是吧?良家淑女能对付得了这帮人?裹着大衣在货包上睡觉,冷不丁儿就叫谁在腿裆里狠狠捏一把。"

"你干吗不叫圣奎去?"

"他?猪头!我这么机灵的人还成天上当呢!对了,年前你找我借钱的时候,我刚刚上了一当,还没缓过气来呢。"

"石家庄?"

"对了。大市场外面也有一长溜卖货的,我见了一家摆羊毛衫的摊子,五颜六色的羊毛衫,前面挂一张大纸牌子,上面写着'大削价,每件二十五元'。我摸了摸质地,还行。心想这么便宜的价格,回来还不狠狠发一下?"

"假货,是吧?"

"货倒无所谓真假。摆摊儿男人问我要多少?我说一百件吧。他说摊子上只有十来件,诚心想要到他那里去取。我就跟着那个男人去了。他领我到了一个工地上临时搭起的工棚里。里面还有两个男人,成堆的羊毛衫堆在地上。他们帮我数好货,我就掏出两千五百块钱。可他们收了钱说,一共七千五,还差五千!"

"咋能差五千?一件二十五,一百件不正好两千五么?"

"是呀,我也是这么说的,我问他们,你们牌子上明明写着,'大削价,每件二十五元'。我没记错吧?你猜他们咋说?"

"咋说?"

"他们说牌子上的字没错,羊毛衫原价一百元,大削价,每件削二十五元,不就是七十五元一件吗?"

"他们还讲不讲理?"郑爱蓉愤愤不平地说。

"讲理,他还问你呢,问你是不是活得不耐烦了。"

"难道就没王法了?"

"王法?别天真了,一刀子抹了你,把钱一掏,臭水沟里无非多一具无名女尸。"

郑爱蓉无话可说了。过了一会儿,她悠悠叹了一口气:

"唉,看来干啥也不容易,夜里回去的时候我还想,打算和你一起卖衣服呢!"

"算了吧,你呀,还真的受不了这份罪,更受不了这份气。"

……

20

正午时分,"小麻雀"绸布庄门前聚满了人,他们七嘴八舌地议论着。绸布庄的门脸是淡粉色的,屋檐的白色招牌上写着"小麻雀绸布庄"几个活泼的大字,一看便能猜出是吴迪的手迹。店门顶上悬挂着一条条彩带,门边贴着大红对联,正午明媚的阳光将这一切打扮得分外妖娆。郭百灵和郑爱蓉在门口的台阶上站着,成了人们谈话的焦点。

"咋就取了个小麻雀店名儿?"

爱蓉楼下的张纪德穿着一套崭新的中山服,一手牵着小欣欣,高兴得都不知问什么好了。

"这个呀,你问她吧。她原来说要叫百灵绸布店,我说不,就叫小麻雀,因为小时候班里同学都叫她小麻雀。"郭百灵说。

"那是他们给我起的外号,因为我脸上有雀斑。"郑爱蓉笑着说。

"才不是呢。"郭百灵象征性地打了她一拳。

被邀请的宾客中大部分都是郭百灵的客人,全是些经销各种商品的个体户。所谓麻雀虽小五脏俱全,他们抬来了各种各样的镜框,写了五花八门的吉祥话,下边都是某某食品屋、某某服装店恭贺,看起来像模像样,如同大商店开业一般。

"让开,让开。"

刘喜喜扯着嗓子吆喝着,分开众人走向门口。他穿着一身崭新的警服,身后跟着五六个人。

"刘喜喜,你有什么事?"

郑爱蓉一见刘喜喜,脸上的笑容一下子消失得无影无踪。

"爱蓉你不够意思,这么大的事连个招呼都不打。"刘喜喜说着,朝后一招手,就有人抱着两块牌匾进来,全用牛皮纸包着。刘喜喜将第一块上的纸撕开,只见一幅贝壳拼贴的风景画上写着红漆大字:

小麻雀绸布庄开业志禧:
大 吉 大 利
望都商厦敬贺

人群中立刻引起轩然大波,特别是那些小商小贩们,一个个全都两眼放光。望都商厦在全市首屈一指,那是何等的名声,居然给一个小小绸布店送来贺匾。

刘喜喜又打开第二块,这一块是他自己送的,上边写着"恭喜发财"四个大字,并打着"望都商厦保卫科"的旗号,想必他是取代了马国宝的科长职位。

许多人不了解其中的内幕。本来何喜发总经理是想亲自来的,但被郑爱蓉谢绝了。她说她给自己定了一条规矩,就是凡在"人境庐"结识的"客人"一律不请。何喜发不能到场,就让刘喜喜送来了贺匾。

"怎么样?你还满意吧!"刘喜喜得意地望着郑爱蓉。

郑爱蓉没想到事情的结果是这样,看来至少在今天,刘喜喜是不会找她的麻烦了。

"谢谢你了,喜喜。"郑爱蓉说。

刘喜喜听了,把手一挥说:

"这就是见外了,咱们本是一个厂的,在外面混彼此都得有个照应。百灵,记住我的话,你们的门面有我刘喜喜撑着,这条街上谁敢骂你们,我敲掉他的门牙,谁敢打你们,我剁他一条胳膊。"

"别人不把我们打坏你也把我们吓坏了。"郭百灵说。

刘喜喜笑着说:

"反正就是这么个意思。准备好红绸了吧?找个德高望重的剪剪彩。"

"有这么个意思就行了,还剪什么彩呀。"郑爱蓉说。

行道树上悬挂着一串串鞭炮,六棱砖地上摆着一片"二踢脚"。刘喜喜掏出打火机,点了一支烟说:

"我来放大炮,这活不好干。"

鞭炮燃着了。刘喜喜撅着屁股,用手里的烟卷儿点着一个个"二踢脚",一时间,绸布店门前炮声喧天,震耳欲聋,几乎所有的人都把耳朵捂了,好多女孩子索性抱着脑袋跑得远远的。

鞭炮的硝烟在街旁弥漫开来,刘喜喜腾挪闪跃,在一片缭绕的烟雾中不断点燃着炮捻……

(节选自长篇小说《红尘手》)

长篇小说（节选）

金瑞·小龙女·金宝蛋

1

夜沉下来了。入夏后的夜晚懒散而倦怠，在滞重与沉闷中极不情愿地合拢了大幕。苍穹没有月，也没有星，如同宣纸上渗出的墨。不过，这对于柳城最繁华的地段马缨街来说，似乎算不了什么。时间关闭了天色，却给长街上银色的路灯、闪烁的霓虹灯和绚丽的广告灯箱提供了争奇斗艳的空间。平坦如砥的长街之上车流如织，弹射着金属漆与电镀的光芒。轿车的喇叭声与自行车的铃声裹卷着街边各种商店里传出的混杂音乐，激动着小摊贩或低或高或粗或细的叫卖声。

马缨街被迟来的夜晚激活了,显得生机勃勃,热情荡漾。

于是,人行道上身着各种服色的行人被色彩绚烂的灯光涂花了脸,也涂花了心,极不安分地在五色斑斓、琳琅满目的商店里进进出出。

新世纪大酒店的门前,灯光似乎单调一些,地面也似乎开阔一些。酒店靠西侧停了一溜各种型号的小轿车。中门右侧台阶下,坐着一个长发瘦脸的小青年,熟悉他的人都管他叫宝蛋。酒店大厅清一色的莲花灯透过落地窗映出来,将这个蓬头垢面的小青年照得十分清晰。他身体两侧各有一个带把儿的木墩儿,屁股下坐着一块皮子,皮子的四角拴了麻绳,如同西裤背带似的套在肩上。他的两条裤管儿高高挽起,裸露着一小截儿右腿和半条左腿,肮脏而可怖。他面前摊着一块皱巴巴辨不清颜色的布,布上散落着几张小面值纸币。有人从他身前匆匆走过,又想起什么似的折回身,掏出一两毛零票扔到那布上,然后离去。

新世纪大酒店的中门里出来一位穿制服的保安,站在门口指着地上的宝蛋说:

"喂,要饭的,离远一点!"

宝蛋便将面前那块皱巴巴的布团起来,塞到怀里,又从地下提起一个装着几个西红柿的塑料袋,也放进怀里。然后双手挂着木墩儿,朝一侧挪了几下,又将塑料袋放下,将那块裹着纸币的布拿出来,在地下铺开。

这时,一辆黑色的桑塔纳轿车在街面上打了转向灯,缓缓地朝酒店门口驶来。

这样一个夜晚对于坐在车上的金瑞来说,本来没什么特别的意义。他不过是忙完了一些事情,准备到这里随便吃点饭。今天开车的是球皮,坐在车后的是三位聋大哥,像这样的情况也没什么特别意义,球皮是他最好的兄弟和最得力的助手,三位聋大哥是他的保镖,逢了有活动总是将他们带在身边。

球皮下了车,三位聋大哥也下了车。他们从轿车后备厢里提出一个折叠式轮椅,打开后推到金瑞开车门的位置,扶金瑞坐了上去。

就在这时候,两个染着五彩头发的小伙子从东边过来了。两个人喝了太多的酒,东倒西歪踉踉跄跄。就在酒店的门口,其中一个穿花衬衫的人与迎面过来的一位留长发穿米色丝裙的姑娘撞了个满怀。

"你他妈的瞎了眼啦,敢撞老子?""花衬衫"推了长发姑娘一把,恶狠狠地骂道。

"说不定看上你啦!"另一个留马尾巴刷子的男子笑嘻嘻地说。

"那好呀,跟我走吧。""花衬衫"上去拉长发姑娘的胳膊。

"放开!"长发姑娘用力挣脱了。

"哟嗬,真是个瞎子,大哥你看她真是个瞎子。""马尾巴"兴奋地叫道。

"我看看。""花衬衫"上去就摸那姑娘的脸。

长发姑娘果然看不见,直到对方的手摸到脸上,才像被蜇了似的抖了一下,本能地朝后退着。她转身正要走开,突然绊在一辆自行车上,连人带车子一同摔倒了。

"哈哈哈……"两个男人开心地笑着。

这时候酒店门边地上的宝蛋刚从塑料袋里掏出一个西红柿,将烂了的地方一口咬掉,吐在一边,正打算吃,见了刚才这一幕,气愤地嚷道:

"俩男人欺负一个瞎眼姑娘,真不要脸!"

也许是压根儿没听见,也可能并不介意,两个男子哈哈笑着进了酒店,站在大厅西侧的一张餐桌前与两个就餐的人说话,看样子并不打算吃饭。

坐在轮椅上的金瑞将这一切都看在眼里,他扭头对球皮说:

"球皮,去把那姑娘扶起来。"

球皮过去扶那位女子。金瑞将轮椅摇到那个无腿小青年跟前,问道:"你替那个瞎眼女孩子说话,不怕挨揍?"

坐在地上的宝蛋打量了一下系着领带、衣冠楚楚的金瑞,觉得他虽说也是个残了腿的,但毕竟面色光鲜,还坐着高级轮椅,不由得产生了敌视情绪。他倔强地一拧脖子:

"挨揍就挨揍!"

这时球皮已将那个盲眼姑娘领到了汽车跟前。

"你想不想教训一下那两个小子?"金瑞不动声色地问。

坐在地上的宝蛋两眼立时闪出光来:

"好呀!我要是有腿,早灭了那俩小子了。"

金瑞点点头,说:

"你袋里不是有几个烂西红柿?等那两个小子出来,你就把西红柿扔到他们脸上,剩下的你就甭管了。"

宝蛋兴奋地说:

"这个我在行。可惜这是西红柿,要是臭大粪就好了……反正不能便宜他们。"宝蛋灵机一动,欠起屁股摸索一阵,朝塑料袋里的西红柿撒了一泡尿。

金瑞缓缓将轮椅摇到桑塔纳跟前,小声对球皮嘀咕了几句,同时边说话边向三位聋大哥打手语。几个人同时隔着落地窗注视着大厅里面。

盲眼姑娘在旁边默默地垂泪。金瑞悄悄看了姑娘一眼,见她披散的长发乌黑闪亮,消瘦的瓜子脸莹洁如酥,蓄满了泪水的眼睛在灯光下闪闪烁烁,有一种脆弱而凄楚的美,不由得生出怜惜之情。

"姑娘,你运气好,赶上金大哥看不过眼,打算替你出这口气。"站在旁边的球皮说。他很轻易地揣摸出了金瑞的内心想法。

"我要回家。"盲眼姑娘说。

"花衬衫"和"马尾巴"正朝外走,餐桌上的两个人也结了账一同走出餐厅。此时,他们不是两个人而是四个人了。

也就在金瑞考虑该不该动手的时候,门边地上的宝蛋发话了:

"喂,小子,瞎了眼啦? 踩着老子的脚了。"

"臭小子,你他妈的要是有脚就不用要饭啦!""花衬衫"笑嘻嘻地说。

地上的宝蛋直着脖子嚷道:

"小子,你生了儿子两腿叫车轮子压断了,你的断腿儿子也得上街要饭。这还算好的,要是你儿子生下来就没屁眼儿,吃下要来的饭都没出口。"

"你他妈的……""花衬衫"勃然大怒,正要上前动手,被旁边的伙伴拉住了:

"算啦算啦,一个臭要饭的,别理他。"

"没那么便宜。你们欺负了人家女孩子就没事了? 老子这叫替天行道,为武林除害。接暗器……"宝蛋掏出袋里的西红柿朝那几个人砸去。

金瑞没想到小家伙虽然没腿,两只胳膊却十分利落,就那么扬了几下,西红柿便在那几个人身上炸开,一颗正中"花衬衫"的面门,血红的西红柿汁顺着面颊淌下来,另外几颗也分别砸在其余三个人身上,有一个穿白T恤的胸前就像开了一朵大红花。

"花衬衫"和"马尾巴"冲了上去。"马尾巴"提住宝蛋的后衣领正要动手,不想身后被人拍了一掌,刚刚一转身,身体下部的要害处就结结实实挨了球皮一脚,他闷哼一声蹲在地上,身体蜷成一团。此时"花衬衫"的面门上也挨了聋大哥一记老拳,这一次流出的不是西红柿汁而是殷红的血浆。从酒店跟出来的两个同伙看来不是打架的行家,倒是挨揍的里手,俩人往地上一蹲,双手抱住头,任凭对方的拳脚雨点般的在自己身上招呼。两位聋大哥就像踢打两个包袱,最终打不起什么兴致,便住了手。

满脸是血的"花衬衫"架起蜷成一团的"马尾巴"跑了,另两个挨了饱揍的小伙子也跟着跑了,身后追着宝蛋一连串尖声大笑:

"哈哈哈哈……这就叫以卵击石,自取其辱。"

四个人跑出几十米后,"花衬衫"回身指着球皮等人,咬牙切齿地说:

"小子,有胆量就别走开。看老子不收拾你!"说罢,扶着"马尾巴"跳上一辆出租车,一溜烟走了。

剩下两个光会挨揍的"大包袱",一边看着身后,一边手指着球皮他们:

"你们要跑就是狗娘养的,等着给我们老大磕头吧!"

"他们叫人去了。"球皮对金瑞说。

"金大哥,你们快走吧,他们叫来人就糟了。"站在车旁的盲眼姑娘开口了,语言中充满了关切。

金瑞本有心要走的。如今他越来越信奉一点,就是多一事不如少一事,既然气也出了,不如一走了之来得干净利落。可是,不知为什么,当面前这个容貌姣好、神色凄凉的盲眼姑娘对他表示出担忧的时候,他反而不好意思离开了,再说对面还坐着一个仗义相助的半大孩子。他苦笑了一下,对球皮说:

"看来,今天这饭得晚吃一会儿了。"

球皮会意,立刻掏出手机拨了一个号码:

"是我,球皮。老大在新世纪大酒店门口撞上卖核桃的了,你们来一下。"

"凤琴,凤琴……"街对面一个戴眼镜的小伙子高声喊着,奔过大街来到轿车边,一把扳过盲眼姑娘肩膀,将她浑身上下打量了一遍,二话不说,拉起她的手就走。

叫凤琴的盲眼姑娘极不情愿地被那个小伙子拽着过了大街。也许是凤琴对他说了些什么，戴眼镜的小伙子又拉着她返回来，走到金瑞身前，说：

"你就是金哥吧？我叫周亚文，是丰化集团一分公司的，谢谢你帮了我妹妹。"

"小意思。"金瑞淡淡一笑。

"谢谢你，金哥。"叫凤琴的姑娘也由衷地说。

这时从街东面风驰电掣般地驶来一辆金杯牌中型面包车，在金瑞他们跟前吱的一声刹住了。坐在前边的一个小伙子探出头来问：

"金大哥，核桃呢？"

"还没来呢，等等吧。"金瑞说。

"金杯"面包车驶上了酒店门前的停车位。车里一点动静都没有。

这时，在酒店西边大约几十米开外的地方，停下两辆"面的"，车门开处，"花衬衫"和"马尾巴"率先跳了下来。

"他们还在那儿！"在路边负责监视的两个"大包袱"说。

紧接着，前后两辆"面的"里呼啦啦下来十二三个小伙子，有的拿着斧头，有的提着木棒，还有的握着短把铁锹，气势汹汹地朝这边赶来。

球皮将指间的烟放在唇边吸了一口，然后狠狠地摔在地上。

这时候，"金杯"面包车的车门哗的一声打开，从车上拥出二十多个血气方刚的年轻人，手里拿着清一色的二尺长的无缝钢管，生龙活虎地扑向对面赶来的人。刹那间，两拨人遭遇，一场惊心动魄的拼杀展开了。

"喂，这儿危险，领你妹妹回去吧。"金瑞平静地说。

"这样也好。我先把她送回去。"戴眼镜的小伙子拉起妹妹的手，急匆匆地穿过了大街。

新世纪大酒店的西侧，激烈的打斗正进行着，行人都躲开了，站在远远的地方观看，酒店以及街两边商店的玻璃窗上贴满了密密麻麻的人头，注视着外面鲜血淋漓的惨烈场面。

唯有一个人对眼前的一切熟视无睹,那就是坐在轮椅上的金瑞。打斗双方的叫骂声、铁器的撞击声以及身遭重创的惨叫声令人毛骨悚然,但金瑞却充耳不闻。他手捏着一支香烟,轻轻地转动着,转动着,微低着头,脸上浮现着恬淡的笑容……

2

马缨区公安分局坐落在马缨街西段的一条狭窄的胡同里,大门柱上的一块木牌漆皮剥落,微弱的街灯下依稀可辨公安分局的字样,除了窗上糊满旧报纸的传达室外,只有一座并不起眼的三层楼。王锐走进楼内,见一楼的一个房间亮着灯,门半开着。

这是一间大办公室,靠里侧的办公桌前坐着两名干警,一个二十多岁,他面前的桌上放着一个十六开的软皮本,手里摆弄着一支廉价的圆珠笔;另一个看上去年龄稍大些,手里提着大檐儿帽,倒背着手在地上来回踱步。靠门边这一侧的几个人看来就是今晚群殴事件的当事人了。

"请问,你就是市残联的王理事长吧?我是分局的副局长韩利山。"韩利山将大檐儿帽扔到桌子上,草草地跟王锐握了握手。

"我是王锐。"王锐环视了一下房间,坐在靠办公桌的一张木椅上。看来梅萍并没有来,她为什么到现在还不露面呢?

韩利山的神情看上去十分疲惫。他揉了揉眼眶,又使劲搓了几把脸,指指轮椅上的一个人问王锐:

"你认识他吗?"

"请不要用手指我,这样不太礼貌,况且我刚才已经告诉你了,我叫金瑞。"

叫金瑞的小伙子看上去不到三十岁,面容光洁,穿一条笔挺的深灰色西裤,纤尘不染的黑皮凉鞋,雪白的衬衣,灰白相间的条纹真丝领带。他身下的那辆折叠式轮椅光芒四射,扶手旁边斜插着的一双金属拐杖同样锃光瓦亮。

"不好意思,你当了理事长,我咋不知道?"金瑞朝王锐笑笑,语气中透着霸道。

"嘿嘿嘿……"地上坐着的一个小伙子发出一串不怀好意的笑声。这个看上去不到二十岁的青年人活像刚从垃圾堆捡来的,蓬头垢面,衬衣包括外套已经说不上是什么颜色。他的整条右腿和左小腿都没有了,左腿的裤管用一根麻绳扎着,右腿的裤管干脆结了一个疙瘩。他的屁股上兜着一块皮子,用两条绳子系着挂在肩上。两只手各拿着一个带把儿的木墩儿,看来这就是他的代步工具了。

韩利山瞥了一眼地上的青年人,又指指金瑞轮椅后边站着的四个男人问:

"这几位摇头晃脑不肯说话,你能证明他们是聋哑人吗?"

"……"

这时门忽然开了,梅萍风风火火地闯进来:

"对不起啊,王理事长,韩局长,路上堵车了!"

韩利山示意梅萍坐下:

"您就是咱们区残联的梅理事长吧?"

"副的。韩局长,王理事长是九原县的书记,来市里暂时主持一下残联工作。他来还不到一个月,有情况你就问我吧!"

"那好,你能证明他们几位是聋哑人吗?"

"这好说,我问问他们。"梅萍说着扭过身去。

梅萍手语:(请问你们是聋人吗?)

轮椅后面的四个人脸上突然呈现出十分活跃的神色，有三个人几乎同时在跟梅萍打手势：

（是啊，是啊，我们是聋人，我们都是柳城聋哑人工厂的。）

梅萍手语：（可以对我讲讲今晚发生了什么吗？）

那几个人又争先恐后地比划着。梅萍十分专注地看着他们，间或也用手势打断他们，似乎在询问什么。

过了一会儿，梅萍侧过身来，对王锐和韩利山说：

"他们说，晚上他们准备回家，路过大酒店的时候看到四个小流氓打这个没了双腿的孩子，他们气不过，就动了手……"

"你看你看，我没说错吧？"地上坐着的小青年一下子来了精神，接着说：

"刚才我就跟那位警察说了。本来呢，我在新世纪酒店门前的空地上坐着，那几个家伙摇摇晃晃从我面前过，踩了我的脚……"

"不老实，你明明没脚，咋说人家踩了你的脚？"伏在桌上做笔录的年轻干警忍不住插了话。

"我是没脚，不过他们踩了我的裤腿儿。在别人眼里我没脚，可我自己心里还是有脚的。你说对吧？"他居然看着梅萍，问道。

梅萍未置可否，只是伏下身来问：

"小兄弟，地下太凉，我扶你坐在沙发上好吗？"

"您叫我宝蛋好了。我还是坐在地下吧，别把公安机关的沙发弄脏了。再说我一天到晚都在地上坐着，现在我的两瓣屁股就是双脚，习惯了。他们踩了我的脚，就算是我的裤腿儿吧。我说，'喂，走路瞧着点。'一个站住问，'你小子说什么？'另一个拽他，'别理他，一个臭要饭的。'我说，'你将来生了儿子两腿叫车轮子压断了，你再跟老婆离了婚，你的断腿儿子也得上街要饭。说话不要太损德，留条后路吧。'那几个家伙一个朝我吐口水,一个过来踢我一脚。这几位好心的大哥路见不平,拔刀相助……"

"胡说,你拿烂西红柿扔人家一身,现在他们还浑身都是西红柿汤子。"做记录的干警忍不住又插话了。

"没错,我是拿西红柿扔了他们,不过那可是万般无奈。要知道那可是我的口粮。你们知道我是吃百家饭的,今天一整天我水米没沾牙,天黑以后一个卖烧饼的见我啥都没要到,就给了我一个烧饼,一个卖菜的又给了我几个烂西红柿。我虽然是个要饭的,可也得吃点蔬菜,增加点维生素对不对?就这么一来让这俩家伙给糟践了。这位金瑞大哥还有这几位聋哑大哥看不惯,就打起来了。那俩家伙不是这几位聋哑大哥的对手,就打手机叫来两车人,十几个小伙子,手里都拿着家伙。本来这几位大哥眼看就要吃亏了,没想到如今的社会还是好人多,过路的人凡是有把力气的都上来了,还有准备回家的民工,把那几个家伙揍得血肉横飞。你们没来之前人家一窝蜂全散了。剩下我们跑不了,也不能跑呀,你说对不对?"

韩利山长长地打了一个哈欠,掏出 BP 机看了看,指指金瑞和宝蛋说:

"我向你们郑重声明一点,根据治安处罚条例,我完全有权力拘留你们。不过,你们都是残疾人,应该给予同情。今天市区残联的领导都来了,我看在两位领导的面子上,暂且让你们回家,回去后随时听候处理。"

金瑞听了,正要说什么,宝蛋立刻说道:

"别呀,韩局长,人常说,法不容情,对不对?您堂堂的执法人员不会因为一点同情心就扔了国家法律,对不对?再说,您根本没必要看两位领导的面子,万一我们畏罪潜逃了呢?两位领导能担待得起么?您要是真有点同情心的话,最好判我个无期什么的,棒子面粥总是有的喝吧,省得在外面饥一顿饱一顿的,连条狗都不如。"

宝蛋的话噎得韩利山脸红脖子粗，半晌缓不过气来。好在他还算是个有涵养的人，平定了一下情绪，然后说：

"该不该关你们，我跟残联的领导研究了再定。王理事长，梅理事长，请你们到我办公室来一下。"

王锐和梅萍跟着韩利山上了二楼，进了副局长办公室。

韩利山请王锐和梅萍坐到沙发上，十分诚恳地说：

"王理事长、梅理事长也许清楚，那个坐在轮椅上的金瑞可不是一般人物，这些天我对这里的情况也稍微了解了一些，说他是马缨区的一个黑帮团伙头子一点也不过分。不过，他究竟是帮教的对象还是打击的对象，我一时还吃不准。"

王锐正要说什么，被韩利山用手势制止了：

"王理事长，当年我在九原县公安局当过干警，你当时是副县长。说实话，你在当地老百姓心目中还是有口碑的，况且九原县还是咱们市的先进县，你到市残联工作恐怕也不是来养老的。我还是自我介绍一下吧。我后来从九原调到柳城迎新街派出所当所长，我那儿是全省的先进派出所，我个人曾经获得过全国优秀人民警察称号。这次我是临危受命，也就是说领导给压了一副重担。所以咱们的目标都是一致的，都想把本职工作做出点成绩来对不对？"

"那是……"

"所以，咱们应该联手。你们呢，培养一些残疾人后进变先进的典型；我呢，争取马缨区治安状况的根本好转。怎么样？"

"没问题，韩局长到底是全国优秀警察，有水平。你的意思现在怎么做吧？"梅萍问。

"本来应该全部拘留他们。不过，金瑞这些人毕竟是第一次和我打照面，咱们还是不宜采取过激行为，留点余地，有利于他们的转变。王理事长的意思呢?"

王锐若有所思地点了点头。

"实在对不起啊,这两天夜里连续打埋伏,缺觉,实在累得撑不住了。我看我就不露面了,你们先把人领回去,有什么情况再联系。"

"那好吧。"王锐说着站起身来。

韩利山分别和王锐与梅萍握了握手,还没等俩人出门,就迫不及待地朝墙角的一张单人床走去。

王锐和梅萍刚刚在楼道里走了几步,韩利山屋内的灯便熄了。

"看来韩局长真是累坏了。"

王锐没吭声。他此刻所关心的并不是韩局长累不累,而是下面的那些残疾人究竟该怎么处理。

大办公室里十分安静,人们都沉默着,王锐和梅萍走进来,又坐回到刚才的位置上。

"金瑞,公安局的同志出于好意,还是决定让咱们的人先回去,你的意见呢?"王锐十分和蔼地问。

金瑞也很爽快:

"领导怎么说咱就怎么做,没问题。"这时他身上的手机响了,金瑞从口袋里掏出一个"掌中宝","喂,啊,没事没事,能有什么事?放心,你该干啥干啥,照当初的计划办,明儿见。"

这时王锐问地上坐着的宝蛋:

"宝蛋,咱走吧,你家在哪儿,我们送你回家。"

宝蛋梗着脖子斜了王锐一眼:

"家?我要是有家还用受他们欺负?"

"可你总有父母吧?"

"我俩爸俩妈,你问哪一个?"

梅萍伏下身去拍拍宝蛋的肩膀,十分友好地说:

"王理事长问你话呢,他可是真的想帮你。"

"我可不是开玩笑。我爸和我妈早离婚了,我爸娶了个老婆,我妈嫁了个老公,这边呢,是亲爸后妈,那边呢,是后爸亲妈。你们明白了吧?"

"那你到底住在哪边?"

宝蛋脏兮兮的小脸上露出诡谲的笑:

"那我不就有家了吗? 实说吧,哪边都不要我。王理事长要真的想帮我的话,我去您家怎么样?"

王锐没有想到眼前这个没了腿的小鬼头会说出这话来。他一时语塞,不知该怎么表示。

3

新世纪大酒店门前。

黑色的桑塔纳缓缓停下。球皮和三个聋哑人下了车,从后备厢里将折叠式轮椅取出来,推到前边的车门前,金瑞从车上下来,坐进轮椅里。宝蛋从车上双手撑着下了地,仰望着酒店透明的玻璃大窗和闪亮的灯光。

几个人走到酒店门前,球皮和那三个聋哑人还是每人伸出一只手,将轮椅抬起来,轻而易举地上了铺着红地毯的台阶。闪亮的玻璃门两侧站着两位婷婷玉立身着大红旗袍的礼仪小姐,在金瑞进门的时候朝他鞠了一躬,不约而同地说了声:"欢迎光临。"这带有柳城口音的清脆柔和的普通话在宝蛋听来真是美妙极了。宝蛋加快节奏撑着两个木墩儿上了台阶,还没走到门口,就被里面一个穿制服的工作人员看到了。

工作人员从门里出来,挡在宝蛋身前,将手里的一块钱递过来:

"去去去,到别处去!"

宝蛋蔑视地扫了一眼那一块钱,瞪着工作人员说:

"喂,我可不是来要饭的,我是这里的贵客!"

已经到了大厅里的金瑞看到了,朝这边招了招手。

"咋样?"宝蛋以一种胜利者的骄傲神态"走"进门去。到了大厅,他又回过头来对那两位穿大红旗袍的小姐说:

"你们忘了说欢迎光临了。"

……

从洗手间出来,宝蛋脏兮兮的小脸变得十分光鲜,两位聋大哥将他安置在座位上。球皮将宝蛋面前的餐具摆好,对金瑞说:

"还是叫三位聋老兄单独坐一桌吧,人家跟咱谈不到一起。"

金瑞手语:(你哥几个就在旁边的桌上坐吧,聊天方便。)

三个聋哑人笑笑,在旁边的一张餐桌旁坐下来。

一位服务生提着一个长嘴茶壶,给桌上的茶碗里注满水。

看着里面的红枣、菊花和茶尖随着一道长而纤细的水线漂浮起来,宝蛋吃惊地瞪大了眼睛,看着服务生说:

"乖乖,你可真有两下子!"说罢,从口袋里掏出一个破烟盒,倒出一把烟屁股来,捡了一根最长的叼在嘴上。

金瑞掏出一盒"玉溪",抽出一支,然后将烟盒抛给宝蛋:

"抽这个。"

"哎,哎。"宝蛋十分虔诚地将烟盒拿起来,小心翼翼地抽出一支,然后装作不经意地将那盒"玉溪"塞进自己口袋里。

这时,两位服务小姐过来了,推着一辆不锈钢架的食品车,一位递过菜单:

"请问,您几位要点……"

金瑞摆摆手阻止了小姐的问话,对宝蛋说:

"兄弟,你这腿是咋搞的?"

宝蛋吱溜一声嘬了一口茶:

"我嘛,五岁的时候,跟着大孩子到铁道边儿玩,玩着玩着火车来了,他们都跑了,我就成这样了。"

"你大名叫什么,不可能就叫宝蛋吧?"

"还真叫您给说着了。我在我妈怀里的时候叫宝蛋。后来出了事,我爸说我妈没看好我,把孩子给废了;我妈说我爸天天赌博不回家,孩子从来没管过。俩人光顾吵架了,顾不上给我起名儿。反正我也没腿,不能上学,要大名也没用。"

"你在公安局说你没家,是不是你从小就要饭?"

"他们离婚后我跟着奶奶,奶奶死了,我就在街上混。"

金瑞没再问什么,扭头对身侧的小姐说:

"把菜单给他,看他想吃点什么。"

宝蛋从小姐手里接过菜单,十分珍爱地抚摸了一下,看着金瑞:

"大哥,说实话吧,这辈子我可是头一遭坐在这里边,反正这顿饭我是下辈子也忘不了,吃啥您看着办吧。"

"那好,咱就来点好菜。"金瑞也没要菜单,随口点了几样菜。

凉菜摆上了桌,金瑞又问:

"你喝酒吗?来点什么酒?"

"翠峰路上那个老叫花经常给我喝酒,他说酒里最好的就是茅台。"

"那好,来瓶茅台。"

茅台酒上来了,服务小姐将桌上的酒杯斟满。金瑞指指旁边的球皮说:

"宝蛋,我给你介绍一下,这位是我的朋友刘栋,你可不要小看他。他是咱们柳城纺织厂的'八大金刚'之一,绰号球皮,柳城黑道上赫赫有名的人物。"

"哪里啊,柳纺'八大金刚'早成老黄历了。我现在是在金大哥手下当马前卒。来,宝蛋,咱们干一杯。"

三个人一饮而尽。这时服务员上来一盘白灼虾,宝蛋剥了一只大虾,在佐料里蘸了蘸,搁在嘴里嚼着:

"金大哥,我跟您说,这虾,还有这盘烧蝎子,我都吃过。"

"噢,在什么地方?"

"酒店后边的垃圾堆上。不过,味道可比这差远了,再说也没佐料。"

金瑞端起酒杯又放下,问道:

"宝蛋,你在公安局里随机应变,对答如流,是个聪明人。我见你会说'路见不平,拔刀相助',还有'血肉横飞'什么的,并不像一天学都没上过。"

宝蛋独自将杯中酒一口闷了,夹了一坨子鳝鱼放进嘴里:

"小时候,我们大院的孩子都上学走了,每天放学回来,我都要问,'老师今天教了些啥?'他们说,'吃玩走立。'我问,'咋写?'他们就在地上写给我看。过了两三年,我说你们别教我字了,就教我查字典吧,我照着上边写。后来我就能看书了。现在,当初那些教我认字的小子们谁都没我看的书多。我最喜欢金庸的《鹿鼎记》、古龙的《绝代双骄》,还有梁羽生的《七剑下天山》。"

坐在旁边的球皮显得有些激动,一拍大腿说:

"日他娘的,我真服了你们这些残疾人了。宝蛋,金大哥看得起你,我球皮更得高看你一眼。来,我敬你一杯!"

宝蛋诚惶诚恐地将杯中酒喝了,看着金瑞问:

"大哥,我是啥东西我知道,你们真的不嫌弃我?"

金瑞笑笑,轻描淡写地说:

"你要是愿意,可以跟我一块干,别的我不敢说,保你有吃有喝,活得跟个人似的……"

扑通一声,宝蛋从椅子上落在地下,把金瑞和球皮吓了一跳,以为他不慎跌了下来。没想到宝蛋朝前挪了挪身子,伏在金瑞脚下,动情地说:

"大哥,我没腿,不能下跪,我这就算给您跪下了。您就是我的再生父母,我给您磕头了。"

"起来吧,用不着这么隆重。"金瑞说。

球皮从桌边站起,过来架住宝蛋的胳膊。

宝蛋一甩胳膊挣脱球皮的手,仰头看着金瑞:

"大哥,你给我起个大名吧,我有了这个名,就算我宝蛋从头活一回。"

金瑞想了想,对宝蛋说:

"我一时半会儿也给你起不出个名字,容我想想行不行?"

"大哥,我亲爸姓魏,你姓金,你是我的再生父母,我就跟你姓金,以后我就叫金宝吧!"

金瑞看到宝蛋的两个眼圈红红的。此后的许多年里,金瑞都没有忘记宝蛋这双充血的眼睛……

……

轿车开到金瑞家楼前。金瑞打开车门坐进轮椅里,对球皮说:

"球皮,你帮宝蛋到街上买套衣服,再领他洗个桑拿。我累了,想早点睡。"

球皮推着轮椅进了单元门,替金瑞打开房门,将金瑞推进屋,然后说:

"活该这小子运气好。今天要不是因为那个瞎眼姑娘,他小子恐怕得要一辈子饭。"

金瑞摆了摆手：

"去吧。明天你领他到省城一趟，给他配两条假肢。"

"没问题，你放心好了。"

球皮走了。金瑞也没洗脸，径直摇着轮椅进了卧室，躺在床上。

也不知为什么，今晚金瑞的心情分外沉重、分外压抑。按理说，他本该高兴才对，今晚这架打得太解气，也太漂亮了（早知道会有这样一场架，就该找个摄像机把那场面录下来）。另外，韩局长挺客气，王、梅二位理事长挺关照，周亚文挺仗义，结果既没拘留也没罚款，就这么轻而易举回来了，这还不该高兴么？渐渐地，他心里隐隐感到，这一切都是因为宝蛋的缘故。

二十六年前，金瑞的养父金来顺和养母石喜灯是马缨街的前身——马缨村里地地道道的农民，他们同生产队许许多多的社员一样，日出而作，日落而息。这年冬季的一个北风呼啸的夜晚，来顺和喜灯参加完平田整地回家，没想到在巷口的一个草筐里传出了婴儿嘹亮的啼哭。他们从草筐里抱出孩子，取下裆里的尿布一看，居然是个男孩儿。对于至今没有子嗣的老两口来说，哪怕是给送子观音磕一百个响头，也不一定有这么便宜的事。两口子喜不自胜地抱着孩子回到家。那一夜，他们高兴得整宿未合眼。可是，到了第二天，当喜灯抱起孩子的时候，却发现他的脚尖儿软软地下垂着，两条腿就像面条似的，在半空中荡来荡去，哪怕是在大哭声中都不会蹬动。来顺和喜灯抱着孩子去了医院。大夫说，估计这孩子是得了小儿麻痹症。

来顺和喜灯又把孩子放进草筐里，摆在了巷口，路过的人看一眼草筐，走了；又一个路过的人看一眼草筐，又走了。日头缓缓地落山了，风在刮着，孩子还在不停地啼哭，喜灯含着泪走到巷口，抱起草筐回到家，边喂孩子热腾腾的稀粥，边流眼泪。第二天，喜灯又把孩子放进草筐，摆在了巷口,路过的人还是看一眼草筐,走了。风还是像往日一样地刮,日头还是像往日一样地落。第三天,喜灯还是把放着孩子的草筐摆了出去,路过的人还是一个个走了,风中夹杂着雪花,孩子哭哑了嗓子,喜灯流着泪,扔下草筐,抱着孩子回家了。

金瑞的养父养母祖祖辈辈面朝黄土背朝天,从来没想过要进城当市民,没想到他们不找城市,城市却来找他们了。柳城城区终于像涨潮的水漫过了马缨村。来顺家搬进了住宅楼,来顺也成了柳城国营造纸厂的工人。来顺和喜灯这一代人打小就把城里的生活视为天堂,领工资、吃供应,那可是神仙过的日子。刚刚进了城的来顺和喜灯商量着,打算再抱养一个男孩儿。正当他们四处打听的时候,国营造纸厂永久性地停产了,一无技术二无体力的来顺只能靠在马缨街一带捡废品为生。

金瑞二十一岁的那一年,养父和养母相继去世了。

喜灯临走的前一天对金瑞说:

"孩子呀,妈死后,要是你一个人活不下去,就来找爹妈,咱们还是一家子,记住啊。"

养母留下的,除了那句话,还有家中仅存的两万多元钱。金瑞虽然还没有沦落到要饭的地步,但也经常踽踽独行在华灯初上的街头。街上的行人尽管摩肩接踵,喧闹异常,但他却像是跋涉在无垠的旷野,面对的不是灯火闪烁的高楼大厦,而是杳无人迹的断壁残垣。

这个名叫宝蛋的无腿青年,无形中勾起了他积淀在心底的难以言说的痛楚……

4

梅萍接到杨科长传呼的时候,已在宝蛋的亲生父亲魏计田家坐了将近半小时了。

一听说梅萍是区残联的,而且是为宝蛋的事来的,宝蛋的继母就一脸的不高兴,连"请坐"都没说,虎着脸在她面前走了两个来回,就拉着孩子出门了,临走连招呼都没跟梅萍打。

宝蛋的父亲魏计田正在卧室跟什么人打电话,啰啰嗦嗦没个完,卧室的门关着,梅萍也听不清他说些什么。她觉得十分口渴,扫视了一遍客厅,却看不到暖壶在哪里。

这时传呼机又响了,梅萍从包里取出呼机阅读了一下:

杨先生请您回电话。

杨世杰先生请您回电话。

杨世杰先生请您百忙中速回电话。

华荣先生请您去电话。

杨先生是驻柳部队四师的通信科长,大前年爱人在一场车祸中去世了。今年年初市残联的群工科长华荣介绍他们认识,老杨给梅萍的印象还算不错,答应可以往下处。上星期老杨打电话约她,她因为动员一个肢残儿童家长让孩子上学没顾上。

梅萍焦急地看看表,已经半个小时过去了。

这时卧室的门开了,宝蛋的父亲魏计田从屋里出来。也许是电话里谈的事令他不愉快,总之魏计田的脸色不大好看:

"你是为宝蛋的事来的?说吧,到底啥事?"

魏计田这种既突兀又冷漠的开场白倒叫梅萍一时无从谈起,刚才准备好的一肚子话一句也用不上。她打量着这个微微有些发福的中年男人,觉得他的光景至少过得还可以。

"老魏,宝蛋是你的亲生儿子对吧?"

这话问得也许有些太直接。魏计田带着几分戒备和敌意盯着梅萍:"咋啦?"

"他在大街上乞讨,夏天睡马路冬天睡候车室,你大概不会不知道吧?"

魏计田霍地从沙发上站起身来:

"我咋能不知道,宝蛋他妈,那个姓蒋的不是个东西,专门挑唆宝蛋在我们这条街上要饭,成心寒碜我。人都说一日夫妻百日恩,她?心比锅底都黑。"

"不管怎么说,孩子要饭也是家长造成的。你考虑没考虑过把宝蛋收留回来,你毕竟是他的亲生父亲啊。"

"收留?我咋收留?我这儿的住房条件你也看见了,老三居,中间的客厅打通了,就剩下两居室。我和爱人一间,儿子一间,他来了在哪儿住?再说,我这儿是五楼,他没腿,上得来么?要去还是去姓蒋的那儿。大四居,还是一楼,她一家三口人空着也是空着。"

"那你就不管他了?你给过他抚养费没有?孩子要活下去的啊。"

"实话跟你说吧,孩子是不是我的?是!该不该掏抚养费?该!可孩子是从我肚脐眼儿里出来的么?不是。是从她蒋丽肚子里生出来的,有她一半,对不对?我魏某不是那种不讲理的人。你告她去,只要她掏,我就掏。"

梅萍觉得再谈下去也不会有什么结果,还是先见见宝蛋他妈再说。她站起身来朝门口走去:

"法律规定,父母都有抚养子女的责任,别的等我见过他妈之后再说吧。"

魏计田将梅萍送出门外,冲着梅萍的后背追了一句:

"我魏某可不是那种不讲理的人,她姓蒋的出一半,我就出一半。"

……

从魏计田家出来,梅萍在街边找了一个公用电话亭,首先拨通了老华家的电话:

"老华,我是梅萍。"

"梅萍啊,你到底在忙啥,呼了你几遍都不回。"

"对不起啊老华,我有点事,手机又没电了,你有事吗?"

"不是我有事,是杨世杰有事。他找不着你,就给我家打电话。"

"那好,我这就给他回。"

"你等等,梅萍啊,我这个介绍人只管牵线搭桥你明白不?以后你们自己单线联系就行了,总不能你们将来结了婚还隔三差五跟我要老婆或老公吧,都三十几岁的人了,连搞对象的规矩都不懂。"

"好啦,改天再批评教育吧,我先给他回个电话。"

梅萍又拨通了杨世杰的电话。

"梅萍,你忙什么呐?我都呼你十八次了。"

"先别问这了,你有急事啊?"

"是这样,我的探亲假下来了,明天就走。我想要你一张照片,拿回家给老母亲看。你别笑啊,当兵的找对象都兴这个,老传统了。"

"喂喂,我说杨科长,这事儿叫你就给定了,是不是太早了点?"

"见面再说吧。梅萍,今天是礼拜六,总得见见吧。"

梅萍十分为难地看了看手表:

"要不然这样吧,晚上到我家,顺便吃顿我做的饭。"

……

一个面色苍白而憔悴的女人将门拉开一条缝儿,打量着梅萍:

"请问……"

"你是蒋丽吧,我是区残疾人联合会的梅萍,是专门为宝蛋的事来的。"

女人忽然将门拉大了,脸上透着一丝紧张与不安:

"咋啦?是不是宝蛋出事啦?"

"那倒没有。我专门就孩子的抚养问题想跟你谈谈。"蒋丽的表情多少给了梅萍一点安慰,至少她还能感受到一个母亲对孩子的关心。

"那你请进吧。来来,请坐,我给你倒杯茶。"蒋丽把梅萍招呼在沙发上坐下,又过去将卧室的门关上,不好意思地冲梅萍笑笑,"娜娜在做作业。"

热茶递到了梅萍手里。梅萍见茶几上放着半杯剩水,也顾不了许多,将两杯水往一块儿匀了匀,咕咚咕咚一口气灌了下去。

"看把你渴的。我这儿有凉白开,再给您倒一杯。"蒋丽站起身,又给梅萍倒了一杯凉开水。

"真是太辛苦您了,大礼拜天的还叫您亲自跑一趟。"蒋丽欠着半个屁股侧身坐在梅萍旁边,显得有些不安。

梅萍环视了一下房间,觉得蒋丽家确实比魏计田家宽敞多了。她也不再寒暄,直视着蒋丽问:

"宝蛋的境况你知道吧?恕我直言啊,他一个人在地上爬来爬去,在大街上要饭,你这个当妈的一点想法都没有?"

蒋丽的双唇嚅动了一下,似乎想说什么,但什么都没说出来。沉默了一会儿,她用双手捂住脸,哭了:

"不瞒您说啊,孩子是娘身上掉下来的肉,我是个女人,能不心痛吗?有时候我从马缨街上过,都不敢朝街边看,我怕看见孩子,一看见他我的心就跟刀子绞似的。你说,他那个死鬼爸还叫个人吗?把孩子就这么扔到大街上不管了,连牲口还知道护犊子呢,禽兽不如呀……"

蒋丽不住地抽泣着。梅萍也觉得两眼发酸,她忍了忍,没让自己的泪掉下来:

"宝蛋在街上乞讨,你没想过收留孩子吗?我看你这儿住房条件也不错,孩子有了家,你当妈的心里不也好受一点吗?"

"这个家是挺宽敞,可是,我能容下他,娜娜她爸,还有娜娜能容下他么?唯一的办法就是我走,跟宝蛋一起上街要饭去,可这也帮不了孩子呀。"

"那经济上呢,你们也跟他爸一样,从来没有扶他一把?"

"我想,我想也只能想想。宝蛋十二岁的时候,有一回我在家门外碰上了他。孩子说,'妈,我整天都没吃饭了,我饿。'我把孩子领到家门口,给了他点娜娜的零食,还给了他两个苹果。偏偏叫娜娜她爸看见了,劈脸就扇了我两巴掌。他说,咱们当初结婚时说得清楚,那小子归姓魏的,你想滚蛋了是不是……"

梅萍沉默了,一时不知该说什么。

蒋丽掏出一块卫生纸,用力擤了擤鼻子,长叹了一声:

"唉,我两年前就下岗了,全靠娜娜她爸养活,每天看人家脸色。我已经四十岁的人了,人老色衰,离婚吧,又能找个啥?唉!这辈子就这么凑合吧。"

梅萍觉得真没什么好说的了:

"既然你和宝蛋他爸各有各的理由,我们只能诉诸法律,靠法律来解决了。"

"这样好,这样好,叫法院一张传票把娜娜她爸传去,他不负担也得负担。到时候他也怨不着我。"

梅萍只好站起身来。

蒋丽也急忙跟着站起来：

"你走啊,我就不留你了。娜娜她爸快回来了,别让他看见你。"

……

5

在庄严的乐曲声中,白茹身穿雪白的婚纱,挽着一个中年男人的手臂缓缓走进教堂。教堂里的来宾都情不自禁地发出了一片唏嘘声：

"啧啧,好漂亮的新娘呀！"

"是啊,一朵水仙花似的。"

里面也有知情的人说：

"人们都管她叫小龙女呢！"

乐曲声中,中年男子将白茹交到金瑞手里。

婚礼开始了。身着黑袍,神色如同教堂般庄严的神父以教堂般庄严的声音问道：

"新郎,你愿意娶白茹为妻吗？无论是疾病还是衰老,都不离不弃,始终不渝吗？"

"我愿意！"金瑞觉得自己的声音在教堂高高的穹隆回旋,低沉而嘹亮。

"新娘,你愿意嫁给金瑞先生吗？无论是疾病还是衰老,都不离不弃,始终不渝吗？"

"……"白茹的双唇嚅动着,却没发出声音。

"新娘,你愿意嫁给金瑞先生吗？无论是疾病还是衰老,都不离不弃,始终不渝吗?"

"我……"白茹犹豫地看了看教堂里的人们,突然双手掩面,奔出了教堂。

"轰……"教堂里的人发出一片哄笑声。

"小茹……"金瑞扬手喊着,正要追出去,忽然脚下一软,摔倒在地……

金瑞从梦中醒来了。他躺在床上没动,心里感到说不出的别扭。

有一点金瑞始终不能明白,为什么他在梦中总是不瘸不拐,可一到关键时刻就成了生活中的样子。

金瑞细细回味着梦中的情景。他想起了白茹,细算起来,他已经好久没见白茹了。也许是听说白茹找了对象的缘故,他总是有意无意地回避这件事。

这时,金瑞的传呼机响了。他一看号码,是白茹的。

世上的事还真就这么怪,刚刚梦到了白茹,就接到了白茹的传呼。

金瑞当下拨通了白茹的电话。

"喂,金哥吧,我是小龙女呀。"大概白茹很喜欢自己这个绰号,因此也常常自称小龙女。

"是我,小茹,有事吗?"

"也没啥事。这两天店里也没生意,闲着无聊,想跟你说说话。"

"行啊,过一会儿我就到。"

金瑞起床洗了把脸,换了一件崭新的天蓝色虎豹牌半袖衫,又打了条蓝白相间的金利来领带。收拾停当,正打算出门,球皮领着两个聋人大哥进来了。

"老大,我给你领来一个人,想不想见见啊?"

"什么人啊,神神秘秘的。"

球皮也不答话,拉开房门招了招手。

一个年轻小伙子走了进来,身穿豆绿色牛仔裤、黄白蓝相间条纹衬衫,一头浓密的长发,白皙的面庞,让人乍一看还以为是时下少女追星族狂追的奶油小生。

金瑞疑惑地看着眼前这位"星",却怎么也不肯相信自己的眼睛:

"……宝蛋?"

"是我,大哥。"

"他妈的,真是你小子,把裤腿儿挽起来!"

宝蛋弯下腰挽起裤腿儿,赫然露出两条假肢。

"你走走,让我瞧瞧。"金瑞说。

宝蛋迈开步子在地上走了两个来回,虽然步伐还不是很稳,但是在用脚走路啊。

金瑞止不住一阵狂喜:

"你小子走得真是人模人样的。他妈的,看了你走路,老子也恨不得把两条腿剁了,换上假肢。"

"金宝带上假肢有点疼,假肢厂的大夫说走一段时间就习惯了。"球皮在一旁插话道。

自从宝蛋投入金瑞手下改姓金之后,金瑞手下的人当面叫他金宝,背后都叫他金宝蛋。

金宝蛋走到金瑞跟前,动情地说:

"大哥,是你收留了我,又花钱给我配了假肢。古人说大恩不言谢,我金宝就是死十万八千回,也忘不了你的大恩。"

"甭说啦,小事一桩。就是看你小子跟个好人似的走路,老子有点嫉妒。"

球皮满脸堆着笑凑上前来：

"大哥您甭急，还是真腿好。听说现在国外发明了一种智能肢具，能让您的腿听大脑指挥。再说，如今医学进步了，说不定哪天一不小心就治好了。金宝这两根塑料桩子，在您眼里是个狗屁！"

"嗯，你这话我爱听。对了，我正准备到白茹那儿走一趟。"金瑞一边说话一边打手语。

两位聋大哥将金瑞的轮椅推过来，扶他坐上去。

球皮一听说金瑞要去白茹那儿，立刻问道：

"是不是小龙女又找你，啥事啊？"

"没啥事，她说这两天闷，想聊聊天。"金瑞摇着轮椅往外走。

球皮跟在轮椅后边说：

"没事？没事她能想起你来？我敢打赌，她要么缺钱，要么在工商税务上有麻烦。她那几根花花肠子能骗得了我？"

金瑞没理他，摇着轮椅出了门，来到汽车跟前。

球皮不情愿地发动了车，边挂挡边说：

"老板，不是我说你。你这人啥都好，就是过不了小龙女这一关，不就是个烂女人吗？找个日子弄点蒙汗药放翻她，把她肚子弄大，不就结了？"

金瑞还是没吭气，似乎在想什么心事。

桑塔纳在马缨街上一间名叫"浪漫情怀"的花店前停下来。球皮第一个跳下车，抢先进了花店。

店里没顾客，小龙女白茹正坐在花店西南角的一把椅子上看书，见球皮进来，便赔着笑脸打招呼：

"球皮哥，你来了！坐吧。"

球皮不吃她这一套，鄙视着白茹：

"小龙女，你找金大哥啥事啊，生意不好想借点钱周转？我没猜错吧?"

白茹心虚地看着球皮:

"哪里呀,我只是想跟金大哥聊聊天嘛。"

球皮鼻腔里冷哼一声,指着白茹说:

"你那点弯弯绕瞒不了我。我可警告你,你要是敢拿我们金大哥开涮,别怪我球皮翻脸不认人。"

"我哪敢啊,谁敢惹'八大金刚'球皮呀!"

"你们说什么呐?"金瑞从外面推门进来了。

球皮立刻换上一副笑脸:

"没啥,我问问小龙女给老婆送花和给情人送花有啥区别。是吧?小龙女。"

"是啊。"小龙女说。

这时金宝蛋也从外面进来了。金瑞指指金宝蛋说:

"我介绍你们认识一下,这是小龙女白茹,他叫金宝,是我新结识的小兄弟。"

"白姐,你好!"金宝蛋上前给小龙女鞠了一躬。

小龙女的笑脸绽成了一朵花:

"哎哟,这孩子真懂事。多大了?"

"二十一。"

小龙女随手从花架上摘了一枝绢制的红色风信子,递了过去:

"这声大姐不能白叫,送你一枝做见面礼吧!"

金宝蛋诚惶诚恐地接过花,又给小龙女鞠了一躬:

"谢谢白姐,我一定好好保存着。"

站在一旁的球皮说:

"老板,那我们走了,用车你打传呼。"

等球皮、金宝蛋还有两位聋大哥走了,小龙女说:

"怪不得你要收金宝做兄弟,这孩子挺乖巧的。"

"那倒不是。主要是这小子没腿,在大街上爬着要饭,我想起我小时候也是可大街爬。这可能正应了一句老话,同病相怜。"

"还是你有本事,换了别人,想帮他也没办法。"

金瑞没再说什么,摇着轮椅缓缓前行,浏览着架上的各色花卉。

花店共两间,三十多平方米的样子,西侧的一间半摆的全是各种人工材料制成的假花,东侧的半间是各色鲜花。整个店里花团锦簇,争奇斗妍,令人眼花缭乱。

金瑞欣赏了半天,转身问小龙女:

"小茹,按说你这儿的品种也够多的了,咋生意这么清淡呢?"

小龙女将金瑞的轮椅推到椅子跟前,然后自己坐在椅子上说:

"金哥,你不知道,如今,塑料花不时兴了,绢花不时兴了,鲜花也不时兴了,时兴干花。"

"奇怪,花干了还能卖出去?"

小龙女扑哧一声笑了:

"你呀,啥都不懂。这干花可不是鲜花放干了。它是用芦苇呀,莲蓬呀,松果呀,用这些天然植物经过染色制成的,可漂亮了。"

"那你也进些货不就行了?"

小龙女怅然地叹了口气:

"进少了呢,成本下不来;进多了呢,店里摆不下。隔壁卖工艺品的那间房倒闭了,我想租又没钱。唉,就这么凑合吧!大不了像隔壁一样关门拉倒。"

"把隔壁的房租下来,再进些你说的干花,得多少钱?"金瑞问。

"怎么着也得三万块吧!"

金瑞二话没说,从口袋里掏出一张牡丹卡递了过去:

"这卡上刚好三万多一点,你拿去用吧。"

小龙女热辣辣地看了牡丹卡一眼,又垂下眼睑,摇了摇头:

"你收着吧,我不要。"

金瑞不解地看着小龙女:

"为啥?"

小龙女嚅动了一下嘴唇,欲言又止。

金瑞有些急了:

"你倒是说呀!"

"刚才……刚才球皮进来对我说,你叫金大哥干啥,肯定是想借钱,还说我是拿你开涮。我要是拿了钱,不正应了他的话么?"

金瑞照腿上拍了一掌,恨恨地说:

"我就知道那小子不是问花来着。"

这时,门外响起了一声炸雷。小龙女推开店门一看,只见外面乌云翻卷,阴风阵阵,噼里啪啦掉开了硬币大的雨点儿。

"金哥,你还没吃饭吧?咱也别出去了,我到旁边饭店端去!"说罢溜着墙根儿朝东走了。

工夫不大,小龙女提着两瓶酒回来了,一瓶"柳城大曲",一瓶红葡萄酒。她身后跟着一个托食盘的服务员。食盘里放着两冷两热四盘菜,还有两碗米饭。

服务员走后,小龙女将店门关了,唰的一声拉上布幔,打开了电灯。然后将饭菜摆在一个小桌上,又取过自己的水杯,给杯里倒了些白酒,自己拿起那瓶红葡萄酒说:

"来,咱俩碰一杯。"

金瑞端详着面前的小龙女。今天的小龙女身穿一件雪白的超短裙,头上戴着一个银白色的发圈儿,俏丽的瓜子脸显得柔弱文静。这样一个女孩子却举着一个酒瓶子扮出一副粗爽样子。金瑞忍不住笑了。

小龙女疑惑地问:

"咋了,有什么不对吗?"

"没有没有,来,喝。"

外面一道裂闪,雷声过后,雨水哗哗地狂响起来。

金瑞指了指花架边搁着的牡丹卡,说:

"钱你还是拿着吧,包下隔壁的店面,听到没?甭理球皮那小子,他再敢胡说八道我非教训他不可。"

小龙女沉默了一会儿,忽然问道:

"金哥,你知道我为啥不愿嫁给你么?"

金瑞摆了摆手,说:

"知道。你怕别人笑话。"

小龙女也不招呼金瑞,自己端起酒瓶子灌了一大口:

"金哥,我不是现在怕,是打小就怕。你知道,我爸是个弱智,小时候人们叫他傻子,见了我就说,'这是傻子家二闺女。'孩子们见了别人的爸爸叫叔叔,见了我爸叫'傻×'。有时候,我和爸爸在前面走,后面跟着一大堆野孩子,又喊又叫,'傻×过马路,鸡屎拉一裤。傻×过马路,鸡屎拉一裤'……"

小龙女嘴唇颤抖着,说不下去了,两行热泪夺眶而出,顺着面颊不住地淌:

"那时候,我最怕听到的就是傻子这个词。有时候我想,要是我爸叫车撞死就好了。我爸死了我们就搬到一个陌生的地方,没人知道我是傻子的闺女,再也听不到有人喊'傻×'了。过一会儿我就狠狠打自己,掐自己,惩罚自己。他毕竟是我亲的爸爸呀,我咋就这么恶毒呢……"

金瑞的鼻子一阵发酸,眼眶湿润了:

"小茹,我是个残疾人,小时候在地上爬,同样有一大群野孩子跟在后面,同样遭人骂,遭人嘲笑,这种滋味儿我清楚。小茹,我不怪你,你找一个身体结结实实的棒小伙子嫁吧。我真的不怪你。"

金瑞从花架上拿下牡丹卡,拉过小龙女的手塞进去,又紧紧攥着她的手,接着说:

"小茹,知道金哥为啥老是帮你吗?"

"……"

"小茹,实话说吧,要是前几年,金哥这辈子打光棍是注定了的,况且,给个媳妇你也养不起呀。现在嘛,十个八个也没问题。为啥?我有钱。八十岁的老头儿躺在床上不能动,照样娶十八的大姑娘,这就叫有钱能使鬼推磨。你相信不?不信我改天领个欢蹦乱跳的大姑娘让你瞧瞧?"

小龙女擦着眼泪,默默地点点头。

"我帮你可不是缺老婆缺疯了。我不为别的,就为一条,你爱我。我活了这么大,只有一个女人真正爱过我,那就是你。就凭这一条,你不论遇到什么困难我都会帮你。心甘情愿,不要任何回报,你只管找你的棒小伙子去。这回你放心了吧?"

小龙女点了点头,郁郁地说:

"球皮说我叫你来是为了钱,我不承认。我已经陆陆续续拿了你将近四万块钱了,真的不好意思再开口了。可我没处借钱心情不好,心情不好的时候就想跟你聊。我也知道你肯定会帮我的。唉,说来说去还是为了钱。我这人真俗。"

"你说出来自己是为了钱,还是不俗。"

小龙女摇了摇头,一脸的忧伤。

金瑞夹了一筷子炒鲜蘑,伸到小龙女面前:

"不要光喝酒,来,吃口菜。"

小龙女嘴巴刚刚凑上去,金瑞的筷子又缩了回来:

"别老耷拉着脸,笑一个。"

小龙女强挤出一丝笑容,张着嘴巴等着。

"不好,好好笑一个,要不然不给吃。"

小龙女笑了,金瑞也满意地笑了。俩人开心地聊了一会儿,金瑞拿出了手机。

"你有事?"小龙女问。

"没事,不过也该走了。我叫球皮他们来接我。"

"再坐一会儿,等雨停了再走。"

外面的雨声哗哗地响着,俩人都没说话。小龙女手托着腮,痴痴地看着金瑞。

"你想什么哪?"金瑞问。

"你真的想知道?"小龙女反问道。

"嗯。"

"我现在还是个黄花闺女,等我结了婚就做你的情人。"

……

金瑞从小龙女白茹那儿出来后一直很兴奋,究竟是因为酒精的作用还是小茹那句做情人的表白,连金瑞自己也说不清楚。看样子球皮他们也在外面喝了酒,车里的人居然哇哇地唱起了歌:

流浪的人在外想念你

亲爱的妈妈

流浪的脚步走遍天涯

没有一个家

冬天的风啊夹着雪花

把我的泪吹下

……

也许是歌的情调与心情不相符,球皮头一个住了歌声,大声对金瑞说:

"老大,难得咱今儿这么高兴,干一票街上的买卖?"

"那种下三滥的活儿还是少干吧,再说咱也不缺那两个钱。"金瑞说。

"钱多了还扎手?干一票咱哥儿几个打炮去!"

球皮见金瑞不发话,又接着说:

"老板,咱当初不就靠这个起家么?再说,叫金宝这小子也当当你当年的角色,让他小子体会体会咱是咋创业的。"

"是呀,金大哥。"金宝蛋也将脑袋探到了前边。

"好,你们想干就干吧!"金瑞实在不愿扫大家的兴。

桑塔纳停在银河大酒店东边大约二百米的地方,这里有一家"胖子骨头店"。两位聋大哥把轮椅从后备厢里取出来,又从里面取出一件脏兮兮的旧衣服,给金宝蛋穿上。球皮走进那家骨头店,过了一会儿又出来,对金瑞说:

"准备好了。"

球皮扶着金宝蛋坐到马路边上,又朝他耳语几句,然后手推着空轮椅,蓄势待发。两位聋大哥站在金宝蛋身后,目不转睛地看着街面。

金瑞默默地坐在车里。

过来一辆夏利出租车,球皮没动;过来一辆昌河面包车,球皮没动;过来一辆富康轿车,球皮还没动。最后过来一辆红旗轿车。

就在红旗车驶到球皮跟前的一刹那,球皮将手中的轮椅顺势往前一推,只听"咔嚓"一声,汽车将轮椅撞了。司机刚刚把车刹住,两位聋大哥便乘机将金宝蛋架到车前边。

金宝蛋立刻捂着肚子,"唉哟唉哟"地喊个不停,听起来不像腹痛,倒像是一种快意的发泄。

这时球皮尖叫起来:

"不好喽,撞着人啦!撞着人啦!"

司机从车上下来,冲着球皮喊:

"胡说八道,谁撞人啦?你小子想耍赖?"说着上前一把抓住了球皮的衣领。

"瞧瞧,还想打人呐。有俩臭钱就了不起么?你打呀,你要不打就不是你爹做的。"球皮也不动手,只是可着嗓子喊。

司机冲着球皮抡了抡拳头,又放下了,还真没敢打:

"你无理取闹,我报警抓你!"

街上的人立刻围了上来。这时,从饭店里出来四五个人,领头的是一个穿白上衣的胖子,手里拿着一把不锈钢勺,拨开众人挤上前去,指着司机说:

"你小子还叫个人吗?!我们亲眼看见你撞了这个坐轮椅的人,还要打人,你们当官儿的就可以不讲理?"

围观者对坐高级轿车的人本来就敌视,听了这话人们气不忿了:

"拉他到交警队去。"

"便宜了他,先揍那小子一顿再说。"

"车前边坐的那个肯定是当官的,把那小子揪出来!"

拿钢勺的胖子一看,果然车前边坐着一个有些发福的中年人。他立刻领着人朝汽车走去。

坐在车里的中年人没等胖子走到跟前,便打开车门下来,看了看倒在地上的金宝蛋,然后径直走到金瑞的车前,伏在车窗上说:

"你是金哥吧?咱交个朋友咋样?"中年人压低了声音。

"你认得我?"金瑞好奇地问。

"柳城大名鼎鼎的金哥谁不认得。我是塑料制品有限公司的经理郎俊,这是我的名片,交个朋友咋样,我可是诚心诚意的。"

"好吧。"

"够意思。"郎俊说着,从口袋掏出一叠钱,数了两千,犹豫了一下,又数出一千:

"这三千块你拿着,叫弟兄们喝喝酒。"说着又将头探进车窗里,凑到金瑞耳边,"我能看出来,这里起码有你十来号人。"

金瑞是那种吃软不吃硬的人,见郎俊这么客气,又愿意交朋友,就拨开郎俊的手说:

"算啦,既然是朋友,就不能拿你的钱。"

"你要不收就是看不起我。"郎俊把钱塞进金瑞的车里,直起身对司机大声说,"以后开车慢点,走吧!"

"你看人家多通情达理呀,要是换个人,怎么着也得讹你个三万两万的。"拿钢勺的胖子冲着郎俊的后背说。

红旗车开走了。看热闹的人也跟着散去。球皮跟拿钢勺的胖子说了句什么,胖子领着他的人回去了。

球皮发动了汽车,扭头看着金瑞:

"打炮去?"

"打炮去。"

……

就在金瑞一伙开着车驶向东郊的一条人迹罕至的旧街时,马缨区公安分局的副局长韩利山与巡警队队长李铁正在布置今晚的一次突击行动。

"立刻出发吗?"手下人问韩利山。

韩利山果断地说:

"不,再过两小时!"

6

马缨区公安分局里,干警们依照惯例将抓回来的人分了类,嫖客一个大房间,妓女一个大房间。然后由干警们逐个"过筛子"。

在关嫖客的大房间里,两个干警坐在两张并排放着的桌子后面,其中一个面前摆着圆珠笔和记事本,还有两个干警在门口站着。

"你。"桌后面的干警指着一个身材瘦小的男人。

瘦小男人急忙哈着腰走近前去。

"姓名。"

"宋卫中。宋江的宋,保卫中国的卫中。"

"性别。"

"男。"

"年龄。"

"三十三周岁。"

"单位。"

"柳城第一塑料制品厂。"

"家庭住址。"

"马缨街二十八号一塑厂宿舍。"

"具体点。"

"八号楼四单元九号。"

"罚金五千。"

叫宋卫中的又哈了哈腰,脸上堆着笑说:

"我身上只有一千多块钱。我给朋友打了电话,他出去借去了,说下午就送过来。"

"到拐角等着去。"

金瑞知道马缨分局所谓的"拐角"就是一楼西边厕所拐过去的禁闭室,那里铁门铁窗,地上铺着烂棉垫子,臭气熏天。

门口的一个干警带着宋卫中走了。

"你。"桌后的干警指着一个腰别"掌中宝"、腋下夹着黑皮公文包的胖子。

胖子也哈着腰走到桌前。

"姓名。"

胖子恭恭敬敬地递上两支"玉溪"烟,见干警不接,就放在桌边上:

"我不说姓名行不?钱我身上有,现在就交。"

"可以。"

胖子拉开腋下的公文包,掏出一叠清一色的百元票子,"唰唰唰"地点了五十张放到桌上,掉头就走。

"等等,给你开张票。"

胖子已经走到了门口,解嘲地笑笑:

"这又没法报销,算了吧。"说罢拉开门出去了。

看来这个嫖客也是一位老江湖了,有人受到启发,不等干警指点,主动凑上前去:

"钱我也带着呢,现在就交吧。"

"我也有现金,不要票。"

身上带钱的那些人便拥到桌前交钱,做笔记的干警手指蘸着唾沫点着,负责审讯的干警也插了手,将点好的钱放进抽屉里。没多大工夫,就呼呼啦啦出去了一大帮人。

屋里零零星星剩下了几个。干警指指金瑞:

"姓名。"

"金瑞。"

"性别。"

"你看着写吧。"

干警指着金瑞,一拍桌子,声色俱厉地说:

"你小子老实点。"

金瑞一拍沙发扶手,指着干警说:

"你小子没长眼睛?看不出老子是男是女?"

"你他妈的……"干警一下子站起身来。

做记录的马缨分局的干警认得金瑞,知道这人难缠,将那位干警拉到椅子上,说:

"金瑞的事往后放放,先过其他人吧。"

"不行,不交罚款先扣起来。"那位干警也不是善茬儿。

"扣就扣,咱们走着瞧。"金瑞威胁道。

"你小子还挺野,我就不信治不了你。"

金瑞轻蔑地与干警对视着,冷哼一声:

"你一个巡警队的破干警,想跟我斗?我金哥动一动手指头,灭你小子十八回。"

屋里正吵着,副局长韩利山进来了,后面跟着区残联副理事长梅萍。

韩利山问道:

"咋样,完了没?"

干警指指金瑞,对韩利山说:

"这嫖娼的小子居然还敢撒野。"

金瑞正要说什么,旁边的金宝蛋插话了:

"警察同志,这就是你的不对了。别说我们交不起罚款,就算能交得起,也得分谁。我们虽说是残疾人,可人残心不残,你们人人都知道娶个老婆回家上床,我们就活该抱枕头?就不该去去心火?你老婆,那是正式工,我们呢,找个钟点工,有啥分别?你要是有妹子许配给金哥,我担保他天天夜里不出家门。"

干警顿时脸红脖子粗,一撸袖子吼道:

"你他妈再说一句!"

金瑞也已换成了文质彬彬的姿态,他轻咳了一声,看着韩利山说:

"韩局,金宝的话呢,也多少有些道理。眼下不是讲人权么?全世界都在关注着中国的人权状况,我们对人权的解释是什么?生存权!什么叫生存?衣、食、性也!限制残疾人正当的生存需要,既侵犯人权又不人道。你们大概不会因为这点小事引起国际社会的指责,使中国加入WTO受阻。与国际接轨的事黄了不说,要是再受到什么经济制裁那就更得不偿失了。还有啊,梅理事长,你应该建议上级有关部门完善一下残疾人保障法,加上一条,娶不到老婆的残疾人嫖娼,法律不予制裁。"

"哧哧哧……"身边几个没带现金的嫖客忍俊不禁,笑出声来。

韩利山喜怒不形于色,十分平静地说:

"金瑞宝蛋,你两个跟我走。"

出了门,韩利山倒背着手,一直将他们送到大门口。

"韩局,这就让我们走了?"金瑞问。

韩利山笑了笑,风趣地说:

"你说得那么严重,我哪敢再留你呀!"

"这么便宜,最起码还不教训几句?"

"算啦,我那几句话你八成也猜到了。改天咱们好好交流交流。你记住,可别不回我传呼啊。"

韩利山转身朝办公楼走去。

"韩局,你过来一下。"金瑞突然叫道。

韩利山又返回来。

"韩局,东郊有个'回头客'旅馆的老板,人称赵盒子。这小子不是个东西,逼良为娼,心狠手辣。里面有个叫白小梅的小姐就受了他的害。这件事你办还是我办?"

"当然是我办。"韩利山说罢,走了。

金瑞掏出手机,给球皮打了传呼。

此时,金宝蛋的脸上一副得意扬扬的神态:

"金大哥,这些日子我跟着你算是真正开眼了。你真是八面威风。'扬州八怪'的柯老大是个瞎子,听风辨器,梅超风是个瘫子,出手如电。大哥,你就是咱们柳城黑白两道响当当的人物。你说对不,梅理事长?"

梅萍笑了笑,换个话题说:

"宝蛋,下星期你给我打电话,咱们准备一下起诉你父母的事,律师已经请好了。"

金宝蛋摆摆手,自豪地说:

"你就别操这份心了。现在的金宝可不是过去的宝蛋,我带着金大哥的人抄家伙一上门,保准吓得他们屁滚尿流。"

"咱们还是应该走正规渠道。金瑞,记着提醒他啊。"梅萍说。

这时,黑色桑塔纳开过来,在金瑞身边停下。金瑞上了车,对梅萍道:

"梅理事长,你上车吧,我送送你。"

车子一直开到梅萍家的楼前。梅萍下了车,看看表,正是早上七点,想想上午也没啥急事,就对金瑞说:

"到我家坐坐吧,我有话跟你说。"

梅萍一进家门,就到厨房里忙乎一阵儿,端出两碗方便面荷包蛋来,在金瑞面前放了一碗:

"饿了吧,吃点早餐。"

金瑞也不客气,端起碗来就吃。

"金瑞,大姐问你一件事,你肯说实话么?"

"啥事?"

"韩局长说前几天公安局治安科孙科长的父亲家被人纵火,差点把人烧死,是不是你手下人干的?"

"没有。"

"你没骗我吧?"

金瑞见梅萍盯着他看,便放下饭碗,十分诚恳地说:

"梅理事长,说实话,你和韩局都是好人。我这人一向是吃软不吃硬,你和韩局算是摸到我的软肋了。这事要是韩局问我,我绝对不能说实话,因为他是执法人员,他要抓你违背做人的道德,他不抓你违背职业道德,何必给他出难题呢?但你就不同了,我跟你说实话也无所谓。"

梅萍笑着点点头,看着金瑞说:

"你刚才在公安局说的那番话很精彩,站得高看得远,有水平。"

梅萍这么一说,金瑞反而有些不好意思了:

"那算啥水平,随便说说,调侃一下那些穿警服的老粗。还有,我也不该说让你建议上级完善残疾人保障法。"

"我不是说你的那番话对不对,我是觉得你有文化水平,你什么学历呀?"

"要说学历也不低,大本。高中毕业后读自修大学,拿了张文凭。"

"学什么专业?"

"经济管理。"

"怪不得呢。真佩服你,你称得上咱们残疾人中的有志青年了。"

"有志谈不上,也不过是想多学点知识求个职业。后来才知道不过是个幻想,寻过一回短见,活过来后就豁出去了。咋着也是活,大不了叫公安局一枪崩了。"

身为残疾人工作者,梅萍对金瑞当初的处境感同身受。残疾人就业,难啊。

"后来呢?专靠讹诈?"

"开始是,后来弄了个皮包公司,给建筑单位供应建筑材料,砖头水泥什么的。亲自去找发包方或承包方。先来软的,讲讲生活的难处,有的经理心眼好,见是残疾人不容易,就把业务给了。有的心黑,那就来硬的,拦车、断路、殴打、绑架,现在出了名,损招用得少了,一提柳城的金哥,不管他多硬的单位,都得买账。"

"最近有业务吗?"

"这段主要是忙五一广场的事。"

"五一广场怎么了?"

"你还不知道啊,咱这个广场是六十年代建的,周围全是小商贩搭起的临时建筑,破破烂烂。市政府认为广场坐落在市中心,有损柳城改革开放的形象。因此非上不可。新广场更名为新世纪广场,周围将新建影剧院、体育馆、图书馆、博物馆、超级市场,这可是一桩大业务。"

"新世纪广场……"梅萍停住了筷子。她急不可待地想把这个消息立刻告诉王锐。

金瑞见梅萍紧锁眉头,有心想问什么,但没开口。

"嘟——嘟——"金瑞的手机响了,他拿起手机贴近耳边:

"谁呀?"

电话是周亚文打来的。

……

金瑞的桑塔纳在梅萍家胡同口外停着,球皮和金宝蛋并没有下车。

"金大哥咋还不出来呀,还真聊上瘾了。"金宝蛋说。

球皮没吭气,下巴抵在方向盘上,望着外面。

从昨天下午到现在,金宝蛋一直处于兴奋状态,并未看出球皮心事重重。

"球皮哥,我现在算是真正服了金大哥了。以后,金大哥就是我的榜样,是我金宝心目中的偶像。你也是我心目中的大人物。金大哥好样的,真是打遍天下无敌手。"

"偶像?你要想混到金哥的地步,易如反掌,连俩月都用不了。"球皮淡淡地说。

金宝蛋简直有点不相信自己的耳朵:

"球皮哥,你耍笑我。我能跟着你们有口饭吃就算上了天堂。我天天早上醒来掐自己屁股,就怕是做梦。我要能混到金大哥的分上,下辈子还把两条腿弄折。"

"这你就不知道了。几年前,金哥也不过是马缨街上一个缺吃少穿的瘸子,比你强不了多少。那时候我们柳纺'八大金刚'老是犯案,一进局子就被折腾个半死,还有我手下那帮小子,也被整得怕了。有一回我在街上碰见金瑞,心想要是这小子挑头,老公安肯定拿他没辙。我对他说,你要不怕犯事儿我们就捧你当大哥。他说,死都不怕还怕犯什么事儿……就是这么回事。"

金宝蛋若有所思地点点头,忽然眼睛一亮:

"球皮哥,我真能混到金大哥的分上吗?"

这时球皮看到金瑞从梅理事长家出来了,就说:

"抽空咱哥俩找个地方喝两杯,好好聊聊。"

7

"幸运酒家"边角的一张小餐桌上,球皮和金宝蛋面对面坐着。桌边的地下放着十来个空啤酒瓶。

球皮两眼通红,看样子已经喝醉了:

"金宝,你说,像你们这种人有啥出路?"

"有球个出路,我是个要饭的,能有出路我会走到这一步?"金宝蛋的舌头也打了卷儿。

"金宝,你要当我是朋友,就别嫌兄弟的话难听。你们这种人呀,只有三条路:钉鞋、要饭、跳楼。我说的对不对?"

"那是……"金宝蛋碰翻了面前的啤酒杯,酒水洒了一裤子。他拿起酒瓶又满满斟了一杯。

"他算个球?没有我球皮,他还在大街上挂着双拐瞎溜达呢,等的就是这三条路。现在他手下有了几个聋子哑巴,就把我们众位弟兄扔一边。"

"球皮哥,我见金大哥对你也不薄啊。"金宝蛋说。

球皮端起杯子,和金宝蛋碰了一下,一口喝下大半杯:

"金宝,你刚来,不知咱们兴旺的时候是啥样子。柳纺'八大金刚'你是知道的,有句顺口溜:想拉稀,找球皮,想断腿儿,找坏水儿,要想走死路,就找滚刀肉,要想命归西,就找刘喜喜……"

"那是,球皮哥的名头大得很,柳城哪有不知道的?"

"'八大金刚'里,光我球皮手下的人也不少哇。为啥捧他做大哥?就是用他挡一挡局子里的人。现在他有了钱,越来越怕事了。我手下的弟兄都没饭吃了。"

"……"

球皮两只血红的眼睛盯着金宝蛋:

"金宝,说实话,你要有胆量,我球皮就捧你做老大,不出仨月保你坐上桑塔纳。"

"我行么?"

"头一回咱们进局子,我就发现你是个人才。只要你听我的,好日子在后头呢!"

8

"叮咚,叮咚……"门铃响了。

金瑞看看表,已是晚上十点多了,谁会在这个时候上门呢?也许是周亚文?这段时间周亚文几次打电话来,先是要请他吃饭,后又问他家的地址,八成是要亲自上门送礼物表示感谢。金瑞这人很有个性,别人瞧他不起,他能死缠烂打;别人感恩图报,敬他如天人,他却退避三舍,既谢绝了亚文全家的盛邀,又不肯告诉家庭住址。今天中午周亚文打电话来说,住址他从别人那里打听到了,要亲自上门看他。金瑞推辞了半天,晚上还有意无意迟回了一会儿。

金瑞架着双拐走到门口,拉开防盗门的小窗,却吃了一惊。

来人竟是小龙女白茹。

小龙女白茹身穿一条雪白的丝质连衣裙,白色的高筒袜,白色的高跟皮凉鞋,肩挎一个白色的银扣皮包,面色苍白地站在门口,显得心事重重。

金瑞急忙将小龙女让进屋:

"小茹,找我有事吗?花店出麻烦了?"

金瑞预感到一定有什么事情发生了,否则白茹不会这么晚到他家来的。白茹很少来金瑞的宿舍,即便来也总是在白天,紧紧张张地帮他收拾一下房间就走了。

"怎么,没事就不能看看你?"小龙女勉强笑笑,反问了一句。她将肩上的皮包随手一扔,拢了拢头发坐在沙发上,又在身旁的位置上拍拍,对金瑞说:

"你坐啊。"

金瑞便坐了下来,一时竟不知该说什么。

小龙女环视了一下房间,忽然问道:

"有人来过,对吧?"

"是呀,我不大常回家,既回家总有人来。"金瑞说。

"我是说有女人来过,是吧?"

金瑞笑笑,心想女孩子的直觉可真够厉害的。前些天曾经在"回头客"旅馆当小姐的白小梅到家里来了一趟,说韩局长之所以一分钱都没罚就放她出来,梅理事长之所以把她安排到福利印刷厂,都是因为看他的面子。这倒让金瑞觉得有点不好意思,特意到区残联找到梅萍当面表示感谢。那次他请白小梅到新世纪酒家吃了饭,又去小梅工作的地方看了看。此后小梅也跟他见过两次面,但却没来他家。金瑞想不通白茹从哪些迹象看出有女人来过的。

"小茹,花店近来咋样?隔壁那间铺面包下了没有?"

"反正也没人竞争,缓缓再说吧。"小龙女心不在焉地说。

"那干花呢?干花的生意你联系了没有?"

小龙女忽然变得不耐烦起来：

"你别老提这事好不好,好像我碰上了啥麻烦才来找你的,你和球皮都是一个想法。你能不能谈点别的,就是别提我的生意,别提我现在干什么,行不行？真无聊！"

金瑞毫不在意地笑道：

"这么凶啊,这可不是好女孩儿的作风,当心嫁不出去。"

"我一点都不觉得幽默。"

小龙女气哼哼地说罢,不再看他,两眼盯着荧光屏,看了一会儿,又烦躁起来,索性拿起遥控器把电视关了。

小龙女见金瑞不吭气,又火了：

"你倒是说话呀,要不讲个故事也行。"

金瑞不说话。面对白茹的态度,他绝对没有讲故事的心境,然而这"讲故事"三个字却勾起了他对往事的回忆。他想起了当初那个扎羊角辫儿的小女孩儿。

"小茹,天太热,给大哥买两块冰砖去。"坐在院子里的金瑞说。

扎羊角辫儿的小茹手里攥着钱,蹬蹬蹬地朝胡同口跑去。

"小茹,天凉了,给大哥回家拿件衣服去。"坐在胡同口的金瑞说。

扎羊角辫儿的小茹答应一声,蹬蹬蹬地朝金瑞家跑去。

许多年就这么过来了。那时候,孩子们在大院里发疯似的跑着玩,而小茹却永远是他的使者。她总是蹲在金瑞跟前,手托着腮,屏气敛声、注目凝神地听金瑞讲故事。金瑞所读到的故事永远是供不应求,只能临时现编：

"浓密的森林里,有一只后腿受了伤的狮子,流了好多好多血,他再也站不起来了。梅花鹿走到他身边说,狮子大哥,我能帮你做点啥？狮子说,小鹿妹妹,你给我去报个信,就说我受伤了……梅花鹿说,狮子大哥,我们以后是不是好朋友了？狮子说，当然了,从今以后我们就是最好最好的朋友……"

那时,在他心里,受伤的狮子大哥便是他自己,助人的小鹿妹妹便是小茹。后来,小茹家从那个院子里搬走了。直到许多年以后,他们在大街上邂逅。

长大以后的金瑞虽然没有再给白茹讲故事,但他却总能暂时忘却生活的艰辛和苦痛,妙语连珠,谈笑风生。直到有一天他认识了球皮,吃上了这碗黑道上的饭,才不再和白茹谈自己的事,也失去了谈别人事的兴趣。他唯一谈论的和关心的只剩下白茹的事了。他真不知道当白茹对自己的话题不感兴趣的时候,他还能说些什么。

"你说话呀！生气了？"小龙女见金瑞始终沉默着,便问道。

金瑞无所谓地摇摇头,说：

"小茹,时候不早了,要是你只为聊天的话,那就改天吧。"

一见金瑞下了"逐客令",小龙女有些慌了：

"怎么,就这么撵我走？"

这话把金瑞说得一头雾水,不解地看着小龙女：

"那……你还有啥要说的？"

小龙女不安地摇了一下头,心神不定地张望着客厅的每一个角落。最后站起身来：

"我在你这儿冲个澡,一会儿就好。"说罢,朝卫生间走去。

卫生间里传出哗哗的流水声。

金瑞只好拿起遥控器打开电视,不断换选着频道。

有一个台正播放某国举办的一次方程式赛车比赛,狂嘶怒叫的赛车风驰电掣般的从屏幕上划过,金瑞正打算点支烟边抽边看,没想到一下就完了,原来是中央电视台插播的体育新闻,其他台大部分在放电视剧……

"喂！你的沐浴液放在哪儿啊？"小龙女在卫生间里问。

"就在浴池边挂着的小竹篮里。"

"梳子呢？我待会儿要用梳子。"

"漱洗池上边有个柜子。"

有一个频道的剧情进展十分激烈，一个身穿白衣、浑身是血的男人正拉着一个长发女子在前面狂奔，身后枪声如豆。他们跑进一个废旧的建筑里。这时又有几辆轿车飞驰而至，从车上下来一个环眼宽腮、高鼻阔嘴的家伙，齿边叼着一根十分粗壮的大雪茄，看样子是个走私贩毒团伙的老大。"老大"用戴了两枚大钻戒的手拔出嘴里的雪茄，狰狞一笑，挥了一下手，身后便有一群荷枪实弹的人蜂拥而上。枪榴弹从那些洞开的窗口射入，整幢大楼浓烟滚滚，摇摇欲坠。楼里那个穿血衣的男人不断地将那个长发女子推到某一个相对安全的角落里，然后独自一人在炸点爆掀的一瞬间做着"大鹏展翅"或者"鲤鱼跃龙门"等等一些高难动作。后来那些人就先后冲了上来。血衣男人或举枪射击，或拳脚相搏。血衣男人的身前身后又相继被捅了几刀，血流如注。一阵异常激烈紧张的较量之后，那些人相继死去，最后剩下的自然是那个口叼雪茄的"老大"……

卫生间的门开了，小龙女裹着两块条纹浴巾走了出来，一块在腰里围成一个短裙，另一块披在上身，两手在胸前押着。她走过来，没有坐两边的单人沙发，而是和金瑞同坐在中间的长沙发上。

金瑞立刻感到白茹身上那股潮润的温暖朝自己逼过来，急忙说：

"快去穿衣服吧。"

"晾一晾，不行么？"小龙女抢白道，用绾在头上的梳子梳着湿漉漉的长发。

这时，屏幕上新一轮的打斗又开始了。这个"老大"自然要比其他人难斗得多，俩人互有攻防，有得有失，渐渐地那个"老大"占了上风，一手抵着血衣男人的下颌,将他推出窗外。就在血衣男人回天乏术之时,只听一声枪响,"老大"倒了下去,不远处站着那个长发女子,两手平举着一把"左轮儿",枪口处青烟袅袅。她面色苍白,杏口半张,一副呆若木鸡的样子。那个血衣男人走过去,那个长发女子丢了枪,两个人紧紧拥抱在一起,然后就打出了字幕……

这是一个电视录像片的屁股,后面是重播的"柳城新闻",简要介绍的第一句是市委书记怎么怎么样,第二句是开了个什么什么会,第三句还是开了个什么什么会。

金瑞对这些内容实在不感兴趣,又开始频繁地换着频道,选了一个古装电视剧。

"你说那个背包袱的是好人还是坏人?"小龙女问道。

金瑞看都没看屏幕,随口答了一句:

"看不出来。"

"可我觉得他像个好人。"

金瑞觉得白茹纯粹是没话找话,扭过头正要催她。这时,小龙女正高举着两手梳理头发,肩上紧裹着的浴巾随着两臂的伸展已滑落下来,腰里裹着的那条也松开了,露出了里面白色的丝质胸罩和短裤,那莹洁光润的胴体随着电视荧光的忽明忽暗闪闪烁烁……

刹那间金瑞只觉得血脉贲张,呼吸急促,心跳如同擂鼓般的撞击着他的胸腔。他赶紧扭过头,两眼死死盯着荧光屏。

"看来我是不行啦。"电视里那个背包袱的男人说。

"你要挺住,我已经封住了你的穴道。"蹲在他身边的一个女扮男装的女子说。

"我真的不行了,你快走吧!他们追上来了!"男人焦急地说。

"要死就死在一块儿!"女子坚决地说。

这时,金瑞明显地感觉到,那股沐浴后的潮润和温暖伴着女子肌肤特有的气息朝他逼来,浑身热辣辣的就像火灼了一般。他探身抓起了茶几上的无绳电话,飞快地摁着按钮。

"你给谁打电话?"

"我呼一下司机,叫他送你回去。"金瑞说。

小龙女一把将电话夺了过去。

"那好,我走。"

小龙女说罢,站起身又去了卫生间,出来的时候已换上了自己的衣服。

小龙女拎起自己的皮包挎在身上,走到门口又站住,问道:

"你真的让我走?"

"你走吧。"金瑞两眼盯着荧光屏说。

……

9

新世纪大酒家的一号雅间里,金瑞和柳城砖厂的厂长程玉明等喝得酒酣耳热。

新世纪酒家在柳城绝对属于一流的饭店。一号雅间在新世纪酒家又属于最高档的,里外套间铺着一水的大红地毯。外间摆放着高级红木沙发和茶几,高档的卡拉OK全新设备,麻将桌、象棋桌一应俱全。里间的餐桌餐具包括桌上的酒菜也都是顶级的,光盯台的服务小姐就有两名。

可以说,像今天这样档次的饭,连金瑞本人一年也吃不上两回。然而今晚他请客的目的,仅仅是为了"欢送"已经下了台的程玉明厂长。

在这张餐桌上,除了已经下台的程玉明厂长和金瑞外,还有砖厂销售科长吴先明、办公室主任江文、程厂长原来的司机吴平,还有金瑞的司机小杜。

金瑞端起酒杯,举到程玉明厂长面前,真诚地说:

"程厂长,咱们认识这几年来,您对我金瑞的恩情天高地厚,不能用语言表达。我再敬您一杯,啥都不说了。"

头发花白的程厂长轻轻摆了摆手。下台刚刚二十来天,但程厂长脸上的皱纹却一下子添了许多。也许是酒喝多了的缘故,程厂长血红的眼睛也水汪汪的:

"不,金瑞,这杯酒应该我敬你才对。"

"这可不敢当啊,程厂长。"金瑞连忙说。

程厂长并没有忙着给金瑞敬酒,而是手指着外间说:

"咱柳城是一个内陆省份。你们看看茶几上的水果,哈密瓜、猕猴桃、荔枝、龙眼……当然,这值不了几个钱。你们看看这餐桌上都是些什么菜?闸蟹、对虾、鲍鱼、蟒段、鱼翅,光菜单上标着'时价'的东西就不下十道,再加上这几瓶茅台酒,你小子一万块钱怕是下不来吧?"

金瑞摆摆手,无所谓地说:

"现在您不是有工夫了么?咱就从从容容吃一顿呗。"

"你听我说。"程厂长瞪着血红的眼睛,手指着金瑞,一字一顿地说:

"花一万多块钱请一个下了台的厂长,说明了个啥?一句话,说明你小子讲义气!够朋友!"

"程厂长……"

"你小子甭打岔……金瑞呀,想当年你小子领着几个小流氓和哑巴闯进我办公室,横眉立眼让我给批砖。办公室的人跟我说了,说你小子就是柳城的金哥,谁要跟你结了仇,轻者砸玻璃砸汽车,重者白刀子进红刀子出。我这人生来就是铁汉子,不怕来硬的。不过,老百姓有句话,叫赤脚的不怕穿鞋的。我好歹也是个养尊处优的大企业厂长,不能跟你这种人斗,对不对?再说我看你是个残疾人,干这个也是为讨个生活,所以就给你批了点。没想到你小子是个有良心的人,总不忘别人给你的好处,咱爷儿俩也好哥儿俩也好,关系是越处越铁。是不是?"

程厂长的一席话说得金瑞也动了情:

"程厂长,您的好处我是这辈子都不敢忘,这些年不管建筑材料有多紧张,您都不忘给我空着一份。我啥都不想说了,再敬您一杯酒。今后您有需要我金瑞的地方,一个电话。在座的吴科长江主任还有吴师傅作证,要是我金瑞有半点冷淡,你们都别把我当人看。"

"没问题。金瑞是个很仗义的朋友,我们都愿意作见证。"吴先明、江文等人都端起酒杯,一饮而尽。

"好!"程厂长用力一拍桌子,端起酒一口干了,然后用餐巾擦着嘴角,看着金瑞说:

"还有件事我现在告诉你罢。新上任的这个九原县来的李厂长,不是别人,就是我程某人的亲外甥。你以后用的砖,柳城砖厂照包不误,就算有人拿着市长的条子,也得先给你批。"

"真的?"

"我程某人多会儿跟你开过玩笑?"

金瑞不由得喜出望外,一时不知该说什么好。其实,自从程厂长宣布退下来以后,金瑞心里一直压着一块大石头。新世纪广场已经开工,大批的建筑材料急等着供应,这个节骨眼上程厂长的下台无异于釜底抽薪,急得他嘴角都起了燎泡。没想到事情竟如此轻而易举地解决了。

金瑞一时激动得不能自已,看看身后的服务员说:

"小姐,请帮忙,我跟大家每人干三杯!"

……

金瑞回到家时，已是晚上十点钟了。他在净水器上接了一大杯水，咕咚咕咚灌下肚去，又到卫生间草草抹了一把脸，然后便准备睡觉。这一天下来，可真把他折腾得够呛。

"叮咚……"门铃响了。

什么人这么晚上门，难道不知道先打个电话？这些年来，凡是上门找金瑞的人，总是先打电话来，如果需要长谈才登门，有时候站在门外还用手机和他联系。金瑞懒得走过去开门，心想也许又是打听住户的，见没人开也就走了。

"叮咚叮咚……"门外的人不依不饶地摁着门铃，不肯离去。

金瑞恼怒到了极点，架着双拐走到门口，拉开门正要训斥，却一下子愣住了，脱口而出道：

"又是你？"

小龙女白茹站在门外，还是一身雪白的衣裙，只不过将白发圈儿换成了白绸发结。她神色忧郁地低着头，眼睫毛湿湿的，眼圈儿红红的，看样子刚刚哭过。

"咋啦，谁欺负你了？"

小龙女摇摇头，径自走进屋来，还像前次那样，将手里的包随便一扔，跌坐在沙发上。

金瑞走到小龙女跟前，问道：

"我看你不大对劲。跟我说，到底谁惹着你了？"

小龙女振作了一下精神，笑道：

"没有啊，谁敢欺负金哥的朋友？"

"你的花店最近挺好吧？"

"你看，就知道花店花店的，操那么多闲心干啥？说点有意思的好不好。"小龙女说着，拿起茶几上的遥控器就要开电视。

"小茹,要是真没啥事,你还是改天再来吧,我跑了一整天实在太累了,想早点休息。"

小龙女拿着遥控器的手停在半空中,脸上的表情也凝固了。

"早点走吧,太晚了一个女孩子也不安全。我该睡觉了。"金瑞说。

"我想冲个澡也不行么?"

"你还是回家随便洗洗算了。我真的要睡了,两个眼皮直打架。"

小龙女见金瑞说得如此坚决,只好从沙发上站起来,刚刚拿起包又改变了主意:

"你睡你的觉,我冲完自己会走。这总可以吧?"

"随你便吧,记着走时把门锁好。"

金瑞说罢,径直回了卧室,将门随手一关,灯也没开,便脱了衣服躺在床上。

卧室里还算安静。前面住宅楼里的灯光遥遥地映着窗幔,给房间里留下朦朦胧胧若有若无的微光,墙上的空调发出了轻微的嗡嗡声,这一切对金瑞来说本不算什么,可今晚他却感到一种说不出的不自在。也许是空调开得太久,室内有些冷的缘故,金瑞拉过一张毯子盖在身上,心想也许可以睡个好觉了。

时间一分一秒地过去,金瑞那种难以言状的不自在感觉依然没有减轻,新世纪大酒家里那种猝然降临的兴奋和激动却不知为什么消失得如此之快,剩下的只是一种酒后的不适,不知究竟哪根神经出了毛病。

客厅里传来白茹穿拖鞋走动的声音,她洗完澡了?还是正准备洗?这不由得金瑞不去想。也许毛病就出在这儿!小茹,这个打小就招人喜爱的小姑娘是越长越有魅力,越长越迷人了。多少次在梦里,不,在他准备进入梦乡的时刻,或者说在他有那种做男人的渴望的时候,他脑海中浮现出的是小茹,小茹,还是小茹。此时此刻,当那个始终占据着他幻想空间的女性就在他房间里的时候,当他可以清晰地听到她走动的声音和冲淋浴的声音的时候,他反而没有了想象,反而觉得有什么地方不对劲,这究竟是怎么搞的?

金瑞想着想着,渐渐感到朦胧的睡意一阵阵裹卷而来,一切都是那样虚无缥缈。白茹像以往每一个孤独的夜晚那样赤身裸体地贴近了他,带着浓郁的发香,带着肌肤的润泽。这种异性肌体特有的气息鼓动着他,使他浑身热血澎湃,心也砰砰砰地随之加速。他下意识地叫了一声:

"小茹!"

"嗯……"白茹喉管里含混不清地哼了一声,温软潮润的双唇随之贴到了金瑞嘴上,不停地狂吻着。

小龙女白茹就是这样在不知不觉中钻进了他的被窝儿,将刚刚沐浴过的光滑的少女之躯贴向他。金瑞顾不上再说别的,一把搂住小茹。俩人紧紧地绞在了一起。

白茹不停地吻着他的脖颈和胸部,两只柔软的手不停地在他通身上下摸索,嘴里发出了一声声引诱的呻吟。

金瑞立时觉得浑身每一根神经末梢都坚硬如铁,那种血液的灼热排山倒海般地冲撞着他的躯体。他一把将白茹推开,竭力稳定着心神。他十分清楚,哪怕再这样待几秒钟,他也会承受不住的。

"小茹,你快走!"他说。

"金哥,嗯哼……"

白茹再次伸过手搂住他,嘴里发出煽情的呻吟。

金瑞十分坚决地再一次推开她,从床上坐起来。

一阵无声的沉默之后,白茹双手捂着脸,哭了。

"小茹,小茹……"金瑞拍着白茹的手,轻轻唤着。

"小茹,还记得你爸爸吗?还记得他站在大街上吃那些恶作剧的人递给他的香蕉皮,边吃边傻傻地冲人笑吗?还记得成群的孩子们追在他后面,大叫傻×过马路,鸡屎拉一裤……"

听着金瑞的话语,白茹的哭声变成了低低的饮泣。

"小茹,你曾经盼过他死,盼望他死后你们搬到没人知道你是傻子闺女的地方。后来他真的死了,你明明知道这并不怨你,可你心里却留下了永远也摆不脱的阴影。是这样吧?"

"……"

"你说过,你这一生没有任何奢求,只希望能嫁给一个健健康康、结结实实的男人,再不用遭人嘲笑,再不用承受别人那种看动物似的目光。要是你没忘,就点点头吧。"

白茹缓缓地点了点头。

"你还说过,等你结婚以后,你会做我的情人。你只是愿意把你的第一次给你的丈夫,否则就太对不住他了。我没记错吧?"

白茹又轻轻点了点头。

金瑞爱抚地拍拍白茹的肩膀,柔声说道:

"那你回去吧。听话,啊?"

白茹又点点头,坐起身,在金瑞面颊上轻轻吻了一下,出了房间。

客厅里传出一阵窸窸窣窣的穿衣声。没多久,只听房门砰的一声响,一切都陷入了沉寂。

金瑞仰倒在床上,再一次努力使自己平静下来。

10

马缨区公安分局韩利山副局长的办公室里坐着三个人。除了韩利山本人外,还有刑侦队队长李长清和侦察员陈平。

一时间，屋里的三个人都陷入了沉默，三个"烟囱"只是不停地抽烟，整个房间烟雾缭绕。

昨天晚上，马缨区东方大街胜利巷十六号楼的一个住宅里，又发生了一起恶性案件。这是一个名叫史新义的男子结婚典礼的大喜日子，晚上前来道贺的亲朋好友依然络绎不绝。这时候，突然闯进几条汉子，用匕首和土枪将所有的人包括新娘子逼到另一个房间，只听一声惨嚎。当歹人走后，人们到房间一看，只见新郎光着下身，两腿间血肉模糊，已经昏死过去。屋里的地上扔着一团带血的灰乎乎的东西。

"这已经是第二起了，估计说不定还会有第三起第四起。必须尽快破案，否则，马缨区的发案率直线上升不说，对上边也不好交代。"韩利山说。

"是啊，我们已经组织了最强的阵容。"李长清队长说。

"陈平，这次发案与上次刘兔子的案件有什么不同点？"韩利山问。

"大约有几点。一是案犯戴的面具不同，上次是黑布蒙着，这次是面罩，全都是京剧脸谱；二是上次案犯什么都没拿，这次却拿了些值钱的东西；三是上次的案犯把刘兔子的生殖器带走了，这次却把割下来的生殖器随手扔在了地上。"陈平说着，又站起身向韩利山讨了一支烟。

"受害者目前的情况怎么样？"韩利山又问。

"昨晚在第一人民医院连夜做的缝合手术，上午我们去看了受害者，他啥都不想说。"

"那好，我们现在到医院去。"

三个人出了楼，上了院子里停放的北京切诺基。

汽车朝第一人民医院的方向驶去。

"受害者提供了什么有价值的线索吗？"韩利山在车里问。

"目前还没有。"

医院很快就到了。三个人直奔外二科受害者的病房。

受害者史新义在病床上躺着,面色土灰,一只胳膊伸在外面正在输液。

"小史,这是我们公安分局的韩局长。"陈平介绍道。

受害者史新义眼珠都没动一下,看样子还没从巨大的创痛中恢复过来。

旁边守护着的新娘子"呜呜呜"地痛哭起来。

受害者史新义的眼角缓缓地淌下一滴清泪。

"局长,我们单位……千把号人,还有邻里上下……亲戚朋友,谁不说小史是个善人啊,他招谁……惹谁了,遭这种报应……"新娘子泣不成声地哭诉道。

韩利山伏下身,轻声问受害者:

"小史,我知道你现在不想说话。不过,我有两个很重要的问题想问问你。如果是,你就点点头;如果不是,就摇摇头。可以吗?"

受害者史新义眨动了一下眼睛。

"有一个小名叫宝蛋的人,他父亲叫魏计田,他的双腿被火车轧掉了,瘦脸型,皮肤白净,大眼睛,年龄大约二十岁。你认识他吗?"

等待了一会儿,史新义轻微地摇了摇头。

"还有一个叫金瑞的,是柳城黑道上的一个小头头,早年间架着双拐走路,后来经常坐轮椅在大街上招摇,还有一辆桑塔纳,长着两道浓眉,高鼻梁。你认识他吗?"

受害者史新义轻轻点了点头。

韩利山、李长清和陈平的神经一下子绷紧了。韩利山将身子伏得更低一些,问道:

"你跟他有仇吗?吵过架、撞过车,哪怕是说过话都算。有吗?"

受害者史新义摇了摇头。

不知为什么韩利山却舒了一口气,接着说:

"你好好想想,是不是和其他什么人结过怨。我们改天再来找你。"

……

北京切诺基驶在东方大街上。

"想不到他认识金瑞。李队,你看金瑞作案的可能性到底有多大?"陈平问道。

"不太大。金瑞这个人在柳城出名也不是一年两年了,说他杀人放火强抢民女都有可能,唯独这事嘛……前两年他完全有能力干这种事,但却偏偏发生在最近。"李长清队长说。

"这个案子的主谋可能是个变态狂!"韩利山说。

"我想也是,要不然谁割那玩意儿啊。"陈平说。

"要真是这样,案子可就麻烦大了。"李长清说。

韩利山从前排座上回过身,指点着李长清和陈平说:

"我不管这案子麻烦大不大,总之我有两点希望:第一,案犯下次作案的时间迟一点,再迟一点;第二,我们的破案进度快一点,再快一点。争取在案犯第三次作案之前将其逮捕归案。否则,我们马缨公安分局成什么了!"

……

11

这家紧邻小龙女白茹"浪漫情怀四季花店"的餐馆装潢得倒也豪华气派,板壁、吊灯、地毯都是新的,只是由于缺少客人光顾,显得有些过分空荡和冷清。除了吧台里站着的那位木偶一样发呆的小姐,便剩下墙角一张桌前坐着的小龙女白茹了。

金瑞架着双拐朝白茹那张餐桌走去。桌上已有了几道卤鸭掌、水晶肘之类的冷菜,还有一瓶开了口的"柳城大曲"。白茹已将一大截儿酒倒进了自己面前的杯子里。

"到底啥事啊?"金瑞坐在白茹对面,将拐杖靠在窗台上,既不倒酒也不寒暄,只是有些不耐烦地问道。

小龙女白茹张张嘴,却没说出话,站起身往他的杯子里斟满酒,又坐下了。

下午金瑞正在忙新世纪广场兴建的事,说好和工程公司的几个哥们儿晚上一起吃饭,可白茹左一个传呼右一个传呼不停地打,又不说什么事,弄得金瑞心里很烦,只好跟客人道了对不起赶到这里来。

"你说呀,到底啥事?"金瑞拍了拍桌子,火爆爆地问。

白茹低着头,怯怯地问道:

"金哥,你是不是已经不喜欢小茹了?"

"这扯得上么?真奇怪你们女孩子心里咋想的。"

"那我连叫你吃顿饭都不行么?没想到你现在这么讨厌我……"白茹说着,眼中的泪水扑扑簌簌地落了下来。

金瑞默默地坐着。他发觉如今的白茹明显地比过去憔悴了,也失去了她那少女特有的光鲜和亮泽,失去了她原有的那种爱恨分明直抒胸臆的率真。很长时间没有像今天这样去留意他心目中的小茹了,莫非是白茹说了永远不会嫁给他而引发了自己内心的怨怼情绪?还是自己和小茹之间无形中有了很深的隔阂?他一时还说不清楚。无论如何,此时白茹的哭泣,那种女孩子的柔弱无助的泪水还是唤起了他怜香惜玉的情怀。他想伸过手去,轻轻抚摸一下白茹的鬓发,或者轻轻为她拭去泪水,但由于隔了一张桌子,只好打消了这个念头。

"小茹,你到底咋了,你想让我怎么样?"

"我知道,你和一个叫白小梅的女孩儿好上了。你再也不会喜欢我了……"

金瑞吃惊地看着白茹:

"你听谁说的?"

"你甭管听谁说的,肯定有这回事。现在你想甩掉我,我心里能感觉得到。"

金瑞这才恍然大悟,原来白茹是"吃醋"了,怪不得她近来如此反常,怪不得她迫不及待地投怀送抱。他从纸袋里抽出筷子,夹了一口菜,说:

"小梅是个心地善良的好女孩儿,我和她萍水相逢却一见如故。但我心里真正有谁,小茹你不会不知道。好,算我这段日子冷落了你。今天我好好陪你吃顿饭。小姐,拿菜谱。"

"我山珍海味啥都不想吃,只想跟你坐坐,说说话。"白茹用一种乞求的眼神看着他。

金瑞端起酒杯,举到白茹面前:

"好,今晚我就陪你说说话。来,干一杯,要不要给你换点果酒和饮料?"金瑞知道白茹是不胜酒力的。

白茹摇摇头,端起杯子跟金瑞碰了一下,仰脖灌下了一大口,脸也跟着泛红了。

金瑞觉得她这酒喝得有点不大对劲,也没劝,只是问:

"说吧,咱们好好聊聊。"

此刻,小龙女白茹一言不发,默默地抿了一口酒,又用筷子无聊地拨着碟子里的菜。金瑞觉得白茹也许还没想好该说什么,也不催她,同样默默地喝着酒。

街面上大概出了什么事,交通堵塞了,汽车喇叭疯狂地响着。不久,窗前走过两个交警。金瑞伏在窗上,看到许多人围住了交警。

过了很久,交通又恢复了。金瑞收回目光,发现白茹痴痴地看着手中的酒杯,一副心事重重的样子。

"小茹……小茹……"

"嗯?"白茹仿佛梦醒般地打了个激灵,看了金瑞一眼,慌乱地夹起一口菜塞进嘴里。

"你不是想跟我说说话么?"

白茹十分尴尬地笑了笑:

"是啊是啊,是想跟你说说话……"

"那你倒说呀!你肯定碰上麻烦了。我是你大哥你知道么?有啥话你就说。听到没?"金瑞有些急了。

金瑞一催,白茹显得更加慌乱了,端起酒杯又灌了一口,然后伏在桌上,呜呜呜地痛哭起来。

金瑞一见这阵势,有些慌了。心说白小梅的事也不至于把小茹弄成这样吧?他两手撑着空椅子,挪到白茹身边的那张椅子上,用力握着她颤抖的肩膀,问道:

"小茹,到底发生了啥事?为啥你不肯告诉我,难道你心里已经不把我当大哥了么?"

白茹不说话,只管哭。哭了一阵子,才用纸巾擦了擦鼻涕眼泪,轻声问:

"金哥,你不会抛弃我吧,不管什么时候,不管我做了什么。对不对?"

"是的,不管今后发生什么,我都把你当成最亲最近的小妹妹。我保证。"

"要是我做了对不住你的事呢?做了让你瞧不起的事呢?"

"不管你做什么,哪怕你照我胸脯上捅两刀,也不会怪你。你说吧,有啥事?"

白茹红着眼睛看看他,忽然改口说:

"没啥事,我跟你打比方呢!只是心里有那么点预感。"

金瑞无可奈何地摇摇头,真不知该拿白茹怎么办。

"金哥,咱们到歌厅玩玩吧。翠峰路有家红缨树歌厅,挺不错的。"

金瑞奇怪地看着白茹,不解地问:

"去歌厅干吗?再说咱们还没吃饭呢。"

"我啥都不想吃了。咱走吧,时间快到了。服务员,买单!"

金瑞只好抢先结了账,拄着双拐出了餐厅,然后对白茹说:

"咱们先到你花店坐坐,我也好久没去了。"

"有啥好坐的?走吧。"白茹慌慌张张地拉着金瑞走向路边,好像花店里藏着什么不可告人的秘密。

金瑞疑惑地回头朝花店望了一眼。花店里灯光明亮,隔着玻璃他看到曾经花团锦簇的货架上空空荡荡,好像被人洗劫了似的。

"你架上的货呢?"

"来了个大主顾,拉了一车花走了。"

"你着啥急,我还没叫车呢。"

"叫啥车啊,打个的不就行了。"白茹急匆匆地拦了一辆出租,扶金瑞上了车。

汽车朝翠峰路行驶着。此时的金瑞似乎有一种被劫持的感觉。他十分清楚,小龙女白茹跳起舞来尽管舞姿翩翩,小鸟依人,但唱起歌来却五音不全。也许由于这方面的缺陷,白茹从小到现在,只在幼儿园里唱过《丢手绢》,从未在歌厅唱过歌。俩人一个不会唱一个不能跳,如果没有第三者或者第四者是绝对不可能进歌厅的。白茹破天荒地拉他来这种地方,肯定有什么另外的目的。虽然白茹的古怪还一时难以猜透,但此时的金瑞反倒不像先前那么困惑了,他知道自己离这个谜底是越来越近了。

金瑞在白茹的搀扶下进了红缨树歌厅。在他眼里,这家面积并不十分宽敞的歌厅实在没什么特别之处,普普通通的装饰,普普通通的音响,普普通通的沙发。这时荧屏上打了歌曲字幕,又是那首他久已熟悉的《流浪歌》:

流浪的人在外想念你,亲爱的妈妈
流浪的脚步走遍天涯,没有一个家
冬天的风啊夹着雪花
把我的泪吹下……

荧屏上的歌曲突然中断了,只有一片湛蓝的底色。沙发后边的一面帷幔不知什么时候拉开了,那里有一道门,明亮的灯光从里面射出来。

"金哥,你来一下。"小龙女白茹站在那道门口,向他招呼道。

金瑞走到门口,见里面只是一个大约十平方米的房间,一台电视,两张便椅,一张双人床,便是这屋里的全部。

电视机开着,整个荧屏都是伴随着"沙沙"声的雪花点儿。小龙女白茹连拖带拽地将金瑞拉到床边坐下,自己也在一旁坐了,指着屏幕对金瑞说:

"老板说有好录像带,等会儿就放。"

金瑞没说什么,两眼盯着屏幕等待着。荧屏闪动了几下,没什么内容,还是伴着"沙沙"声的雪花点儿。

电视屏幕没有内容,但旁边的白茹却有内容了。她先是将身体靠在金瑞胳膊上,接着又伸出手,解着金瑞的衣扣。

电视屏幕上的雪花点儿突然消失了,屋内显得十分安静。金瑞明显地感到了白茹冲动的喘息声。

白茹将细嫩的手伸进金瑞衣内,在他胸前柔缓地抚摸着。金瑞捉住她的手腕,将她的手拉了出来。

金瑞本以为这个动作会伤害白茹的自尊,使她知难而退。没想到白茹突然伸出双臂搂住他,将他按倒在床上,在阵阵娇喘声中狂乱地吻着他的眼眶、双唇、脖颈和胸膛……

金瑞虽然至今还没有成婚,但自从步入黑道以后,吃喝嫖赌样样在行。他遭遇过许多女人,从乳房尚未饱满的"小雏儿"到腹部有胎疤的"孩子他妈",他从白茹急不可耐的神情和杂乱无章的动作上断定,她还是一个毫无性经验的女孩子。这种意识愈发明显,他的理性也就表现得愈强大。他不想就这样毁了这个纯洁无瑕的女孩儿。因为这是他一生中的真爱,需要他倾其一生去珍惜去呵护。他不能就这样随意地蹂躏一件他一直视为圣洁的珍品。

此时的白茹根本没有去体察金瑞的感受。她已经有了十分明显的失控表现,身子软软地瘫了下去,双手捧了金瑞的脑袋,按到自己起伏不定的胸上。

"小茹,你到底想干啥呀?"

"我……想和你,你快点……"白茹的鼻头儿上已经冒出了细汗,语不成声地嘟囔着。

"不行,小茹,这一切应该留给你成为新娘的时候。你说过,你会有一个好丈夫的。"

"你是说……要是我做别人的新娘,你绝不会……是吧?"白茹颤着声问。

"小茹,我们不是已经说好了么?"

"不不,我谁也不嫁,就嫁你……就现在……"白茹说着,解开短裙的纽扣,捉了金瑞的手便往里塞。

金瑞用力缩回了手,看着紧闭着眼睛的白茹说:

"这可是一件大事。咱走吧,回去好好想想再定,行不?"

白茹没说话,突然坐起身来,将上身的短衫连同背心一下子脱了,接着又将短裙和小裤也一下子褪下来,通身上下只剩了一件白色乳罩。她已经失去了解乳罩的耐心,抓住乳罩用力一扯绷断带子,抛在一边。金瑞还未来得及阻拦,白茹便已脱得一丝不挂。那少女莹洁如酥的胴体,精巧浑圆的双乳以及目光不敢停留的私处,使金瑞感到一阵难以控制的晕眩……假如他面前出现的这个女性裸体不是小龙女白茹,而是别的女人,他脑海中的思维也许不会停滞。就在他思维中断出现空白的一刹那,白茹突然上来解他的衣扣,还没容他伸手阻挡,衬衫上的纽扣已被白茹一把扯掉了。

白茹的身体摇筛似的左右摆动着,双臂箍住金瑞的脖颈,将身体用力贴向他:

"金哥,求求你,快一点……来不及了……"

"小茹,你到底咋啦?"

"我冷……冷得厉害……快抱紧我,我冷……"

金瑞觉得有些异样,伸手将白茹紧紧抱在怀里。白茹牙关打战,身子筛糠般的抖个不停。

"我冷……冷啊……"

金瑞欠起身子,一把扯过床上的被子,打算把白茹裹起来。没想到白茹发出一声惨叫,一把甩开被子,两手在胸前一阵乱抓乱挠。

金瑞慌了,一手护着白茹,一手掏出手机,飞快地拨打120。他还没来得及报出地址,白茹已是满床翻滚,嘴里不断发出"哇噢哇噢"的惨叫声。

"哇噢……哇啊……"

白茹从床上滚落在地,赤裸的身体扭作一团,四肢胡乱张扬着,拼命用头咚咚地撞着电视柜的板壁。

金瑞扔掉手机,顾不上挂拐,抓起白茹的短裤滚下地来,爬到白茹身边,想给她穿上。但此时的白茹乱蹬乱踢,还在抓扯着身体。他再也顾不了别的,一把抱住白茹:

"我打了120,你坚持一下,坚持一下啊!"

……

12

临近中午的时候,天像突然黑了一般,电闪劈空,雷声大作,没多久如注的大雨倾泻而下。

金瑞坐在临街的一家酒店里,身边站着司机小杜。桌上已经摆好了酒菜。

"这雨太大了,他会来吗?"司机小杜问。

金瑞隔了酒店的玻璃门,默不作声地望着外面。街面上暴雨如潮,气浪翻卷,浊流滚滚。

一辆白色的长安面包车在酒店门口的街边停下了。车门开处,一伙人从车上下来。金宝蛋走在最前边,身边跟着球皮,还有一个二十岁左右的女子,打扮得十分妖艳。身后有四个男人簇拥着,为他们撑着伞。

"大哥!"金宝蛋走到金瑞跟前,躬了躬腰。

"这么大的雨,我以为你不来了。"金瑞的精神有些萎靡,淡淡一笑说。

"哪能呢,只要大哥叫我,别说下雨,就是下刀子下子弹金宝都照来不误。"

金瑞点了点头,指指桌对面,说:

"坐吧。"

金宝蛋和球皮在金瑞对面坐下。那个装扮妖艳的女子坐在宝蛋身边,靠得很近,一副十分亲昵的样子。其余四人在他身后一溜排开站着。金瑞知道这伙人都曾是球皮的手下。

"弟兄们也坐吧。"金瑞指指金宝蛋身后站着的人说。

"叫他们站着吧。有大哥在,哪有他们这些小子的位置。"金宝蛋说,全然不将手下的人放在眼里。

多时不见,金瑞感到金宝蛋比原来胖了一些,当初眉宇间流露的猥琐与狡黠已变成了骄矜和霸气,俨然摆开了黑社会老大的谱。

金瑞端起酒瓶问道:

"如今我该怎么称呼你呢?是叫宝蛋,还是有了啥新的大名?"

"金宝,金宝,还叫金宝。"金宝蛋急忙拿过酒瓶,先给金瑞斟了大半杯,然后给球皮和自己的杯子里也倒了大半杯。一瓶酒空了。

金瑞端起酒杯,举到宝蛋和球皮面前:

"来,干掉它!"

金宝蛋和球皮充其量也不过是三四两的把式。球皮端着杯子心里有些发憷,看了金宝蛋一眼。

金宝蛋看看杯中酒,一言不发,一口干了。

金瑞看着球皮喝完,自己也一口干了,顺手抄起桌上的另一瓶酒。宝蛋还像前次那样抢过酒瓶,先给金瑞斟上,然后再给球皮和自己的杯子倒上。又一瓶酒空了。

金瑞还像前次一样,端杯举到俩人面前:

"来,干了!"

球皮端着酒杯,小心翼翼地对金瑞说:

"大哥,你知道我俩酒量比你差多了……"

"我说干了。"金瑞仰脖将杯中酒一气灌了下去,当的一声将空杯子墩在桌上。

金宝蛋身后的人见他下不了台,其中一个走前两步,端过杯子说:

"老大,我替你喝。"

"滚开!这是大哥敬我的酒,你小子也配?"金宝蛋夺过酒杯,咕咚咕咚喝了下去。

酒刚刚下肚,金宝蛋便觉得气血翻涌,一下没忍住,哇的一声喷到地下,有一半溅到身边女子的身上。他喘了两口气,又拿过球皮的酒,往自己杯里分了一半,一口灌了下去,看着金瑞说:

"大哥,你敬我的酒喝了,吐了的我也补上了。"

金瑞点点头,两眼盯着金宝蛋:

"我问你,白茹什么地方得罪你了?我金瑞什么地方得罪你了?"

金宝蛋避开金瑞的目光,一言不发。

"球皮,你说。你把这事的前因后果给我讲讲。"

"这……"

金宝蛋摆摆手,看着金瑞说:

"大哥,这事是我拿的主意,我给你讲。开始呢,是我请白姐吃饭,我们在菜和饮料里做了点手脚。后来白姐打电话说,宝蛋,你请我的那顿饭太好吃了,能不能再请我一次呀?我说没问题。就这么三两次她就上瘾了。再后来她瘾发作的时候就跪在地下求我,说我要她做什么都行,让她干什么她都肯干。我说啥要求都没有,只求一件事,就是你陪我们金大哥睡一夜。后来我们发现她次次都在耍花招。红缨树歌厅里的那间房子是老板拍黄色录像用的。我对她说,我只有在监视器里看到全部过程才算。她就把你叫过去了……"

金瑞强压着心头怒火:

"宝蛋,你过来。"

金宝蛋毫不犹豫地站起身。旁边的女子伸手搡他,他一把甩开走到金瑞面前。

"啪!啪!啪……"金瑞劈脸就是几巴掌。这几掌打得十分有力,宝蛋毕竟是两条假肢,站立不稳摔倒在地,殷红的血顺着鼻孔淌了下来。

"你他妈的……"宝蛋的几个随从不约而同地扑了上来,其中一个揪住金瑞的领口就要动手。

"住手!你们他妈的谁敢对大哥无礼!"金宝蛋一声大喝,手下人果然没敢动手,抽身退了回去。

金宝蛋从地上爬起来,重新站在金瑞面前。他从后腰里抽出一把雪亮的短刀,放在金瑞手边,说:

"大哥,你想打就打。你要是嫌手疼,就拿这把刀扎我。其实我这么干还不是为了你?她小龙女算什么东西,不就是个卖花的么?大哥对她的恩情天高地厚。假如她现在就在你身边,我掏出枪打她,大哥你肯定会拿命替她挡子弹。可她是咋对你的?她除了花言巧语蒙骗你俩钱之外给过你什么?她有什么?不就长着个臭×么?我要是你,早一刀把她废了……"

"宝蛋,我问你,刘兔子被割了裆里家伙,是不是你干的?"金瑞突然问道。

"你听谁说的?"金宝蛋专注地看着金瑞。

"老公安说的。"

"他们怎么说?"

"他们说刘兔子和你打小就认识,不过无冤无仇。刘兔子还背你上过街。"

金宝蛋听了,鼻腔里发出一串阴森森的冷笑,对金瑞说:

"这个王八蛋刘兔子,背我上街他记得,骂我倒记不得了?大哥你猜他小时候说我啥?他说我这辈子肯定讨不到媳妇。我说能,我长大肯定能娶到媳妇。你猜他咋说?他说你要能讨到媳妇我就把球割了。我料定他这个赌是输定了,帮他个忙。"

"这么说,东方大街的史新义也跟你打过赌?"

"赌倒没打过。这小子曾当面讥笑我,叫我半截子,我朝他啐口水,他过来踢了我一脚。他踢了一个没腿的孩子,当然不会放在心上。我心里说,长大我割了你的球。真是老天有眼,报应啊报应!哈哈哈哈……"

金宝蛋忽然仰头大笑。笑过之后瞪着两只充血的眼睛看着金瑞,脸上的肌肉棱角凸起,咬牙切齿地说:

"他们没想到我会有今天。等着吧,我要让他们一个个求生不得求死不能……"

此时此刻,站在金瑞面前的,已经不是当初那个一脸污渍,坐在当街上乞讨的孩子,而是一个瞪着血红眼睛的丧心病狂的恶魔。金瑞悔不该当初收留了他。想到此时的白茹还在承受毒品的煎熬,想起还不知会有多少人遭到厄运,他不由得怒火中烧,一把揪住宝蛋的衣领,一手抄起桌上的短刀,怒吼道:

"宝蛋,你个小杂种,趁早收手,要不然老子宰了你!"

金宝蛋的情绪也已失控,冲着金瑞狞笑着,吼道:

"我不收!我要斩尽杀绝!"

噗的一声,金瑞手中的匕首扎进了宝蛋的左肩窝儿。宝蛋朝后踉跄了两步,勉强站住。他手下的人又一次冲了上来,但被他用手势阻止了。

血随着刀口汩汩涌出,立时将宝蛋的白衬衣洇红了一大片。他右手握住刀柄,用力一拔,将带血的刀放在桌上,然后用手捂住伤口。此时的宝蛋面色苍白,已失去了刚才的暴戾之气。他看着金瑞,十分动情地说:

"金大哥,想当初我宝蛋不过是街上一个要饭的。是你收留了我,给我吃给我喝,给我安假肢。当时,我坐在地上,爬到你脚边对你说,大哥我没腿,这就算给您下跪了。我说您就是我的再生父母,从今以后我跟着您姓,就叫金宝……"

"老大你包包伤去吧!"手下人见金宝蛋的手指间不断地往外淌血,过来想扶他走。

金宝蛋摇了摇头,接着说:

"大哥,你的恩情我现在报不了,以后报;这辈子报不了,下辈子报。别说你扎我一刀,就是捅十刀八刀我金宝都不会眨眨眼。你今天要是没解气,改天打传呼叫我,金宝随叫随到……"

金宝蛋说罢,摇摇晃晃地朝饭店外面走。跟来的那位女子想上去扶他,被他一膀子撞开了。

长安面包车拐上了车道,开走了。

雨,不知什么时候已经停了。

饭店里的金瑞一言不发。餐桌上放着那把血淋淋的短刀……

13

白色的长安面包车停在柳城东郊一个距铁路岔道口不远的地方。

几条汉子从车上跳下来,拿下一辆折叠式轮椅。有人搀扶着金宝蛋下了车,坐上轮椅,然后抬起轮椅沿着庄稼地朝北走。

这是骤雨过后的一个下午,刚才如烟似雾的空间似乎变得澄明了许多。雨还没有完全停歇,淅淅沥沥显得意犹未尽。金宝蛋坐在轮椅上,半闭了眼睛,视野内只有一眼望不到边的绿油油的庄稼。雨后的地面一片泥泞,抬轮椅的人们一步三滑地沿着铁道边朝前走。此刻的金宝蛋便颤悠悠地如同坐了轿子一般,除了左肩窝儿的刀伤隐隐作痛外,他的感觉真是好极了。

"还远吗?"金宝蛋半眯着眼睛问跟在轮椅旁边的球皮。

"就在前边。"球皮说。

果然,金宝蛋在前边的铁道拐弯处看见一伙人。雨水已经打湿了他们的衣服,头发梢儿上还凝结着水滴。但毕竟都是年轻人,一个个显示出无所谓的样子,嘴里叼着烟,悠闲地抽着。

在两条光滑的布满雨水的铁轨上,横躺着一大一小两个人,都用手指粗的麻绳捆了,如同两截儿雨水泡胀了的枕木横陈在铁轨上。

那个大人是金宝蛋的生父魏计田,孩子便是魏计田与宝蛋继母所生的儿子小宝。

魏计田和小宝不仅人被捆成了一根木桩,连嘴巴也被塑料胶带裹死了。

"火车还没来?"金宝蛋身边的球皮问。

"没有。真奇怪,按理说早该来了。"最先守候在这里的人说。

这时,横放在铁轨上的魏计田身体拱动着,两只赤红的眼睛看着宝蛋,似乎想说什么,但苦于嘴巴被胶带贴死了,一点声音都发不出来,只把一张脸憋成了酱紫色。那神色活像一条被人扔到岸上的快要僵死的鱼。

"金宝兄,你看这个姓魏的是不是有话要说?"旁边的球皮问。

"我没看出来。"金宝蛋不动声色地说。

"要不咱听听他说些啥?"球皮问。

金宝蛋微闭着眼睛,颔首认同。

球皮使了个眼色，便有人走上前去，三两下撕去了魏计田嘴上的胶带。

"宝蛋,宝蛋啊,我可是你亲爸啊!"这是魏计田被撕去嘴上胶带之后发出的第一声哭喊。此刻的魏计田从来没有像今天这样珍惜说话的权利,他未等宝蛋开口,又接着哭求道:

"宝蛋,我知道我有错,对不住你。你给我条活路,给你弟弟条活路,行不行宝蛋,我求求你!"

"我说过要他们的命吗?"宝蛋冷冰冰地说着,看了球皮一眼。

"是呀,老大说要他们的命了吗?"球皮用同样冷冰冰的语调问手下人。

先前铁轨边站着的人好像已经领悟到什么似的立刻上了路基,将魏计田和小宝往外拉了拉,只将两条腿留在铁轨上。

球皮嘻嘻一笑,对魏计田说:

"我们老大说了,腿这种东西用处不大,有时候还是个累赘。这份待遇他不愿独享,叫你和小宝也尝尝,这就更像一家人了。"

"宝蛋,你可千万不能这么做啊。当初你被火车轧了腿,是年幼不懂事。我知道,我不该抛下你不管。我的心让狗叼了,我不是人,我是畜生。你甭跟我一般见识,听见了没宝蛋。"

"……"金宝蛋虎着脸不吭声。

铁轨边的一个小伙子手里拿着一卷胶带,走到魏计田跟前,刺啦一声扯开一条,就要往魏计田嘴巴上粘。

魏计田抓住这最后一点说话的机会,声嘶力竭地喊道:

"宝蛋,我可是你亲爸啊! 虎毒不食子,你手下留情吧!"

金宝蛋慢悠悠地扭过脸去,对球皮说:

"你听到没有? 他说他是我亲爸。"

"他放屁。我和金哥都亲耳听到过,说你不是他的儿子。"球皮说。

"呜——"远处传来了列车高亢嘹亮的笛声。

拿胶带的小伙子听到笛声,胶带也不粘了,转身退到了路基下。其余人也都远离了铁轨。

"宝蛋,我不是人,我连条狗都不如。你放了我,我好好侍奉你,侍奉你一辈子……"魏计田拼命喊着

"呜——呜——"列车的笛声分外刺耳,大地也随了轰隆轰隆的声音而剧烈颤抖。只有列车的钢铁巨轮才能给人这种地动山摇的震撼力。

"宝蛋,不能这样啊!宝蛋,你骂我打我都行,不能这样啊!"魏计田已经理屈词穷,再也说不出什么新鲜玩意儿了。他的嗓子也已嘶哑,喊声也弱了许多。

列车拐过了右前方的弯道,朝这边驶来。魏计田还在拼命喊着,但已经失了音。金宝蛋微垂着头颅,似乎在打瞌睡,又像在思考什么问题。在火车还未到达的时刻,他忽然摆摆手。铁道边站着的几个年轻人立刻箭一般冲上去,一把提住魏计田和小宝,从路基上拉了下来。

列车呼啸而过。

劲风扑面而来,大地在震颤,装有木材和钢材的平板车厢在眼前电一般飞闪而过……

一切又归于沉寂。

……

"莫非就这么算了?"回来的路上,球皮问。

金宝蛋眼望着车窗外一言不发,道路两旁绿油油的庄稼因为经受了雨水的冲刷显得格外挺拔,洋溢着勃勃生机。

"莫非就这么算了?"金宝蛋用球皮的话默默问自己。

他不知道。但他确实有一点点不甘心。

14

"金大哥,你杀了我!快点让我死,快点让我死吧!"

白茹突然在卧室里爆发出声嘶力竭的叫喊。那痛苦至极的喊声就像无数把刀扎在她身上,又像是整个身体在烈火中焚烧。正在厨房里灌水的金瑞放下暖壶,架起双拐拼足力气朝卧室走去。

白茹在床上"躺"着,午后的阳光十分明亮地照在她身上。她的两手上扬,分别被手指粗的尼龙绳绑在床栏上,双腿也被紧紧捆在一起。她的枕边留有许多带血的呕吐物,那条塞在嘴里的白毛巾已经脱落,不知她咬破了嘴里的什么地方,有鲜红的血从嘴角溢出来:

"你放开我!让我去死,让我去死!"

金瑞扑倒在床上,抓起那条毛巾重新塞在白茹嘴里。白茹的喊声变成了沉闷而痛楚的低吼。她拼命地抽动着两只手,绑在腕上的尼龙绳已深陷在她的肌肤里,两手也成了紫红的颜色。她拼命蹬着捆在一起的双腿,绑在腿上的尼龙绳同样深陷在肌肤里。

竭尽全身每一分力气拼命挣扎的白茹头发纷乱,涕泪俱下,额头上沁出浓密的汗滴。她的整个身体剧烈地颤抖着,腹腔也阵发性的一次又一次猛烈地收缩……这是任何一个强壮的男人都无法熬过的残忍的酷刑。

"小茹,你要挺住啊,你一定要挺住啊。"

金瑞的双唇抖动着,泪水忽然夺眶而出。他抓起床边的电话,拨通了梅萍的号码:

"梅大姐,你能过来一下吗?我求求你,你可快一点啊!"

金瑞放下了电话。他知道梅大姐就算插了翅膀也一下子飞不来的。

此时的白茹依然万分痛苦地闷吼着,她的五官也痛楚地扭结在一起,身体时而展开高举起紧绑着的双腿砸向床面,时而又蜷作一团,痉挛性地收缩着……

"小茹你要挺住啊!"

这已是金瑞唯一能说出的语言了。他伏在床上,两手攥着拳,紧紧地咬着嘴唇,仿佛这样能够为白茹分担一些痛苦。他是多么想为她分担眼前的痛苦与煎熬啊。

门铃响了。

金瑞触电般抖了一下,立刻架起双拐跟跟跄跄地走到外面,打开了房门。也许是地下太滑,也许是他实在支撑不住了,他在梅萍进门的当口摔倒在地板上。

梅萍急忙扶起金瑞,将他搀扶到沙发上。金瑞刚一落座,便一把拽住梅萍的衣服,声泪俱下地说:

"梅大姐,我实在受不了啦。你帮帮我,我求求你啦!"

梅萍安抚地拍了拍金瑞的肩膀,拿开了金瑞的手,走进了卧室。

金瑞双手捂着脸,不停地哭泣着。

过了一会儿,梅萍从卧室里出来,坐在了金瑞身边。

金瑞又一把拉住梅萍,哭着说:

"梅大姐,我真的受不住了。要是能为她减轻一点痛苦,我什么都愿意干。"

梅萍默默地拍拍金瑞的肩,发出一声无奈的叹息。

"梅大姐,你说小茹还能支持多久?我担心她活不下去,这是活活地要人命啊。"金瑞两眼死死盯着梅萍,双手抖抖地抓着梅萍的胳膊,寻求着答案,也在寻求着希望,好像一个溺水的人抓住一根救命稻草。

"她会活下来的……"梅萍似乎没有什么更好的语言来安慰金瑞,在柳城的戒毒所里,她目睹了那些人"脱瘾"时千奇百怪、痛苦至极的神态。那情景真是太可怕了。

金瑞的眼泪又一次涌了出来,悲伤地抽泣着。此时的金瑞一扫以往的冷静、镇定甚至是无所畏惧的神情,就像一个无助的孩子,痛苦、焦急、绝望。

梅萍默默注视着金瑞,任由他放出悲声。她知道,眼前这位小伙子不乏男人尤其是残疾人所具备的刚强、坚定和承受苦难的意志,他只是需要舒缓一下心灵的那份沉重,排解一下心灵的巨大悲痛。

直到金瑞的哭泣稍缓之后,梅萍才轻声说:

"金瑞,我们还是送小茹到戒毒所吧。"

梅萍的话再次使金瑞泪如泉涌,他拼命摇着头:

"不不,我不会让她一个人去那种地方,我不能想象她一个人在那里会是什么样子。这里至少还有我……"

梅萍十分理解地捏捏金瑞的手,说:

"戒毒所的人说了,戒毒最大的障碍不在生理上,而在心理上,生理上对毒品的依赖消失以后,心理上的依赖还会顽固存在。脱瘾期过后还得有一段心理恢复和劳动康复期,起码也得三个月时间……"

金瑞不作声,缓缓摇了摇头。

"戒毒所里是集体生活,有道德法制和医疗卫生教育课,还有集体劳动。再说,她也可以和戒毒人员相互交流,相互鼓励,有利于她的身心健康。"

金瑞痛苦地闭上眼睛,叹息了一声:

"以后再说吧……"

15

新世纪饭店三号雅间的门口,站着两条大汉。服务员每上一道菜,都由守门的人接过去,等服务员离开后才将菜送进房间里,然后又将门紧紧关了。

雅间里,球皮和金宝蛋已酒至半酣,桌上摆着几道菜和一瓶"五粮液"。

球皮小心翼翼地从衣袋里掏出一个小包,顺着桌沿儿推到了金宝蛋面前。

这是一个用玻璃纸折叠成的小包。金宝蛋看了球皮一眼,将小包慢慢打开,里面是些许透明状的晶体。

球皮指指金宝蛋面前的小包,神秘地说:

"这就是人们所说的冰毒,这一小袋也不过零点一克,可威力无穷,能让人保持连续八个小时的狂想状态。一次就上瘾。"

"这么厉害?"金宝蛋吃惊地瞪大了眼睛。

球皮点点头,又掏出一个小包,推到金宝蛋面前。

金宝蛋打开小包,里面是一些白色的结晶粉末。

球皮下意识地看了一眼房门,又朝前凑了凑说:

"这就是海洛因。现在市面上流行的毒品有很多,比如鸦片、海洛因、冰毒、吗啡、大麻、可卡因、摇头丸、杜冷丁、埃托啡、咖啡因、安钠加……乱七八糟多得很。不过,还是数这玩意儿最流行。这就是人们常说的'白粉'或者'白面'。"

"为啥人们喜欢用这东西?"金宝蛋问。

"纯度高,用起来方便。它既能口服和鼻吸,也能注射。听人说过

'四小姐'没有？"

"听说过。"

"'四小姐'就是四号海洛因，就是桌上这包'白面'，它比三号厉害得多。咱们给小龙女服的是三号，也叫'金丹'，有人叫'黄皮'。那是因为她好歹是金大哥的女朋友，要是给她用了'四小姐'，那可就更难戒了。"

金宝蛋端起酒杯与球皮碰了一下，说：

"球皮哥，这行当我不懂，你做得对。咱们跟小龙女无冤无仇，这么干无非是帮金大哥的忙。"

"这个我心里有数。我跟了金大哥这些年，还是有交情的。金大哥这人心太软，成不了大事，不过人倒是个好人。"

"球皮哥，照你这么说，小灰菜和二摇头他们可发大财了。"

球皮放下酒杯，鼻腔里冷哼一声，不屑地说：

"小灰菜和二摇头？差老鼻子了。不过是些街边的小毒贩，正好给老公安当靶子。"

"你的意思……"

"我跟你打个比方。在'金三角'，一千克海洛因不过一千多美元，要是运到美国卖给头道贩子，就变成了五万美元；头道贩子在里边掺上砂糖和奎宁，分装成半斤的包，一包就值一万五千美元；二道贩子往包里再掺上砂糖，分装成更小的包，再卖给街上的小毒贩。这时候当初一千多美元的东西就变成了二百万美元……"

金宝蛋倒抽了一口凉气：

"好家伙，这可是一本万利！"

"这里边有的人充当大毒枭，有的人充当小毒贩。小灰菜和二摇头就是十足的小毒贩，没等发了横财就叫老公安盯上了，不信你等着瞧。"

金宝蛋缓缓地点了点头。

"为啥这东西一本万利?就是因为它要过层层关卡,一不小心就会栽进去。人们一般对残疾人不大提防,你那两条假腿正好是藏这东西的好地方,他们做梦都想不到。"

金宝蛋垂着眼皮,一声不吭。

"你听说过冒死吃河豚没有?"球皮又问。

"没有。"

"河豚是沿海的一种鱼,味道鲜美。能够品尝到河豚,也就等于享受到了天下至高的美味。不过,这种鱼的卵巢、肝脏和血里面都含有剧毒,再高明的厨师也不能保证万无一失。所以,要想品尝这天下第一美味,就得冒生命危险。你是萝卜白菜保险一辈子呢,还是来一把惊险刺激的?这就叫冒死吃河豚。"

"冒死吃河豚……"

金宝蛋小声嘟囔着……

16

金瑞出了楼门。梅萍也下了车,迎着他走过来。

"等急了吧?我专程去接了一个人。"梅萍说。

金瑞打开车门,见车里坐着一位中年女子,身穿一件淡粉色的薄毛外套,面容憔悴,眼圈通红,像是刚刚哭过。他立刻明白这位中年女人是谁了。他有心打个招呼,但见对方没朝他这边看,张了张嘴也没发出声。

汽车在灰暗的落满枯叶的长街上行驶着。车内的人谁也不说话,各自怀了心事,就像这天气一样阴沉。

车子转了弯,开始上坡。路变得狭窄了,两边都是长满蒿草的土墙和低矮陈旧的民居。汽车又拐了一道弯儿,便看见了暗灰色的高墙与高墙上歪歪斜斜的电网。

大铁门紧紧闭着,密不透风,给人一种连苍蝇都飞不进去的感觉。门边站岗的人显得无精打采,对远处驶来的轿车看都没看一眼。

梅萍等三个人下了车,走到站岗的跟前,她掏出韩利山局长写的条子递过去。

站岗的人看了看,轻轻嗯了一声,便推开大铁门上的一个小铁门,领他们走到里面的值班室窗前。梅萍将条子递进去。金瑞很有耐心地盯着南面墙上"坦白从宽,抗拒从严"几个蓝色大字。

值班的警察将梅萍等三人领到一个大房间里。镀了银粉的钢筋栅栏将房间一分为二。他们在栅栏前的凳子上坐下。梅萍将两大袋食品放在铁栅栏前的桌上。看样子这些食品还递不进去,只有等警察检验过以后才能往里送。

过了一会儿,铁栅栏那边的一道门开了。金宝蛋在两个警察的搀扶下走进来,坐在凳子上。

金宝蛋被剃了个光头,脸也消瘦多了。他与梅萍他们面对面坐下,目光有些散乱。

这边的三个人默默地坐着,一时不知该说什么好。

"他们说我是个残疾人,没给我戴手铐。"金宝蛋扬了扬两只手,苍白的脸上浮现出茫然的笑容。

三个人还是没什么话说。宝蛋的母亲蒋丽突然伏倒头,呜呜呜地哭了起来。

还是梅萍最先开口了:

"宝蛋,该交代的全交代了么?"

"嗯。"

"听梅大姐的话,态度好一点,争取宽大。反正你罪不该死,能早出来尽量早出来。"

"嗯。"

"你跟你妈说句话吧。"

金宝蛋用眼角扫了一下痛哭的蒋丽,十分不屑地将脸扭向金瑞这一边。

"金大哥,你还好吧?"

金瑞没想到宝蛋会突然向他表示问候,愣了一下,才点了点头。

"白姐……她也好吧?"

"她挺好。"

"这件事……是我对不住你。我惹你伤心了……"

金瑞想不到宝蛋已到这步田地了,还惦记着这件事,不禁有些感动,长久以来郁积在心里的话也就说了出来:

"宝蛋,自从你被抓的那天起,我心里一直很难受。是我把你害了啊!"

"金大哥,还记得你头一回在新世纪大酒店请我吃饭的时候,我对你说的话么?我说,你就是我的再生父母,你的大恩我这辈子报不了下辈子一定报。"

"……"

金宝蛋似乎又恢复了以往的神态。他见金瑞低头不语,又接着说:

"金大哥,我给你说实话吧。你不是害了我,是真正救了我。就是因为有了你,在地上爬的金宝蛋才站了起来,堂堂正正、威风八面地做了一回人。该吃的我都吃过了,该嫖的我也嫖过了,该玩的我也都玩过了,该报的仇我他妈也都报了。这他妈的比我趴在地上活一百年都强……"

金宝蛋说到这里,突然仰头狂笑起来:

"哈哈哈,哈哈哈哈……"

(节选自长篇小说《金太阳》)

骆驼草丛书

长篇小说（节选）

方立伟和梁丽

1

　　一天下午，威尔电子仪器厂的大门外风驰电掣般驶进一辆长安微型面包车。车上跳下一高一矮两个小伙子，脚一沾地便在院子里大声喊："谁是方厂长，哪一个叫方立伟！"

　　正在厂长室结账的方立伟走出来，看着两个风风火火的年轻人，高声问道："有啥事？"

　　"你就是方立伟？"高个儿男子冲上来，一把拉住方立伟的胳膊就往车上拽："快快，出人命了！"

方立伟对这两个土匪似的男子顿生反感。他一把挣脱高个子的手,略带恼怒地问:"到底啥事?"

戴眼镜的小矮个子推开前边的高个子,喘了两口粗气,问:"你们厂有个叫方世勋的?"

"有啊,怎么啦?"

"这就对了。方世勋坐的大客车在回玉泉的国道上撞车了,伤了好几个旅客。方世勋的鼻孔、耳朵一个劲往出冒血,他想见见你,再晚怕是见不着了……"

方世勋自从正月里出去讨债,至今还没回来。方立伟这两天心里总是慌慌的,右眼皮跳个不停,老觉得是个不祥之兆,没想到应在这上边了。他二话不说,冲进屋里拎了一件外衣就往出闯。

"快上车,说不定还来得及。"

方立伟想都没想,急急忙忙跨上汽车。面包车十分灵巧地在院子里打了一个弯儿,冲出大门,沿公路向玉泉方向驶去。

长安车驶过了飞虹桥,方立伟慌乱的心也慢慢定了下来。这时他才发现,来接他的不是两个人而是四个人。除了坐在前排座上的戴眼镜的矮个子和坐在身边的高个子外,还有一个光头司机,后排座上还坐着一个长满胡须的黑脸男子。

汽车飞也似的朝前疾驶着,道路两边的树木飞闪而过。

"方世勋在啥地方?"

司机旁边戴眼镜的矮个子一声不吭,坐在他身旁的高个子懒洋洋地说:"在路边。"

"既然出了这么大的事故,交警和救护车早该到了,现在恐怕在医院吧?"

这一回没人吭声,连身边的高个子都懒得搭理他了。

想想刚才这两个人心急如火的样子,方立伟忽然觉得不大对头,看样子是着了什么人的道。他突然一拍自己的脑门,大声说:"坏了,我看咱们还是赶紧返回去。我忘带钱了,这么严重的伤势没有几千块是住不了医院的。"

"……"

"你们听见没有?咱们得回去拿钱!"

方立伟的"计策"不可谓不高,他想用钱财诱这帮人返回厂里。然而,车里的人始终一言不发,光头司机加了一挡,车速愈发快了。

"你们停车,快停车。"方立伟喊着,伸手就去拉车门。

"把他捆起来!"前排座上戴眼镜的矮个子掉过身来,一把按住方立伟的头,高个子和后排座上的黑脸男子一边一个别住方立伟的两只胳膊。黑脸男子从怀里掏出一根尼龙绳,手脚麻利地将方立伟捆了个结结实实。

"委屈你一下,一会儿就到地方了。"黑脸男子说着,又掏出一条二尺多长的黑布蒙住他的双眼。

高速行驶的汽车不停地颠簸着……

当方立伟被人扯去眼睛上的黑布时,发现自己置身在一个阴湿的菜窖里。他看到带他下来的那几个人陆续上去了。窖口一关,下面漆黑一片。

过了一会儿,窖口又打开了,一道强光射了进来,晃得方立伟眼前一团白雾。有几个人顺着窖口走下来,为首的一个耸肩缩脖,生着一副瘦长的马脸。那人径直走到方立伟跟前,粲然一笑,带着浓重的鼻音说:"你就是方厂长?我是马腰窝。"

"你们到底想干啥?快把我放了!"方立伟怒吼道。

马腰窝满不在乎地笑了笑:"不干啥。我们不过是帮债权人讨讨死账,挣俩提成糊口。你的账不多,也就十来万。我已派人通知了你们厂,但愿他们能早点把钱凑上,你也好早点出去。"

马腰窝背着手上去了,窖口的盖子咣的一关,下面又陷入黑暗之中。这时,窖顶上一盏昏黄的白炽灯亮了。当初随马腰窝下来的几个人依然站在原地。此时方立伟已经适应了窖里的光线,朦胧的灯光下,他看出就是车里绑架他的那几个人。

这不是一间普通的菜窖,它足有七八十平方米大小,三米多高,很像一间建筑物的地下室。窖的西南角码着一片去冬的大白菜。窖的正中南北方向各栽着一根碗口粗的木桩,相距大约五六米远,两根木桩顶上架了一根横梁,让人很容易想到足球场的球门。他就被绑在北边的这个柱子上。南边……

他看到靠南边柱子的横梁上吊着一个人,一动不动,他还活着吗?

当初绑架他的戴眼镜的矮个子背着手走到那个吊着的人跟前,叹了口气说:"唉!你运气真不好,送钱的人还没到。"

吊着的人还是一动未动,就像死过去一样。

"唉!按照程序,你今天该玩蹦蹦床了。记着,下一个科目是'两耳挂红灯',别怪我没提醒你啊。"

戴眼镜的矮个子挥了挥手。

留胡须的黑脸男人和开车的光头抬过一个两尺见方的小铁桌,铁桌是由一整块钢板和四根钢管焊接成的。他们将铁桌放在那个人身旁的横梁下,又在铁桌旁放了两个小折叠凳,然后将吊着的那个人的鞋袜三下五除二地脱了,从横梁上放下来,把双手反剪了绑在背后,拉到那个小铁桌上。两个人一左一右站在桌边的折叠凳上,用一根绳子套住那人的脖颈。于是,那个人便赤着双脚站在两尺见方的铁板上,脖颈上套着的绳子使他左右动弹不得。

这时候,那个绑架他的高个子将手里提着的一捆木柴在铁桌下支好,留胡须的黑脸男人和开车的光头又拎了两瓶汽油浇在那堆木柴上。只听嘭的一声,浑浊的火焰燃起来。

初时,那块铁板也许并不很烫。桌上的那个人只是单脚立在桌面上,偶尔倒一下脚。但没多久,铁板上两只脚倒换的频率越来越快,仿佛那个铁桌是一个逐渐加速的跑步机。

"啊呀,啊呀……"

铁桌上的人痛苦地叫喊起来。被绑在北边柱子上的方立伟忽然听到,那人发出的叫喊居然是女声!那女子离窖顶上那盏白炽灯并不远,她穿着一条西裤,一件开领毛衣,已经辨不出什么颜色。她的长发也散乱地披在面颊和胸前,但他却一直没有意识到那是一个女子。他潜意识中有一个不可动摇的意念,那就是承受如此酷刑的必定是一个强壮的男人。

"啊……呀,呀——"那女子的叫声愈发惨厉,双脚尽可能地急速跳跃着……

"哈哈哈,哈哈哈哈……"戴眼镜的矮个子一伙人欣赏着眼前这一幕,乐得前仰后合。

"他妈的,女人跳这玩意儿比男人更有意思。有意思,哈哈哈……"戴眼镜的矮个子笑道。

方立伟见那女子只是一声接一声地惨叫,却自始至终没说一句讨饶的话,不由生出几分敬佩。他终于忍不住了,大声喝道:"快住手,你们想烧死她吗?"

"猴子哥,这小子想替人出头呢!"留胡须的黑脸男子道。

戴眼镜的矮个子走到方立伟跟前,沉着脸问:"咋着?你是不是脚丫子痒痒了,也想上来试试?"

戴眼镜的小个子比方立伟足足矮了半头,人也显得十分文弱,肤色白晳,鼻梁上架着一副鸭蛋形的银丝眼镜。他不过二十多岁年纪,看上去就像一位大学在校生。方立伟怎么都不会想到,这个外表看上去文质彬彬的奶油书生内心却如此残忍。此时,他顾不得对方的恐吓,大声说道:"你们还算是人吗?你们的人心叫狗叼了,快把她放下来!"

也许是时间差不多了,铁桌旁边站着的两个人也没等戴眼镜的矮个子发话,便站上折叠凳,将那女子放了下来。

那女子一倒地便昏了过去。

留胡须的黑脸男子走过来,给方立伟松了绑。方立伟本以为这一回该给他上"刑"了。没想到那伙人用一盆凉水浇灭了桌下的火,提了那些凳子和刑具,出去了。

窖口的盖子关上了,那盏昏黄的白炽灯也灭了,地窖里重新陷入了沉沉的黑暗……

2

方立伟起身朝地窖的东北角摸去,那里就是他的"厕所"。他掏出打火机,在微弱的火苗下注视着地下的粪便,这些粪便都是他住进这个黑窖后生产出来的,他这样做是避免自己踩在这些粪便上。

地窖的西南面是数十棵去冬贮存的大白菜,最外边的白菜帮子由于窖内通风不好都腐烂了,那是他和那个女子进入这个地窖后得以生存的唯一食物。渴了,就嚼身边的白菜帮子;饿了,就吞身边的白菜叶子。拉屎撒尿就朝边上挪几步。他的眼睛被长期搁置在无边的黑暗里,他的鼻子不断地吸入恶浊腐败的空气——那是地窖里混杂着的霉潮味、蔬菜的腐烂味、粪便的恶臭味和尿液的臊味……

阴湿的菜窖使方立伟患上了痢疾,每隔一段时间,他的小腹总是一阵阵绞痛,迫不及待想上"厕所"。

方立伟在地窖里究竟待了几天,他自己也说不上来,也许是一天,也许是二十年。时间在这里仿佛已经死了,唯独没有死的是他的肉体。

地窖里的白炽灯忽然亮了,只听咣当一声,窖口的盖子又掀开了。这时方立伟正光着屁股蹲在东北面的地方,而那个受了酷刑的女子却横躺在地窖中央,一动也不动。

下来的几个人中,为首的还是那个心狠手辣的戴眼镜的矮个子。他两手揣在裤袋里,悠闲自得地走到那个躺在地上的女子面前,又长长叹了一口气:"唉!告诉你个坏消息,你那八十万块钱还是没送到。看来,你这'两耳挂红灯'是免不掉了。"

这一次没等戴眼镜的矮个子发话,两个男子便将躺在地上的女子架起来,结结实实地绑在南面那根木桩上。留胡须的黑脸男子在那女子的两个耳环上各挂了一个乒乓球大小的小圆盘,圆盘上分别放了一小截儿红蜡烛。

方立伟提起裤子,一边往前扑一边喊:"你们又想用啥法子?这样变着法儿折磨一个女孩子,还是男人吗?还有一点人性吗?"

戴眼镜的矮个子轻轻一掌便将他推倒在地,又象征性地踢了他一脚,不紧不慢地说:"你说错了。我要是把她当女人,早把她衣服剥光轮奸三百回了。你以为我们这些弟兄都是吃素的?你是不是想让我们别把自己当人,把她衣服扯下来,把她的俩奶当馒头啃,你就觉得过瘾,是不是?"

"……"

"要不你是想看一盘免费的黄色录像?"

方立伟没敢接言。他知道这个姓侯的小子什么事都干得出来。戴眼镜的矮个子似乎看破了他的心理,脸上露出了得胜的笑容:"所以,你不能说我没人性。我给她用的不过是整那些男人的老法子,这叫男女平等,你明白吧?"

方立伟很想软化这个矮个子,唤起他一点做人的良知。他想了想,十分诚恳地说:"我一看就知道你是一个知书达理的文化人,是个文明人,不光是因为你戴着眼镜,还因为你身上有一股书卷气。你干吗非要干这种残害人的事?"

戴眼镜的矮个子听了,冷冷一笑说:"你挺有眼光,我是个文化人。可你说我不干这个干什么?我学校毕业了,连他妈的一个镇办小学都分不进去。可那些当官的子弟呢?要么是党政部门,要么是公检法,一个个人五人六耀武扬威……"

戴眼镜的矮个子使劲摇了摇头,好像想把什么不快的记忆甩掉似的。他仰头看了看窑顶,接着说:"如今这个社会,就他妈两种人的天下,一是当官的,二是有钱的。老子看见你们这些人就来气,你们他妈的拿着大把大把的钱呼风唤雨,叫老子们待在家里喝西北风。老子这叫杀富济贫,你说我干这事是不是很有意义?"

方立伟一时无话可说。他知道戴眼镜的矮个子心理已经变态,一时半会儿是和他理论不清的。况且,他不过是个有点文化的农民,这种事情连他自己也未必理得清。

"姓方的,想不想知道为啥她在那里挨整,你在这儿逍遥自在,一点苦都没吃?"戴眼镜的矮个子见他不吱声,又问道。

方立伟没说话,但内心却很想知道这个答案。

"这是我们马哥立下的规矩。因为咱们都是本地人,好歹也在玉泉地面上,都是喝盈水河的水长大的,难免低头不见抬头见。留点面子……"说着又指指身后那个女的,"对他们外地人就不同了,没面子可讲。钱就是面子,面子就是钱!"

戴眼镜的矮个子又踢了他一脚,说:"你最好别在我面前啰唆。你要是看不过眼,就只当是看一部日本宪兵队拷打抗日分子的电影好了。要么你把她当成江姐和刘胡兰,都行。"说罢朝身后那几个人挥了一下手。

留胡须的黑脸男子用打火机点着了悬挂在那女子耳垂下的蜡烛。远远看去,蜡烛的火苗距那女子的耳朵还有一小段距离,但那女子很快发出了揪心的叫声:

"呃……呃……"

"你们快住手吧,你们也是有姐妹的人,积点阴德吧!"方立伟站起身想过去,又被戴眼镜的矮个子推倒了。

"呃……"

那女子已经发不出撕心裂肺的惨叫声了,她体内的能量已经耗尽,那叫声充其量只是痛楚的危重病人发出的略带嘶哑的呻吟。然而,这声音在方立伟听来,却更加揪心。她不住声地叫着,可那些人对她的叫喊充耳不闻。

就在这时候,窨口的盖子掀开了,这个团伙中的老大马腰窝走了进来。

方立伟仿佛遇到了救星一样,冲着马腰窝大声喊:"马腰窝,快叫你的手下住手,她快不行了。"

马腰窝没吭声,也没有朝那女子的方向看,但留胡须的黑脸男子却上前将女子耳垂下的蜡烛吹灭了。

方立伟自然不肯放弃这个难得的说话机会:"你听我说,你说过你们干这行当只不过想从中挣点提成,干吗把人往死里整?送钱的人没来也不是她的错。她不过是个女子,受了那么多罪,又得了痢疾,你没听她用火烧都叫不出声么?她现在就剩下喉头那一丝气儿了,你不整她,她也会病死。你们无非是挣俩钱吧,难道非要等犯了命案,被公安局抓去一枪崩了才算完?"方立伟激动得说不下去了。

马腰窝沉默了一下,扭身对那几个人说:"方厂长说得对,以后别再整她了。"

"是哩。"戴眼镜的矮个子应了一声,亲自过去给那女子松了绑。

一行人从窖口爬了出去。过了一会儿,地窖口的盖子又掀开了,那个留胡须的黑脸男子走到方立伟跟前,掏出一片塑封的药递给他。

"这是马哥给你们的氟哌酸,治拉肚子的。"留胡须的黑脸男子说罢,扭身出去了。

地窖里陷入了沉沉的黑暗。

方立伟伏在地上,伸张着两只手,朝那女子所处的方位摸索着:"喂,你在哪儿? 能听见我说话吗?"

地窖里静悄悄的,没人应声。

方立伟停止了摸索,屏住呼吸,侧耳静听着对方细微的喘息声。他摸了过去,将那女子抱在怀里。那女子身体很轻,也很小,抱在怀中显得柔弱无骨,头也软软地垂在他的臂上。方立伟觉得好像抱的不是一个人,而是一个小羊羔。他摸了一下她的脸,觉得滚烫滚烫的,显然是在发烧。他轻轻地掰开她的嘴,将两粒氟哌酸胶囊塞了进去。

那女子的喉头没有动,看来她根本没有力量咽下这两颗胶囊。

方立伟摸索着揭开胶囊,将药末儿倒进那女子的嘴里。他摸起一片白菜帮子,大口吞进去用力咀嚼着,嘴里有了浓浓的菜汁。他撑开那女子的嘴,凑了上去,口对口地将汁液送下。

方立伟不断地咀嚼着冰凉的白菜帮子,把经他口腔温暖过的菜汁送进那女子的嘴里。也许是由于喝下了这些菜汁,她终于有力气说话了,只是语气软软的像一声叹息:"谢谢你。"

方立伟叹了一口气,摇摇头说:"都这样了,还客气啥。"

那女子也跟着叹了一口气:"唉,下辈子……再也不办企业了,老老实实给别人打工,挣份工资……就得了。不就是八十万块钱吗？跟上这点钱说不定……把命也得搭进去。"

方立伟没吭气。他不知道究竟该对怀里的女子说些什么。

"我是被冤枉的,你知道么？我从来……没欠过玉泉玻璃厂的钱,是他们托我……介绍客户。他们讨不回款,就把账记在我头上……"

"别说了,好好休息吧。"方立伟把那女子的身体放得更舒展一些,她太需要休息了,她连说话的力气都没有了。

那女子并未听他的劝告,接着问道:"你欠别人多少？"

"十一万。"

"小数目。咱们定个君子协定好吗？"

"什么协定？"

"要是我先出去,就拿十一万把你……赎出来;要是你先出去,一定要到我厂里……走一趟,取回八十万来救我。"

那女子不提出去便罢,一提出去,方立伟心里又是一阵难过。他不禁想,方世勋究竟在哪里呢？

3

潮闷阴湿的地窖里没有一点声音,方立伟所能感觉到的只有梁丽微弱的呼吸。

梁丽病了,肌肤火炭一般滚烫,身体却筛糠似的发抖。她冷,但方立伟除了喂她两口温过的菜汁以外,只能将她放在怀里,用自己的胸膛贴着她的脊背,用自己的双臂缠绕着她的身体,用自己的双手紧攥着她的双手。

时间在这黑暗的地窖里是凝固的,他无法断定昼与夜。总之,他醒的时候,就紧紧抱着梁丽,让她坐在他的腿上;他困了,就躺下来,让梁丽躺在他身上,把他的身体当做床。他知道梁丽患了痢疾,又患了重感冒,是绝对不能在湿冷的地上躺着的。

"立伟哥。"梁丽的声音十分虚弱。

"嗯。"

"我怕是不行了。"

"别瞎说。"

"真的,这一次我真的有了预感。"

"你千万要挺住。你莫非不想出去吗?外面的世界多好啊,那么蓝的天,那么白的云,还有太阳和暖暖的风……"

方立伟真的很担心梁丽会在他怀中静悄悄地离去,他努力想象着外面美好的世界,想以此支撑起她求生的欲望。然而,梁丽却固执地说:"真的,立伟哥,我很可能活着出不去了。"

"别这么想。说不定他们很快就送钱过来了。人常说,一日夫妻百日恩,老黄不会见死不救的。"

"算了吧,他巴不得我快点死。"

方立伟说的老黄是梁丽常挂在嘴边的丈夫黄茂。这些天来,方立伟陆续听了梁丽的讲述。梁丽的丈夫黄茂原是一家企业的卡车司机,而梁丽是另一家企业的技术员。若干年前,梁丽下岗了,全家人只能靠黄茂一个人的工资苦苦维持。那时候,成了家中顶梁柱的黄茂却时不时地给梁丽脸色看。后来,梁丽下海了,终于办起了一家企业。这时,下岗的命运又轮到了黄茂的头上。他整日里无所事事,喝酒、嫖妓、赌钱,就差一样吸毒了,一没钱就跑到厂子里向梁丽伸手要,而梁丽却当着外人的面又不能不给。他的种种恶名不断传到梁丽的耳朵里,最后他发展到在外面找了一个姘头,连家都懒得回了。梁丽好心规劝他,他就凶巴巴地说,谁叫我没事闲得慌呢,你在厂里给我安排个好职位,我保准能收回心来,要不然还有更出格的呢!梁丽别无他法,只好让他进厂当了副厂长。

　　自从梁丽被绑架后,老黄那边连电话都不接,送钱的事更是石沉大海。按梁丽的说法,黄茂是故意拖延时间,让这边"撕票",他便能独霸她的资产,和那个姘头享荣华富贵。

　　方立伟想到了《铡美案》中陈世美派人追杀秦香莲母子的事。男人啊,一旦要是变了心,也真够毒的。

　　"立伟哥,你想看看我写的血书么?"

　　前一阵子——他只能用这种词语界定已经过去的时间,梁丽跟他要走身上的打火机,她把衬衣的前襟撕下来,咬破了手指,借着打火机的微光写血书。方立伟不知她写了些什么,他不想窥探别人的隐私。

　　梁丽十分艰难地从怀中掏出那份血书。她已经没有力气点打火机了,方立伟摸过打火机,点着了,只见那块鹅黄色的衬衣襟上写着:

　　我名下的所有财产包括债权债务全部留给方立伟先生。

梁丽遗嘱
1993 年 3 月 4 日

　　梁丽从无名指上摘下一枚镶红宝石的铂金戒指,又摸出一张名片,连同那份血书一并塞到方立伟手里:"立伟哥,你把这些交给我们厂的法律顾问李金贵,由他具体处理这件事……"

　　"不,我不要……"

　　"啥都别说了。我只是不想便宜了姓黄的,换个旁人我也会送。你放心,我是企业的法人代表,这事很容易办到。"

　　"不,你不能走,我不想让你走。"

方立伟再也控制不住自己的感情,他将脸埋在梁丽怀中,止不住痛哭起来……

哗啦一声响,菜窖的出口打开了,一道白亮的光射进来,犹如暗夜中刺眼的闪电,晃得方立伟双目生疼。他紧闭了眼睛,同时两手也下意识地护在梁丽眼前。他想也许是方世勋来了,或者是那个姓黄的天良未泯,送钱来了。

"日他妈的,想不到你两个到这份上了还有闲情搂搂抱抱,真是色心不死。"

来人不是方世勋,也不是梁丽的人,而是绑架他时坐在后排座上的留胡须的黑脸男子。

"方世勋呢,他来了吗?"方立伟将梁丽放在一旁,迫不及待地问。虽然方立伟明知方世勋再也无力筹到什么钱了,可他还是固执地抱定这一线希望。

"连个鬼影都没有。我看你小子也死定了。"留胡须的黑脸男子说。

方立伟的希望破灭了。正像当初鼓励梁丽时说的那样,他从没有像现在这样渴望外面的蓝天白云,渴望外面清爽的空气。他没想到留胡须的黑脸男子会独自一人下到窖里,更害怕眼前这小子再从窖口爬出去,使这里的一切再次归于黑暗。强烈的求生本能和救助弱者的愿望紧紧攫住他的心,使他浑身颤抖起来。这也许是他唯一的机会了。

方立伟咬紧牙关,突然像一头饿兽似的猛扑过去,一头撞在留胡须的黑脸男子的小腹上。黑脸男子闷哼一声向后倒去,他不失时机地扑压在对方身上,照着那小子的胸口猛击两拳,接着又用双手紧紧扼住对方的脖子……

黑脸男子的喉咙里发出叽叽咕咕的声音,像一个刚刚产下的狗崽儿。他的双手挥张着,十指在方立伟脸上抓来抓去;他的双脚也不住地踢蹬着,脚后跟打在地面上,发出一声声沉闷的木响。

黑脸男子的脖颈是温热的,喉结并不大,但气管却很粗。方立伟拼尽全身力气死死卡住对方的脖子。他知道用不了多久,身下的这个人就会窒息而死,而他就可以毫无阻拦地从上面的窨口爬出去。

然而就在这时,方立伟明显感到自己周身发软,仿佛卡住的是自己的脖子,喉头只剩下了一口游丝般的气息。他一再告诫自己,一定要坚持住,哪怕再坚持几秒钟,身下这个人就会完蛋。可他却再也撑不住了。

留胡须的黑脸男子一把将他掀到一边,坐起身来,扯风箱般的大口大口喘着气。

方立伟一团烂泥似的仰躺在地上,精疲力竭。

留胡须的黑脸男子站起身踢了他一脚,又蹲下身:"真没想到哇,吃了十几天白菜还有这么大力气。"

方立伟也不住喘着,连说话的力气都没有了。

"他妈的,你这叫狗咬吕洞宾,不识好人心。我们老大敬重你是条汉子,不愿看你死在这里,特意叫我来给你指条道。你倒好,差点把老子掐死。"

"什么道……"方立伟上气不接下气地问。

"玉泉有帮搞面粉生意的,想跟我们老大借两个人包,你愿不愿意去?"

"我从没做过粮食生意,不知帮上帮不上。"

留胡须的黑脸男子照他肩上推了一把:"少装糊涂,是白面儿。你跟着他们去一趟云南,吞几个避孕套,就算完事。"

"吞避孕套干什么?"

"你连这都不懂?就是把海洛因装进避孕套,整个儿吞到肚子里,躲开检查。用人的肚皮代替皮包,所以叫人包。"

"……"

"只要你去云南走一趟,咱们就算两清,你们的账由我大哥还。"

"……"

"怎么,你不愿意?"

"我愿意。"方立伟从地上爬起来说。

"不……不能去。去了也是死路一条……"躺在地上的梁丽颤着声说道。

方立伟心想,哪怕真是死路一条,也比待在这里等死强,说不定还能救梁丽一命。于是他抬高声音重复了一句:"我愿意。"

"不过,我大哥说了,他这人一向明人不做暗事。这事可是有风险的,万一肚子里的避孕套有一个破了,你的小命也就玩完了。"

……

4

马腰窝注视着桌面上高高的一摞人民币,横着两条刀疤的瘦脸上流露出一丝不易察觉的笑容。他随手拿起一叠钱来,漫不经心地在手中把玩着。

"我问你,方立伟呢?"方世勋心急火燎地问道。

"方厂长嘛,你放心。在我这儿有吃有喝。"

"人呢?钱我已经给你了,快把人交出来。"

马腰窝淡淡一笑,坐在椅子上没动。中午他喝了过多的酒,醒来后感觉到身体特别松软。阳光亮丽的午后扑进一股股清新的空气,他看到了手下人在院子里为方世勋除夫了蒙在眼睛上的黑布,也注意到了方世勋在匆匆进门的时候在门槛上绊了一下,险些跌倒。根据以往的经验,他料定这个衣衫不整的破落厂长昨晚一定没合眼,天不亮就出去找钱,然后磕磕绊绊地撞进门来,把带着体温的十万元钱塞进他手里。他不立即交人没别的意思,只不过是想和方世勋聊聊,因为身体特别松软的他心境也特别松软,这种松软带了几分舒适和惬意,他很想找个什么人随便聊聊。

"钱你拿来了,咱们总算没撕破面子。你要有啥怨气,就找债主去出吧。"

马腰窝绑架了方立伟后,搞清了他家里的情况。方立伟除了投进厂里的钱以外,几乎已是盆干瓮净。他的老婆至今还在老牛湾村,除了几间旧房子便剩下两口猪和一群鸭。他只能抱着一丝侥幸,心想也许方世勋会顾及"手足之情"把钱送来。但他对方世勋这个人究竟是否有"义气"心里压根儿没底。随着时间一天天过去,他渐渐变得心灰意冷,认定方世勋不是携款潜逃就是溜之大吉。没想到就在他为方立伟考虑出路的时候,方世勋把钱送来了。

"人呢?你把人弄到哪儿去了?"

马腰窝不回答,脸上绽出了莫名其妙的笑容,两条横在面颊上的伤疤总使他的面部表情带有几分狰狞。他在东江黑道之所以成为人人畏惧的"南霸天",与他面部的几道刀伤不无关系。

"不急,你的伙伴不缺胳膊不缺腿儿,放心吧。"

方世勋站在那里,定定望着马腰窝,不知他葫芦里卖的是什么药。

"请坐吧。我没别的意思,只想跟你聊聊天。你喝水吗?"马腰窝说着,给方世勋倒了一杯水。方世勋也不好说什么,无奈地坐在沙发上。

"说吧,随便说点什么。"马腰窝摆出一副长谈的架势。

"你我素不相识,怕是没啥好说的吧。"方世勋直言不讳地说。

马腰窝笑笑,半闭了眼睛。过了一会儿,他好像突然想起了话题,指指脸上的疤问道:"你猜猜我脸上一共挨了几刀?"

"这我可看不出来。"方世勋意外地看着马腰窝,不明白他为什么会提起这件事。

"六刀。"马腰窝说着,用手指在脸上不停地比划,"这是一刀,这是一刀,这也是一刀,你看不出来吧?有的刀伤不厉害,慢慢地也就看不出来了。你猜猜,这是谁砍的?"

"仇家呗,打群架什么的。"

"错。"

"那我可就猜不出来了。"

"谅你也猜不出来。告诉你吧,是我爸,这六刀全是他砍的。"

方世勋略微有些吃惊地看着马腰窝。他无论如何也不会想到,马腰窝脸上纵横交错的伤疤居然是自己父亲砍的。人常说虎毒不食子,一个做父亲的居然下得了如此毒手。

"你猜猜,他为啥砍我?"马腰窝又问。

"这我可真搞不明白。"方世勋也开始认真面对这个话题了。

"我也不明白。后来我慢慢搞清楚了,他认定我是个杂种。要是一个人看他儿子越看越像个杂种的话,肯定气不打一处来。"

"……"

马腰窝的母亲是玉泉西南张弓县城里有名的美女,在最初结婚的数年里,她在行迹上给马腰窝的父亲马立本留下了数不清的疑点。马腰窝降生的那天早上,当马立本打开房门的时候,居然看到一只小龟默默地爬了进来,显然有人暗示他是个"王八"。此后的数年间,心理极度自卑的马立本有几回险些丧失理智,这一切终于在马腰窝七岁那年的秋天爆发了。马立本在夜深人静的秋夜手持菜刀对睡梦中的妻子实施了空前残酷的杀戮。马腰窝母亲的漂亮脸蛋上鲜血淋漓,剧痛中醒来的她开始用手臂遮挡迎面砍来的利刃。她的惨叫惊醒了最初还依偎在母亲怀里的马腰窝,他看到了父亲那比生铁还要坚硬的表情和比利刃还要锋利的目光。马腰窝的母亲挣扎着,赤身裸体跑到院子里,但残忍的马立本还是追出去一阵疯狂砍杀,直到妻子一团红泥似的萎泻在地。那时躺在被窝里的马腰窝很乖,连一声都没哭,他本能地意识到应该怎样躲避风险。但此时的马立本在面对自己亲生儿子的时候也许想到了那只黎明爬进门槛的小龟,因此菜刀毫不留情地砍在了马腰窝的小脸上。

"要是一个人在七岁的时候看到一双杀人狂的血红的眼睛,那他以后无论看到啥都不会害怕。你信不?"

马立本被枪决后,七岁的马腰窝被玉泉东郊一个本家大爷收养,大爷是一个以放羊为生的老光棍。缺吃少穿和缺少教养的马腰窝打小就变得十分凶悍,这也注定了他天生就十分仇视有钱人。

"我问你,你眼下有多少钱?"马腰窝很善意地问。

"从娘胎里生下来也没这么穷过,负二十万。"方世勋苦笑道。

"人都有走背运的时候。"马腰窝望着窗外,轻描淡写地说。

方世勋最初见到方立伟的时候差点没认出来。他万万没想到方立伟竟然成了人不人鬼不鬼的模样,一脸青绿的菜色,双唇惨白,两眼深陷,瘦得皮包骨头。他隐隐感觉到自己已经在这张脸上看到骷髅的轮廓,心里一阵酸楚。

"我来晚了……"方世勋说着,双唇不禁有些颤抖。

"我没事,挺好的。"方立伟说。他不知除了这句话外还能对方世勋说些什么。

站在旁边的马腰窝倒背着手,脸上挂着淡淡的笑容,一言不发地观赏着眼前这幕悲喜剧。过了一会儿才说:"你哥儿俩不进屋坐坐? 有话慢慢聊。"

方世勋紧紧挽住方立伟的手,好像生怕马腰窝抢走似的。他看着马腰窝,恨恨地说:"钱也给你了,人我也领到了。我跟你无话可说,我再也不想见到你!"

"何必动肝火嘛。我不是说了,钱你也拿来了,咱们总算没撕破面子,说不准还能交个朋友呢!我有句话,不知二位想不想听。"

"立伟,咱们走!"方世勋再也不想听姓马的啰唆,挽着方立伟的胳膊就要走。

"不急,反正都待了这么多天了。"方立伟说,定定地望着马腰窝。

马腰窝满意地点点头,笑了笑说:"如今这社会,一切都在向钱看,像你们二位这么重情义的人太少了,我要能有这样的兄弟这辈子也不亏了。交个朋友咋样?"

"立伟!"方世勋不满地叫了一声。他见方立伟站着不动,心里不免来气。人常说,蛇归蛇道鼠归鼠路,跟这种人交的个什么朋友。

马腰窝见方立伟有那点意思,便接着说:"还有,当初方兄你进那个地窖时我曾说过,委屈你吃几天白菜,等你的弟兄送来钱后我请你吃顿好的。你还记得吧?"

"记得。"

马腰窝从兜儿里掏出一叠百元面值的大票子,数出五张塞到方立伟手里:"当初我说过,让你住地窖吃大白菜是没法子的事,估计你也是明白人。这点钱就算是我做东。"

方立伟看看马腰窝手里的钱,说:"马兄,既然你已经把我当朋友,我有个请求,不知你答不答应?"

"好说好说。"

"钱我就不拿了。麻烦你用这钱给窖里的梁丽买一床被褥,再买些消炎退烧的药。如果可能的话给她送点热水热饭,要不然她真可能活着出不来了。经历了这档子事,你跟我成了朋友,可我跟梁丽也成了朋友,你大概不会拒绝我吧?"

马腰窝将钱装进衣袋里说:"没问题,包在我身上。你们可以走了。"

这时候,那个留胡须的黑脸男子走过来,掏出两条黑布就要往方立伟眼上蒙。

方立伟一挥胳膊挡开了,固执地说:"不,我想亲眼看见你做这些事,这样我才能放心。"

马腰窝笑笑,十分爽快地挥了一下手,对手下人命令道:"找两块板子放进窖里,把我的被褥扛下去。对了,把我屋里的暖壶和茶杯也送下去,药马上去买。"

马腰窝的手下人扛着铺盖卷儿进了地窖,另有一个人提着暖壶和茶杯也进了地窖。马腰窝看着方立伟,说:"这下你总该放心了吧?"

汽车的马达声在耳边响了很久,终于停了下来。方立伟和方世勋被送下车。

汽车一溜烟开走了。

方世勋除去蒙在眼上的黑布,发现他们置身在盈水河边的滨河路上。此时已经华灯初上时分,西边的飞虹桥在灯光的勾勒下凸出伟岸的雄姿。滨河路上橘黄的莲花形路灯倒映在缓缓涌动的盈水河里,给平静的河面带来了梦幻般迷人的色彩。

"啊哎——啊哎——"

方立伟站在河堤上,高展着双臂仰天长啸。似乎要把多日来的痛苦和压抑抛进盈水河里。

方世勋在一旁沉默着,一个多月的长途奔波虽然历尽艰辛,却连一分钱外债都没讨回来。他正考虑究竟该如何向自己的搭档报告这个消息。

没想到方立伟对这件事根本不关心。他从河堤上跳下来,走到方世勋跟前问道:"你身上有钱没有?"

"两三百是有的……"

"那好,全拿来!"方立伟将方世勋掏出的钱尽数拿过去装进衣袋里。然后用力拍拍方世勋的肩膀,大步朝东边走去。

"你去哪里?"方世勋冲着方立伟的背影喊道。

方立伟头也不回地走了。

5

方立伟与方世勋分手后,连饭都没顾上吃,就到玉泉市公安局报案去了。

他一路小跑着,从河滨道一直跑到市公安局所在的新建路。他推开公安局值班室的门时,见屋里坐着一胖一瘦两个警察,正坐在电视机前看东江电视台播放的一台综艺晚会集锦,边看边嗑着瓜子。

"快,快。出了大事了……"方立伟弯着腰,双手捂着肚子,大口大口地喘着粗气。

胖警察极不情愿地站起来,朝这边走了两步,又回头看了一眼电视屏幕,这才坐在一张桌前。瘦警察依然目不转睛地盯着电视,连头都没回。

胖警察将手里的一把瓜子放在桌上,问道:"啥事啊?"

方立伟用手托着桌角,上气不接下气地说:"有人被……绑架了,是个女的。你们快去……解救她吧。"

"是合同纠纷吧?报案材料呢?"胖警察问道。

"材料?什么材料?"方立伟一下没明白过来。

"你好歹也得把案发经过写写吧,没材料报个什么案。"胖警察说罢,重新拾起桌面上的瓜子,起身又坐在瘦警察的身边,两眼盯住电视。

方立伟摸摸身上,什么都没有,只好说:"请问,麻烦借用一下纸和笔好吗?"

两个警察忽然爆发出一阵大笑,屏幕上的赵本山说了些什么方立伟一句都没听见。

"麻烦借借纸笔。"方立伟朝前走了两步,放高声音说。

"没有。自己找去。"胖警察匆匆瞥了他一眼。

……

大风在空旷的长街之上呼啸着,过早地驱散了往来的行人,一盏孤独的街灯兀立在公安局大门口,洒下一团浑浑噩噩的惨白的微光。方立伟焦急地等待着,可是很久了,这条并不宽敞的街上并没有一个行人。

远处,街对面的尽北端,有一个小小的售货亭。污浊的玻璃上透出昏黄暗淡的光来。亭里一个四十多岁的妇女垂着头正在打盹儿,打了个激灵醒过来了,看着方立伟说:"想买些啥?香烟?方便面?"

"大嫂,我啥都不买。不知您这儿有没纸和笔,我想借用一下。"方立伟胆怯地说。他怕这种小铺子里根本没有他想要的东西,更怕这个孤独地苦守在夜晚的女人不愿借给他。

"是写报案材料吧?"女人很随便地问道。

"是啊。你咋知道?"

"你想啊,这么晚在公安局大门口找纸笔的,不是报案还能做个啥?"女人淡淡一笑,从下面取出纸笔来。笔是一支很漂亮的钢笔,纸也是十分格式的信纸,好像是专门为他准备的。

方立伟惊喜地接过女人手中的纸和笔,连忙说:"真是谢谢你了大嫂,想不到您这儿什么都有。对了,你这纸是卖钱的吧?"

"卖啥钱啊,只不过这儿常常有人来报案。你说,报案的人哪个心里不急？别说不知道还得写报案材料，就算知道也不一定来得及准备。我这儿放个纸笔，算是帮人解决个小难题。"

……

方立伟再次走进值班室的时候，瘦警察已经不在了，胖警察也不再吃瓜子，只是无精打采地面对着电视机。他见方立伟进来了，又回到了那张桌前坐下。

"您看，我们是不是马上可以去解救人。她真的快不行了，说不定会死在那帮坏人手里。"方立伟焦急地说。

胖警察没吭气，拿过材料只看了一眼，就问道："你是说，这个人是在玉镜湖开订货会时被绑架的？"

"是啊，那天晚上她出来散步，刚走出没多远就……"

胖警察并没多少耐心听他说下去。他将手里的材料往方立伟面前一推，说："你到玉镜湖派出所报案去吧。"

方立伟没想到自己折腾了半天却得到这么一个答案，便有些沉不住气了："你这儿不是玉泉市公安局吗？难道你们眼睁睁看着有人被绑架被拘禁，就没有一点职业道德和责任感？"

胖警察咧了一下嘴角，讥笑道："你这人是不是脑子有问题。你这案子的案发地在玉镜湖镇，就得玉镜湖派出所管。玉泉市这么大地面，啥事都由市公安局解决，还要那些基层派出所干什么？"

……

第二天早上八点刚过，方立伟便坐在了玉镜湖派出所里，接待他的是一个身材魁梧的干警。

"我姓高，有什么你说吧。"那位干警坐在方立伟对面，神色看起来倒十分和蔼。

"有人被绑架了,是平阳县的一个女厂长。你们快想法子解救吧,晚了她怕是活不成了。这是报案材料。"方立伟焦急地说着,将那份材料递了过去。

姓高的干警接过报案材料,看都没看便随手放在桌子上,淡淡地说:"你说吧,什么情况?"

方立伟只好把梁丽的情况大致向姓高的干警说了一下。姓高的干警听了,不紧不慢地问道:"有证人吗?"

"我不就是证人吗?我跟她被关在同一个地窖里,难道还不能算是证人?"方立伟急了,语气也不太客气。

姓高的干警并不在意他的态度,还是不紧不慢地问道:"证据呢?"

"这算不算证据?"方立伟从衣袋里摸出梁丽的那枚红宝石铂金戒指,"这是她在地窖里给我的。当时她觉得自己好像活着出不去了,把这个交给了我。"

姓高的干警没接那枚戒指,看着方立伟把它放在桌上,又像是不放心似的看了一眼,反问道:"这算是证据?随便在什么地方就能找出这么一个来。"

方立伟觉得受了污辱,正要发作,忽又想起梁丽在地窖里交给他的遗嘱。他从怀里掏出梁丽那角衬衣上撕下来的布,轻轻展开,布上的字迹已经呈现出乌紫的颜色,有的笔画太粗了,有的画划并不清晰。人的血液严格来说算不得颜料,它在刚刚流出体外时都很鲜明,色泽艳丽,但用不了多久,离开了鲜活生命的血液便会死去,而且死得十分难看。

姓高的警察看了血书上的内容,又看看那枚很漂亮的宝石戒指,最后又看了方立伟一眼,笑了笑说:"你叫方立伟?运气真不错,保不准你摇身一变成富翁了。"

"我问你这算不算证据?"方立伟火爆地质问道。

姓高的干警没回答他的话，也没在意他的态度，还是一脸的平静。仿佛他活得很惬意，并有足够的余地维持这种良好的心境，任何令人不满的冲撞都难以破坏。

"地点呢？你知道在什么地方吧？"姓高的干警平静地问。

"他们蒙着我们的眼睛，不过凭感觉，我知道就在玉泉城东北一带，估计费些力气也能找到。"

"嗯。"姓高的干警哼了一声，不再搭理他。

方立伟奇怪地看着姓高的警察，问道："这就完了？"

"可不完了。"

"那你们不打算采取行动？"

"这个嘛，我们得跟玉泉北城区派出所联系一下，让他们协助行动。"

"那你为啥还不联系？"

"我们的车坏了，上午怕是修不好了，再说我们的警力也不够。"

"下午呢？"

"我说了警力不够。再说我们那辆破车也不一定能修好。"

"那你的意思是说，恐怕得明天了？"方立伟问。

"明天？明天好像有保卫任务。北京和省里的领导可能要来玉镜湖，你说是保卫领导重要还是你的事重要？"姓高的干警不紧不慢地反问道。

方立伟语塞了，他知道自己奈何不了这个姓高的干警，只能把眼直勾勾地望定他。过了一会儿，他说："我要见你们所长。"

"随便。"姓高的干警不再看他，随手从桌边拿起一本《东江警察》月刊翻着，忽又抬起头来对他说：

"我们魏所长调到河曲派出所当所长去了，你可以找赵指导员。最好下午一上班就来，晚了就找不着了。"

……

方立伟费了九牛二虎之力才打开地窖盖子,第一个走了下去。他的身后跟着昨晚那个胖警察,还有今天上午报案时姓高的干警,还有两个他没见过的警察。那两个警察押着坏人头子马腰窝。

地窖里那股恶浊的潮气扑鼻而来,夹杂着粪便味、尿臊味和大白菜腐烂的气味,胖警察和姓高的干警都紧锁眉头,用手捂着口鼻。窖里的光线很暗,人们的眼睛一下还没有适应过来。

"你们别听姓方的瞎说,这种地方怎么能藏人呢?要搜你们还是到别的地方搜吧。"马腰窝对那些警察说。

"不,人肯定在这里。我也是被关在这里的。"方立伟大声说。他现在很害怕那些警察听信了马腰窝的话,不再管这件事。

"人呢?"胖警察问道。

方立伟一边大声喊着梁丽的名字,一边朝地窖黑暗的角落摸去。忽然,他似乎被什么硬物绊了一下,蹲下身来一摸,摸到了梁丽一只冰凉坚硬的手。

"你们看,她死了,尸体都僵了。"

"我怎么看不见?"胖警察在一旁冷冷地说。

方立伟又推了推梁丽的尸体,扭头说:"你看这是什么,这么大一个死人你们都看不见?"

"我说了,这个姓方的小子很可能是精神病院跑出来的。"站在他身后的马腰窝小声说道。

胖警察朝前跨了一步,冲着梁丽的头上踢了一脚,凶巴巴地说:"这哪是人,分明是大白菜。"

方立伟觉得胖警察这一脚仿佛踢在自己头上,只觉得头脑昏昏沉沉,疼痛难忍。他气急败坏地冲着那些警察大声喊:"大白菜?你说这是大白菜?你们家就吃这种大白菜?"

胖警察又冲着梁丽的头部踢了一脚,问旁边姓高的干警:"你说这是什么?"

"明明是大白菜嘛。"姓高的干警依旧像平时一样不温不火地说。

方立伟大吼一声扑了上去,照着胖警察的眼窝就是一拳。他卡住了胖警察的脖子。他看到胖警察的两个眼球渐渐从眼眶里鼓了出来……

"喂,你醒醒。喂!"

方立伟睁开眼睛,觉得眼前一片红光,仿佛有人将一盆血水浇了下来。渐渐地眼前的景象清晰了,原来那是一家超市的霓虹灯,在黑暗的背景上闪啊闪的,满眼都是血红的颜色。

"你醒啦?那就坐起来,这样舒服一点。"

红色的霓虹灯下,浮出了一张皱纹横切的脸。那张脸上污渍斑斑,浑浊的眼角处夹着两颗硕大的眼屎,两鬓枯黄的头发乱蓬蓬地张扬着。他看到那些藏满污垢的皱纹在面颊上浮起,紫黑的双唇间露出了两排雪白的牙齿。

方立伟发现自己躺在这家超市的水泥台阶上。他艰难地坐起身,将身子靠住墙壁。这时他才完全看清楚眼前这个人。

这是一个上了年纪的老叫花,也许五十岁,也许七十岁,由于蓬头垢面,使人很难猜出他的年龄。老叫花的脖子很长,上身套一件旧军褂,下身那条千疮百孔的牛仔裤露出两条细长的瘦腿。方立伟首先注意到他赤脚穿着的两只鞋,一只系鞋带的棕色皮鞋,一只鸭舌脸儿的黑色皮鞋。老叫花扶着他靠在墙边,自己也靠墙坐下,拿起一个皱巴巴的已经变了形的矿泉水塑料瓶递到方立伟面前:"喝不?"

方立伟本能地摇了摇头。他看到老叫花那只握矿泉水瓶的手也满是污垢,在红色霓虹灯的照射下,就像结着暗红的血痂。

"我咋会在这里？"方立伟一下子还辨不清自己究竟在什么地方，中国像这样的街道这样的灯光实在太多了。

"你从那边过来，走到这儿就跌倒了。"

方立伟捏着疼痛难忍的太阳穴，努力回忆着。他忽然想起来了。他在玉镜湖派出所整整折腾了一个下午，连指导员的影子都没见着。晚饭时就进了派出所斜对面的一家小酒馆，独自要了一个菜和一瓶白酒，他喝了多少连自己都想不起来了。

"你躺在地上一个劲地吐，我怕来往的车轧了你，就把你拖到这儿来了。你头上脸上都是呕吐的秽物，我用了两盆水才给你冲干净。"老叫花并没有看他，只是望着街对面建筑物的上空，像是自言自语地说。

方立伟摸摸自己的衣服，果然胸口和双肩处都是湿的。

"我还灌了你四瓶水，要不你怕是现在也醒不了。"这一次老叫花扭过头来了，晃晃手里的矿泉水瓶，朝他龇牙一笑，两排雪白的牙齿泛着白瓷样的光泽。

"……"

"你放心，这水是我从对面的咖啡店讨来的，是干净的。"老叫花见他不吭声，又说。

方立伟看看老叫花手里那个皱巴巴的矿泉水塑料瓶，意识到那是被开水烫的，知道老叫花所言不虚。他这才感到口渴得厉害，嗓子眼里直冒火。

"我能再喝点水吗？"他问。

"这就是给你准备的。"老叫花说。

方立伟从老叫花手里接过那瓶水，咕咚咕咚一口气灌下大半瓶。他抹抹嘴，觉得舒坦了许多。

老叫花从怀里摸出一个烧饼，递到方立伟面前："饿吗？把这个吃了吧。"

"不不,我不饿。"

"看样子你也是个精明人,咋就往死里喝呢?"老叫花问,大概是想跟他聊聊。

"……"

"怕是有心烦的事吧?白天我就见你在派出所门前转悠。"

此时方立伟浑身酸软,连站起来的力气都没有。他见天气不冷也不热,心想天当被地当炕,和这个老叫花一起在台阶上过夜也不错。也许是心境的缘故,方立伟居然把今天在派出所报案的事对老叫花一五一十地讲了一遍。

老叫花听了,十分同情地看了方立伟一眼,叹了一口气道:"唉!这事你要早点儿告诉我就好了。"

"告诉你?莫非你有办法?"方立伟奇怪地问。

"当初有办法。可事情到了这一步,我也没法子了。"

"你的意思是说,我什么地方做错了?"

"你告诉他们说,你是河曲什么电子厂的厂长,对吧?"

"是啊。"

"你告诉他们说,那个女的是平阳啥啥厂的厂长,对吧?"

"是啊。"

"然后他就跟你说,我们警力不够,我们的车坏了,是吧?"

"是啊,怎么啦?"

"看来你这人脑子有问题。他说车坏了,是想让你给他们派个车,他说警力不够,是没有活动经费。你莫非连这都不明白?"老叫花两眼盯着方立伟,显得十分意外。

"……"方立伟愣住了,一时不知该说什么。

"其实你就是破了产的个体户,还冒充啥厂长?要是你不说你是啥狗屁厂长,只说你是修地球的,得知一个女孩子被一伙坏人关在地窖里轮奸,那帮人也没啥指望,心肠一软就跟你去了。你呀,算了,啥都别说了。"

方立伟也不再说话。看来这事依靠公安怕是一时半会儿解决不了,唯一的办法就是明早赶紧买张火车票,到平阳去。

"你肯定饿了,我到小摊儿上去给你买碗稀饭?"老叫花又问道。

"我有钱。"方立伟说着,将手伸进自己的衣袋。

"我也有钱。"老叫花拍拍自己的上衣口袋,拄着一根木棍走了。

方立伟发现老人的一条腿跛得很厉害,每走一步都要将腰深深地弯下去,像是要从地上拾取什么东西……

6

告别了方世勋,方立伟蹬着三轮车悠闲地在街上走着。此时刚过晚饭时间,街上的行人依然很多。当他又回到精华地下家具城的丁字路口时,看到西边的那条路上浩浩荡荡地过来一队人马。路口的交通被堵塞了,人们都驻足观望。方立伟不由得停下三轮车,想看个究竟。那支队伍过来了,排着四路纵队,穿着清一色的米黄色工作服,左侧胸前写着"飞虹制药厂"的字样。有个尖厉的女声起了个头,说了一声"预备唱",工人们就齐声唱开了:

团结就是力量

团结就是力量

这力量是铁,这力量是钢

比铁还硬,比钢还强……

这支队伍初看上去像是要参加什么集会或者庆祝活动。但看他们的面孔,却像田里被烈日晒蔫了的庄稼,一个个无精打采,歌声也显得有气无力,夕阳的最后一抹余光照进他们大张着的口腔。方立伟预感到一定有什么事情发生了。他粗粗扫视一下行进的队伍,没发现有熟人,就随便拽了一下一个青年女工的衣袖,问道:"你们这是干啥啊?"

"比铁还硬,比钢还强……"女工斜了他一眼,并未止住歌声。看样子这个青年女工并不认识他,径自朝前去了。

方立伟又拉住一个工人的衣袖,大声问:"你们这是干啥,游行示威啊?"

"到镇政府门前静坐去。"一个工人说。

"是方厂长啊,出大事了,他们免了咱们宋厂长。"后面一个工人认出了他。

"他们派了一个新厂长,我们坚决不同意。"后面又一个工人补充说。

队伍中有两个男人分别背着两名女工。背人的男工没有唱歌,大概是想节省些力气。方立伟凑上前问道:

"她们咋啦?"

"镇政府门前的太阳地里坐了一天,晒的,中暑了。"

方立伟推着三轮车撵上去,说:"来,把人放在我车上。"

方立伟拉着两个中暑的女工,夹杂在行进的队伍里,朝药厂所在的后河村走去。工人们所说的那个宋厂长叫宋颖平,许多年前方立伟就和她一起在药厂当临时工。方立伟在药厂干过大输液车间初洗瓶、净洗瓶、封盖、灭菌、灯检等等几乎所有的工序,还在片剂车间滚过糖衣,厂里那班老些的职工他都认识,况且他还曾被推选为这个厂的副厂长。既然厂子里出了这么大的事,他当然不能坐视不理。

"立伟,有些日子不见啦!"

方立伟不知不觉中落到了队伍后面。他发现厂里的老员工都走在队伍的最后边。看来,飞虹制药厂是遇到大麻烦了……

7

飞虹制药厂工人静坐的事当天就传到了省里,省里的电话也接二连三地打到了市里,而市里也当即要求河曲镇将情况作一个书面汇报。目前正在讲稳定,有了稳定才能有发展,因此政府对这类事情十二万分重视。

事情的起因是这样的。前些时河曲镇召开了一次党政联席会。会上对所属乡镇企业领导作了第一步调整,任命镇宏达食品厂的厂长秦谦义为飞虹制药厂厂长;任命飞虹制药厂厂长宋颖平为建安公司预制厂厂长;任命预制厂厂长安顺平为建安公司副总经理;任命宏达食品厂副厂长刘兴任食品厂厂长。一切看起来顺理成章。至于其他企业的人事安排留待下一步再定。

那天下午,河曲镇分管工业的副镇长李国胜和镇企管办的人员到飞虹制药厂召开班组长以上的干部会议,郑重宣布了关于宋颖平和秦谦义的任免决定,没想到会场立刻炸了锅。当时就不断有人站起来,问道:

"凭什么要换掉我们的厂长?"

"我们厂的效益一天比一天好,你们是不是眼红了?"

"秦谦义有啥资格当我们的厂长?"

"……"

李国胜副镇长站起来,十分严肃地说:"同志们,这是镇党委和政府经过慎重考虑,集体研究决定的……"

"慎重考虑?那你说说,镇党委是怎么考虑的?"

"考虑?恐怕是别有用心吧?"

"……"

李国胜的话很快被淹没在了一片喧声之中,会场上乱作一团,有人往前挤,有人反而退出了会场。

坐在主席台最边上的厂长宋颖平始终一言未发。她见场面实在控制不住了,便站起身来说:"同志们,有什么意见可以通过正规渠道向上反映,大家不要这样嘛!"

副镇长李国胜一看势头不对,与同行的人交换了一下眼色,站起身来就往外走,但看样子已经晚了。厂部与大输液车间本在同一个院,此时正值白班与小夜班的交接班时间,大输液车间的工人们潮水般的聚了过来,将李国胜等人围了个密不透风,质问与责骂声不绝于耳:

"宋厂长是我们工人自己选出来的,你们凭什么想换就换?"

"他妈的,老子们效益不好的时候你们这些当官的跑哪儿去了?"

"姓秦的要是敢来,老子砸断他的狗腿!"

"……"

此时,宋颖平已经喊破了嗓子,但根本无法平息工人们愤怒的情绪。她一边无谓地喊叫着,一边用力推着不断围拢过来的人。李国胜等人终于在她的帮助下挤出了一条路。

厂部大门口南侧有一个大输液车间的原料棚,里面堆积着整麻袋的玻璃瓶,也堆了一些挑出来的不合格的瓶子。于是,便有年轻的工人将瓶子当作了手榴弹,一只只瓶子从工人们的头顶上飞向前去,在李国胜等人的脚边砰然炸开。那些衣冠楚楚的镇干部们一个个抱头鼠窜,背后尾随着炸响的玻璃瓶和工人们的哄笑声。

方立伟蹬着三轮车和工人们进了药厂大门的时候,上述的一切都已成旧闻了。那件事情发生后的第二天上午,河曲党委书记隋长庆把宋颖平叫到镇里,十分严厉地指出了她不服从组织安排,煽动工人与政府闹对立等等,并要求她无条件服从组织决定。当天下午一上班,河曲镇派出所所长魏新贵坐着市公安局刑警队的一辆北京吉普,带了三名干警,一路闪着警灯鸣着警笛到厂里抓人。说是要把那些袭击和殴打镇干部的工人绳之以法,最后还是宋颖平站了出来,说我是厂里的负责人,要抓你们抓我。魏新贵才坐着警车走了。

第三天的上午,镇里新任命的厂长秦谦义在副镇长李国胜的陪同下来报到。结果被工人们挡在大门外,双方僵持了大约一个小时,李国胜等人才和秦谦义走了。在这大约一个小时的时间里,厂长宋颖平也被工人们堵在办公室里无法出去。

事情发展的最终结果是工人们集体游行,集体静坐。

方立伟进了飞虹制药厂,找人借了一套工作服,径直奔车间而去。大输液车间里的机器还在隆隆响着,工人们有条不紊地干着属于他们的工作。方立伟悬着的一颗心终于放了下来。这时,他反而并不急着去见宋颖平了,而是从第一道工序开始看起,慢慢地顺着流水线走着。

"老方,你来啦?"

"方厂长你好。"

一线的工人看到了他,有的热情地和他打招呼,有的冲他微笑着点点头,相对年轻一些的工人还在称他方厂长。方立伟没忘了向打招呼的工人们颔首致意,但还是把注意力集中在了生产线上。车间的样子有了一些变化,水泥地刷上了地板胶,还有了空调,最主要的是他曾经使用过的封盖机,那种脚蹬手扳累得腰酸腿疼的封盖机不见了,取而代之的是自动封盖机了。流水线上生产的是500毫升浓度5%的葡萄糖注射液。他顺手抄起一瓶报废的液体,用牙咬住铝盖和胶塞儿用力一撬,瓶口嘭的一声开了。他对自己的表现很满意,似乎又找回了当初的感觉。他喝下一大口透明的液体,嘴里有了淡淡的甜味。看着眼前这些装满液体的透明的玻璃瓶从流水线上排列齐整地滑过,看着一丝不苟的工人们很有节奏地干着手里的活计,方立伟的心底升出一种按捺不住的激动,周身的血液也似乎沸腾起来。他喜欢长龙似的流水线,喜欢这种大生产的方式,他觉得自己天生就是个搞企业的料,什么蹬三轮,什么开饭店,都不会像这样引起他的兴奋……

方立伟走近宋颖平办公室的时候,听到了里面的争吵声。

"你们口口声声说拥护我当厂长,可我说的话你们一句都不听。你们到底是什么用意?"

"我们的用意就是拥护你当厂长。要是按你的话做,恐怕你现在已经不在这个厂了。"

"是啊。你无非是让我们反映反映,他隋长庆多会儿把我们的话当回事了?"

"走到哪步算哪步,这是工人们的选择。"

"……"

方立伟推门走了进去,看到副厂长魏建平、供销科长张政、财务科长岳紫玲都在办公室坐着,大输液、片剂、胶囊三个车间的主任也都在场,看来召开一个厂领导会是用不着再叫人了。

宋颖平见方立伟进了门,立刻站了起来:"立伟,你可来了。你说说,咱们厂究竟该怎么办,你拿个意见。"说罢好像松了一口气,颓然坐在椅子上。

"对了,老方,你也是上次咱们职代会民主选举的副厂长。反正谁也没免你，你就评评这个理。"供销科长张政情绪激动地说。

方立伟找了个空位子坐下，一时却不知该说些什么。药厂的情况他已经大致清楚了，但他一时也想不出什么妥善的办法。

办公室里陷入了沉默，大家似乎都在等待什么。方立伟看了看宋颖平。她坐的是一张黑色人造革的高靠背转椅，整个人陷在椅子里，显得十分瘦小。方立伟发现宋颖平比刚当厂长的时候老了许多，前额与眼角爬满了细密的皱纹，干枯的发丛里夹杂着几根银亮的白发，人也有些萎靡不振。

"我说过，我不稀罕这个厂长，我也不是非要当这个厂长不可……"宋颖平两手支着前额，有气无力地说。

"我们知道你不稀罕这个破厂长，我们也不是为了你。你不当药厂厂长可以，但不能让那个姓秦的小子当。"供销科长张政吵架似的嚷道。

"方厂长你应该清楚，秦谦义的那个食品厂早就经营不下去了，他们厂生产出的纯净水谁喝了谁拉肚子，还不如喝自来水呢。还有，今年正月他们生产的元宵是用去年霉变的旧月饼馅儿做的，差点没吃死人。听食品厂的人说，那批霉变的月饼早就在账上报损了，谁知道他们从这里贪污了多少？你看看现在，他们生产的夹心饼干连咱们当地人都不吃。这种人来咱们厂当厂长，咱们厂不就完了？"财务科长岳紫玲怕方立伟不了解情况，又给他详细介绍了一遍。

宋颖平还是两手支着前额，一言不发。

方立伟见这样僵持下去也不是个办法，他想了想，说："我看这问题一时半会儿也商量不出个结果。要不这样吧，你们先忙着，我跟宋厂长单独谈谈？"

副厂长魏建平第一个站起来往外走，其他人也跟着走了出去。过了一会儿，只见供销科长张政拉开门，朝他招了招手。

方立伟走出门去。张政将他拉到一边,小声说:"老方,宋厂长现在可是六神无主,她处在这个漩涡中心自有她的难处。咱厂的情况你也清楚,那个副厂长魏建平其实是个摆设,工人们选他当领导就因为他是老好人一个,八竿子打不出一个响屁。我也不知道你这次回来的目的是什么,反正这事你既然赶上了,就得为咱厂的工人们做主。"

方立伟点了点头,什么也没说,又回到了厂长办公室。宋颖平依然用手支着前额,沉默不语。方立伟也没说什么,他倒背着手看墙上张贴的那些图表。那是下属三个车间的工艺流程图,还有厂里的产量、销售额及利税指标示意图。看着工艺流程图上的那些花花绿绿的方框、圆圈和连接线,他内心涌起一种暖暖的亲切感。从示意图上那些起起落落但总在不断攀升的曲线,他又不难看出身边这位弱女子为企业所付出的一切辛劳。

伏在桌前的宋颖平突然抬起头来,问道:

"立伟,你说该怎么办?"

8

刚刚平静了一段时间的飞虹制药厂又出事了。

其实,飞虹制药厂弄到今天这种局面绝非偶然。今年春天,后河村的治保主任来了,说村里组织了治安联防小组,负责这一带的安全。因飞虹制药厂占用的是后河村的地皮,也在范围内,开口就要五千元的经费。宋颖平记得这个所谓的治安联防小组年前就成立了,当时就跟他们要了五千元,她还为此开了个厂领导扩大会。因此这次就以厂里经营困难拒绝了。过了几天,后河村村委会副支书苏武来了,说村委会想买一辆拉达牌小轿车,想跟药厂"借"两万块钱。后河村村委会跟药厂借钱也不是三次两次了,但从来没还过。宋颖平又和大家研究了一下,认为这钱不能给。

厂里用的还是一辆金杯牌工具车,一个小小的村委会就要买拉达,而且还要他们掏钱,世上哪有这么便宜的事。

没想到又过了几天,后河村来了个"秘书",说村里小学的几间校舍都成了危房,要他们赞助两万块钱盖教室。出俩钱资助孩子上学是应该的,但这钱的数目正好与村里要买车的钱十分巧合,宋颖平便觉得这里另有名堂。于是她对那位"秘书"说,药厂出钱可以,但条件是药厂亲自购买建筑材料。"秘书"走后也就再没回话。

连宋颖平都没想到,事发的导火索居然是由后河村一个外号黑水牛的村民引起的。

飞虹制药厂的大门北侧邻近片剂车间有一个职工澡堂,按理是不对外的。但后河村的人总要偷偷摸摸进来洗澡,还是考虑到与当地村民的关系,宋颖平便让厂里人朝围墙外开了一道小门,逢了星期天就对村里人开放。这天下午,村里的一帮人进了澡堂,一个名叫黑水牛的村民没带拖鞋,趿了修理班班长的拖鞋就走。修理班班长对那个黑水牛说:"我可是有脚气啊,你不怕传染?"一句话惹恼了黑水牛,扑上来就打,同村的几个人也帮着打。药厂的职工看不过眼,两下里就打开了群架,澡堂里立刻乱成一团。

毕竟还是药厂的人多,黑水牛等人吃了大亏,仓皇逃出了澡堂,回村里纠集了三四十号青壮年。这时澡堂的那个小门已经上了锁。那伙人手里拿着铁锹木棒,又一窝蜂地朝大门口拥来。有眼疾手快的职工立刻将大门锁上了。黑水牛一伙就站在大门外开口漫骂:

"×你妈,药厂的小子们滚出来!"

"药厂的杂种们,快给大爷开门!"

"……"

黑水牛一伙见里面没人搭理,捡起砖头石块从大门顶上扔了进来,传达室的玻璃几乎全被打碎了,玻璃碴儿溅得到处都是,一个厂里的年轻人也被飞进来的砖头砸破了头,鲜血滴滴答答淋了一路。

宋颖平赶到大门口的时候,邻近大门处的厂区遍地都是残砖碎石,外面的人依然不歇不住地叫骂。片剂车间的主任孟凡带着几十号工人过来了,工人们一个个怒容满面,手里都抄着家伙,正准备打开大门冲出去。

"你们要干什么?"宋颖平挡住他们的去路。

"你让开,我出去把他们劈了!"孟凡手里提着一截儿三尺来长的无缝钢管,满脸通红地说。

"不能出去!"宋颖平厉声喝道。

"药厂的杂种们,是你娘养的就出来!"

"当你妈的缩头乌龟吧!"

"……"

"宋厂长,你让开,今天的事我负责!"孟凡大声说,回头又对身后的人喊道,"冲出去!"

"不能出去!你们要承认我还是厂长,就听我一句话。"宋颖平挡在孟凡等人面前,情绪激动地喊道。

大门外的砖石又雨点般的飞了进来。宋颖平背对着大门,根本看不到外面的情况。孟凡眼看着一块砖头飞向她的后脑,一把将她拉开,自己的腹部和左眼却被砖头击中了。

"你们领导都让开,打死人我到公安局偿命!"一个叫不上名字来的工人喊道,领着人就朝大门外闯。

"同志们,同志们,你们非要把事情闹大才甘心吗?你们能不能克制一下,给我点时间处理这件事!你们这是往绝路上逼我呀!"

宋颖平不住声地哭喊着,泪水哗哗地涌出了眼眶。工人们也因此静了下来,他们还是第一次目睹他们的厂长在如此众多的人面前流泪。

飞虹制药厂陷入了一个怪圈。工人们为了不让秦谦义进厂,全力挽留宋颖平当厂长;宋颖平当厂长的前提,就是要方立伟留下来帮她;而工人们为了挽留宋颖平,只能全力挽留方立伟。因此,对于药厂最近发生的事,方立伟不能不管了。他十分清楚,药厂大门口发生的事件,仅仅是一个导火索,更大麻烦还在后头呢。他必须尽快通过有关部门了断这件事。

这天一大早方立伟就跑到后河村找村委会的蔡书记,向蔡书记反映整个事件的前因后果。当时蔡书记还没起来,正坐在床头上抽烟,听了一半就把方立伟的话打断了,说这事归治保主任管,这类斗殴事件你还是跟他说吧。方立伟又去找治保主任,治保主任说我们的治安联防小组也解散了,目前这类事情暂时没人管。要不然你还是报派出所吧,要杀要剐由他们办。

……

此刻,宋颖平正在党委书记隋长庆的办公室里坐着。

宋颖平的问题是隋长庆当上河曲镇一把手后面临的一个最头疼的问题。本来,他们的计划就是在半年的时间内,通过对政府和所属企业的人事调整,逐渐消除前任丰正国留下的阴影,在全镇形成一个上下同心的大好局面。他在工作中发现,那个新来的镇长杨光骨子里也不是个省油的灯,必须趁他羽翼未丰立足未稳之际把河曲镇的格局安排就绪,日子拖久了杨光的根子一旦扎在这块土地上,事情就会越来越麻烦。他总不能当镇长的时候书记说了算,当书记的时候又是镇长说了算,真要混到那个份上还有什么意思?

然而,就是这个宋颖平,这个穿着一身灰色衣服,瘦小的身体蜷在宽大沙发里的已经没有多少女人味儿的中年妇女,把他对所属企业的第一步关键性调整破坏了。更要命的是,药厂职工的游行和静坐使他上任以来头一次受到市委、市政府的"重视"。市委第一副书记林水潮指着鼻子把他训了一顿,新任市长陈刚军也紧攥着双眉,对他态度很冷淡。在政界这个圈子里年头已经不短的隋长庆十分清楚,一个下级如果不能给领导带来什么好处,不能做出成绩给领导脸上贴金已经够惨的了,千万不能给领导添什么麻烦,否则后果就是牺牲你一个来保护大局。

从这个意义上讲,或者对于他本人来讲,飞虹制药厂眼下已成了河曲镇的马蜂窝,他隋长庆是碰都不敢再碰了。他唯一的办法就是对飞虹药厂置之不理,静观其变。但宋颖平这枚棋子动不了,他的第二步调整计划就无法落实,这无疑给他心里留下了一个痛。因此他巴不得飞虹制药厂自己闹出点什么事来,好使自己有处理宋颖平的理由。

但想法归想法,年轻时一向性情率直的隋长庆早已在官场上练就了喜怒不形于色的基本功。因此,他还是当着宋颖平的面,给后河村的蔡支书拨通了电话:

"你们村支部要对那些人加强教育嘛,多从自己身上找原因。你们要查一查,看看闹事人里边有没有共产党员共青团员,要有的话让他在生活会上作检讨,再不行给予党纪处分嘛……"

隋长庆放下电话,又看了一眼桌上放的材料,拿起来草草翻了两下,对宋颖平说:"我看这事最终还得派出所出面调解。这么着吧,我在材料上签个字,也算代表咱们镇里的意见。你说呢?"

"那就谢谢隋书记的支持了。"事到如今,宋颖平也没什么主意。

隋长庆在材料上签了字,然后递给宋颖平,语重心长地说:"颖平啊,自从你担任厂长以来,咱们党委和政府对你的工作一向是很支持的。女性干部的身上最可怕的就是女性弱点,小里小气,优柔寡断,目光短浅,要注重克服这些家庭妇女的毛病,把工作做好……"

宋颖平拿着隋书记签了字的材料到派出所找所长魏新贵时,魏新贵正在大办公室的一张单人床上和一个干警、两个联防队员打扑克。看样子魏新贵这把牌是输了,显得很烦躁。

"洗牌洗牌。"魏新贵说着,摸起腿边放着的一盒云烟,揭开盖子掏了掏,又喊道,"谁有烟谁有烟?"

正洗牌的一个联防队员急忙从身上掏出烟扔了过去。这时宋颖平一直在旁边站着,但魏新贵却像根本没看见一样。

"魏所长,我是飞虹制药厂的宋颖平,是来向你反映情况的。"

魏新贵整理着手里的牌,抽空斜了宋颖平一眼,说:"你就是宋厂长?架子可不小哇。"

"魏所长,这两天没抽开身。你看咱们是不是单独谈一谈?"

"他妈的,刚才我那一对圈没人管,现在你又拿出一对臭尖,把你的臭尖拿回去!"

魏新贵将一名干警的一对A扔到一边,自己又琢磨着出牌。宋颖平只好坐在椅子上耐心等着。

过了一会儿,魏新贵又指指坐在办公桌前看书的一位干警说:"尿憋了,你过来替我两把。"说罢将手里的牌交给那位干警,趿着鞋出去了。

宋颖平只能等着,可半个钟头过去了,还是不见魏新贵的踪影。她走出屋来,看到"所长室"的门虚掩着,过去推开一看,见魏新贵独自一人在办公室桌前坐着。

魏新贵看了宋颖平一眼,没说话。他像是想起了什么事,拿起一个小电话簿翻着,又抓起桌上的电话拨号码,打了两三回都没人接。他又站起身来,连招呼都没打就出去了。

宋颖平只好坐在所长办公室的沙发上,耐心地等待着。她心里不由得想到,这个魏所长过去见了她还算客气,为什么突然像换了一个人?莫非他知道镇里不想让她当厂长的事情?或者,是后河村的那笔五千元的治安活动费？宋颖平忽然意识到这笔钱一定与派出所有关系……

9

夜幕垂临。一条寂静的小巷，昏暗的路灯映着坑坑洼洼的柏油路面。在一个路灯照射不到的道边，有一家灯光同样昏暗的小酒店，窗上的玻璃污浊不堪，门前泼了一大片污水，还夹杂了许多菜叶和米粒儿。

方世勋坐在小酒店里的一张方桌前，望着对面的方立伟。多时不见，他发现这位老兄一下子老了许多，脸上的皱纹刀切斧斫一般深刻而坚硬，与他的实际年龄极不相称。方世勋本能地感觉到，方立伟在飞虹制药厂的这段日子一定过得十分艰难。

"厂里的事不大顺心吧？"方世勋问。他估计方立伟把他约到这个地方来，一定有什么原因。

"何止是不顺心，麻烦大了。"方立伟说。

入秋以后，飞虹制药厂与后河村的冲突非但没有缓解，反而愈演愈烈。先是药厂的大轿子车遭到了后河村村民的袭击，砖头瓦块把车玻璃砸破了三四块，碎玻璃划伤了车上两名员工的脸，鲜血直流。当时方立伟正好在车上，好不容易把愤怒的员工拦住了。前不久，那个当初在澡堂里带头打架的后河村村民黑水牛向药厂索要十万块钱，说他家门前药厂通往镇里的十三米道路是他家的地基，遭到拒绝后擅自把路挖断。这道路是药厂通往镇里和玉泉市的唯一一条路。药厂的车辆无法通行，厂里的产品运不出去，目前已有江京、黄州等数家省内外医药批发公司因为飞虹药厂的货物延期而取消了合同。南方两家客户的经理来药厂洽谈业务，一看连路都通不了，掉转车就走了。

"你应该向镇里和市里反映一下情况嘛。"方世勋听了方立伟的讲述，十分同情地说道。

方立伟将手里的酒杯墩在桌子上，愤愤地说："反映有啥用？市里还不是发回镇里解决。镇里呢，何书记巴不得药厂倒霉，好把宋颖平撵走，表面上还是责成派出所处理。派出所和村里就知道开口要钱，稍不满意就出难题。黑水牛这帮人就是在他们明里暗里的纵容之下开始捣乱的。你说如今的社会成什么了？就算我找到刚军市长，又能说什么？只能说明你没能耐，连厂子周边的关系都处理不好。"

"……"

方立伟眼睛盯着墙角的某一处，恨恨地道："他妈的，老子这事没法公了，就来它个私了！"

"你想干什么？"方世勋问。

"一会儿你就知道了。我约了马腰窝。"

"马腰窝？马腰窝是谁？"

"你这人这么健忘？马腰窝就是那个把我关在地窖里的家伙。"

"那个地痞流氓？方立伟，你没吃错药吧？这种黑社会的人你也来往？"方世勋简直有点不相信自己的耳朵。

"我装了三千块钱，叫他教训教训黑水牛这帮人，叫他们以后再不要欺负我们药厂。"

方世勋站起身，严肃地说："立伟，你也是个有档次的人。这种事是犯法的，你也能干得出来？"

"犯法？犯法又怎么了，如今的社会有哪个按法办事了？他们要依法办事，我们药厂能成今天这样子？我们当初的威尔厂为啥倒闭？别人欠了我们的钱，我们屁股后头追上几个月都要不回来，我们欠了人家的钱，被关在地窖里往死里整。你起诉法院，能给你执行回来？这个社会容不下你，知道不？"方立伟越说越激动，脸也憋得通红。

"你今天约我出来,就是找那个马腰窝,动用黑社会帮你解决问题?"

"主意是我自己拿的,我不过是叫你出来陪陪我罢了,反正你也跟他认识。再说,马腰窝这人坏是坏,可挺讲义气。如今的社会,交这种朋友不吃亏。"

"立伟,知道你是把我当朋友才跟我说这件事的。不过,我反对你和这种人有什么瓜葛。你最好还是通过其他途径解决这个问题。"

"其他途径?还能有啥途径,你帮我找找。"

"你要有点耐心,会有办法的。要是你一意孤行,恕我不奉陪。"

方世勋情急之下话也说得很重,没想到方立伟根本不买账,不客气地对他说:"那你请便吧。"

方世勋朝酒店门口走了两步,又站住说:"立伟,作为朋友我说实话,你有头脑,有眼光,是个经营企业的人才。但你千万不能走斜路。马腰窝这伙人招惹不得,你跟他们不是一路人。你好自为之吧。"

方立伟没吭声,默默地目送着方世勋消失在门外的黑暗之中……

10

这是一个月黑风急的夜晚,马腰窝手下的打手小猴子——那个手段极为残忍的戴眼镜的矮个子,带着手下的四五个弟兄摸到了后河村的黑水牛家。小猴子手里提着一根两尺来长的粗电缆,踹开黑水牛的家门,提起已经睡下的黑水牛就是一顿暴打。黑水牛杀猪似的惨叫着,喊声惊动了左右两厢黑水牛的两个兄弟,原来他们弟兄三个住在一个院子里。两个兄弟扑进来就加入了混战。此时小猴子的人也不过稍占上风而已,没想到黑水牛的弟媳很快从左邻右舍喊来四五个村里的青壮年,黑水牛家里的炉锥火铲都成了他们手中的武器。而此时,一丝不挂的黑水牛仿佛真像一头发疯的壮牛,越战越勇。小猴子发现如果再僵持下去,自己一伙注定要栽。情急之下,他拔出腰间的弹簧匕首,一下子捅进黑水牛长满黑毛的腹部……

是夜,黑水牛在家人抬往河曲医院的途中死亡……

11

夜很深了,苍穹中点缀着几颗暗淡的星星。后河村外的那条曲曲弯弯的小河平静地铺在眼前,像一匹闪亮的黑色绸缎。隔岸收割过的土地铺满了积雪,伸延在萧然的视野尽头。几棵干瘦的老槐树在荒凉的景色中愈发显得孤独。

方立伟与宋颖平在岸边已经待了很久了。在这死寂的河岸边,俩人却谁也平静不下来。

自从后河村的黑水牛被马腰窝手下的小猴子一刀毙命之后,飞虹制药厂还真的平静下来了。但身为一厂之长的宋颖平却无论如何平静不下来,白天她做事心不在焉,夜里还常常被噩梦惊醒。昨晚她刚刚有了一点睡意,就看到了大输液车间的流水线上走过的不是氯化钠,而是一瓶瓶殷红的血浆。后来她又看到药厂通往镇里的那条路上排满了死人,一个个浑身是血,那些死人又一个个爬了起来……宋颖平大叫一声惊醒了,周身沁满了冷汗。现在她已是极度的神经衰弱,整夜整夜无法安眠,人也变得恍恍惚惚,心理已到了几近崩溃的边缘。此刻,他们之所以穿着厚厚的大衣坐在冰天雪地里,就是怕隔墙有耳,这毕竟是人命关天的事。

"我得去公安局自首。"宋颖平喃喃地说。

从她和方立伟见面的第一刻起就这么说。自从那件事发生以后,她总是对方立伟重复这句话,搞得方立伟也很烦。

"不行,你不能去。咱们会被抓进去,甚至判刑。那我们两个人全完了。"方立伟说。此时,他除了这句话,也没什么好跟宋颖平说的。

"记着,立伟,照顾一下我的女儿。她还小……"宋颖平的脸上淌下两行清泪,在星光下显得异常明亮。

"你这人咋回事啊。你被抓进去了,我还能在外面么?人家问你是谁主使的,你咋说?现在小猴子跑了,马腰窝压根儿不会承认这件事。人已经死了,到时候定我们个杀人主谋,全得枪毙!你连这都不明白?"

"……"

"好啦,咱们回去吧。就当这事从来没发生过。"

"我得去公安局自首……"宋颖平又像是自言自语地说道。

"你……"

方立伟气得话都说不上来了。对眼前这个宋颖平,他是哭不得笑不得,吹不得打不得。他万万没有想到,这个平日里管着一个企业,关键时刻也能镇定自若的宋厂长会是这副熊样。他想起一个词叫"生死考验",事实证明不到生死关头是看不出一个人本质的。他看着宋颖平,发现她那张残留着泪痕的脸上布满了皱纹,头发也乱蓬蓬的,像个疯子。他忽然觉得后背冷飕飕的,意识到如果再这样下去,她也许会真的疯了。

"我得去公安局自首……"

"那我呢?你说我该咋办?"

"我不知道。我得去公安局自首……"

"……"

宋颖平眼望着河对岸凄凉的田野,嘴里含混不清地嘟囔着:"我说过我可以不当这个厂长的,我也不稀罕那个预制厂厂长。我舅舅是广州一家著名药业的董事长,他几次打电话要我去那边干。都是你们,硬要把我留在厂里。我恨死你们了……"

方立伟忽然灵机一动,看着宋颖平说:"那好呀,你现在就可以到广州那边去。既然你舅舅是董事长,肯定会给你一个不错的职位。你不是不想在这里待下去么?干吗要在一棵树上吊死?"

"太晚了……"

"不晚。你走你的,把这个厂交给我好了,所有的事都由我全权负责。"

"那我明天就去找何书记辞职……"

"对对。你辞你的,走得越快越好。"

"要是那个小猴子被公安局抓住了怎么办?"

"你就说你忙着联系那边的工作,也不关心厂里的事,更不清楚这件事。让我一个人负责好了。再说,这事本身就是我一手办的,您压根儿就不知道马腰窝是个啥东西。"

宋颖平想了想,又犹豫地看着方立伟:"危难时候把你一个人撇下,不太合适吧?"

方立伟心说你不坏我的事就不错了,还跟我讲啥义气。你要是早说出这番话,我前两个月就把你打发走了。他拍拍自己的胸脯说:"你放心。我不过是叫马腰窝揍那小子一顿,又没主使他杀人。再说人又是小猴子杀的,马腰窝也没让他去杀。我还没犯掉脑袋的罪。"

事到如今,宋颖平才长长舒了一口气。

12

河曲飞虹制药厂与锦江药业的联姻终于完成了,锦江药业通过收购百分之六十一的股权,实现了对飞虹制药厂的控股兼并。一个星期前,当飞虹制药厂与锦江药业正式在协议上签字后,宋颖平连一刻也没停留,立刻乘飞机南下广州。临行的那一天,她甚至连招呼都没跟方立伟打,仿佛只有这样才能甩掉她心中的阴影。

宋颖平走了,也许将永远不再回来。

这天上午,锦江药业的总经理助理兼项目负责人杨亚洲推开了方立伟办公室的门:"方厂长,我和梁董事长通了电话,车子再过十多分钟就要进厂了。我们是否出去迎接一下?"

方立伟注意到,杨亚洲的身后跟着副厂长魏建平、供销科长张政和财务科长岳紫玲等一批干部。此前杨亚洲曾经代表锦江药业一再承诺,不会大范围调整飞虹制药厂这方面的人,确实不能胜任本职工作的除外。有了这样一个承诺,魏建平等人工作起来要比过去尽心多了。而方立伟当初就曾向杨亚洲表示,一旦飞虹制药厂的交接工作正式完毕,他就要离开这里。

"还是你们去吧。如果董事长有什么指示,尽管吩咐我好了。"方立伟不卑不亢地说。

杨亚洲知道方立伟是要走的人了,也就不再勉强,径自带着人下楼去了。

方立伟拿起办公桌上的《中国医药报》,浏览着头版的大标题。也不知为什么,他看了半天,竟然一个字也没看进去。他又伸着脖子朝窗外看,见杨亚洲等人依然在厂大门口站着。方立伟心想,与其一个人在屋里心神不宁,反倒不如跟大伙一起迎接董事长的好。没想到他刚刚站起身,大门外便驶进了一辆黑色的豪华轿车来。杨亚洲等人立刻围拢过去,看样子是董事长到了。

方立伟又坐回到桌前,再一次拿起了报纸,但这一次他分明不是阅读,倒像是有意用报纸遮挡什么,好给自己的思绪留下一点空间。也就在这时候,厂办的秘书敲开了他的门,要他到小会议室开会。

方立伟推开小会议室房门的时候，忽然眼前一亮，锦江药业的董事长就坐在正面的沙发上。她身着一件雪白的高领羊毛衫，一件紫红色的带有缠枝花图案的外衣，十分端庄地坐在那里，见他进来后便站起身，十分平淡地与他握了握手。方立伟坐下来的一刹那忽然意识到，杨亚洲并未给他们作任何介绍。

梁董事长给方立伟的第一印象十分深刻，她是位真正的现代女性，身材匀称，容颜娇美，衣着也十分时髦而得体。

梁董事长轻轻甩了一下头发，开始了她的讲话："在座的各位都是飞虹制药厂的管理者。我想对大家说的一句话就是，从今以后，飞虹制药厂正式归入了锦江药业这个大家庭。飞虹制药厂是一个乡镇企业，这几年之所以没有发展起来，归根结底是一个机制问题。企业的产权乍看上去似乎很明晰，但实际上，并没有人为企业资产的增值负责。由于这个根本的原因，导致企业多年来一直在求生存的低层面上徘徊。因此，从企业发展方向的综合决策方面来讲，必须有一个相对稳定的战略规划才行。第二点需要说明的是，如何更新我们的管理，如何确立我们管理人员的管理理念，使我们的企业能够从整体出发，把企业各部门有力地联系在一起，形成一个上下同心的集团……"

梁董事长讲了些什么，方立伟一句都没听进去。他只是目不转睛地打量着这个女子，努力猜测着她的年龄。他不禁想，现代人的生活水平提高了，而高档化妆品也使女性的外貌有了质的变化，这一切使她们的年龄界限变得模糊起来。这个梁董事长究竟多大了，四十岁？还是三十岁？在方立伟的注视中，觉得她的年龄越来越小，流利的发言甚至掩饰不住她的娇态，锦江药业的董事长兼总经理竟是一位聪慧迷人的女性，这一点是他万万没有想到的……

"方厂长，你说呢？"

方立伟忽然清醒过来,意识到对方是在征求他的意见。但梁董事长究竟是问他什么问题,他的脑子刚才就像断了电,根本不清楚。

"好的,好的。"为了掩饰自己的失态,他只好胡乱应付着。

"那好。我想利用今天的时间跟在座的各位单独谈一谈,倾听一下大家对企业发展的意见和建议。方厂长,我们先谈谈好吗?"

方立伟似乎被人施了催眠术一般,恍恍惚惚地跟着梁董事长走出会议室,来到当初宋颖平的那间厂长办公室。

"方厂长,您对咱们飞虹药厂的未来发展有什么好的建议吗?"梁董事长刚刚落座便问道。

"没有没有。关于企业的一些基本情况和我的一些看法,我已向杨助理谈过了。要是我想起什么好的建议,会随时汇报的……"

梁董事长也不再问什么,只是目不转睛地打量着方立伟,问道:"方厂长,您是不是有些紧张?或者有什么心事?"

"没有没有。我有啥好紧张的?不可能。"方立伟摇着头说。

"我想问你一件事,你认识梁丽吗?"

"不不,不认识。"

"那好,现在我告诉你,我就是梁丽。"

"是,是,杨经理已经跟我们介绍过了。"

"那你干吗急着说不认识呢?"

"梁董事长我当然是认识的,我只是不认识您说的那个梁丽。"

梁董事长看着他,咄咄逼人地反问道:"我说过还有一个梁丽么?"

"这……"

"我们一定在什么地方见过,好像在两年前的春天。那里的光线暗了一些,可我们彼此的距离好像很近。是吗?"

"梁董事长一定是认错人了。"

梁丽也没坚持,低头想了想,然后说:"我没什么要问的了。麻烦你叫一下魏厂长,我想和他谈谈。"

……

这天梁丽在厂长办公室一直没出来,与厂里各部门的负责人及各车间主任分别进行了交谈。而方立伟始终躲在他的办公室里,六神无主地来回踱着步。到了下午六点,方立伟忽然意识到,自己在这个厂是一分钟也不能待下去了。他伏在桌上草草写了一封辞职信,收拾好自己所有的东西。他也没和任何人告别,只是将那封信交给了办公室秘书,然后像做贼似的偷偷溜出了药厂。

晚上八点整,当长途汽车驶出玉泉车站的时候,方立伟居然长长舒了一口气,有一种如释重负的感觉。汽车缓缓行驶着,车窗外朦朦胧胧的树木从眼前掠过。远处,那个他十分熟悉的小镇掩映在一片璀璨的灯火中,晶莹剔透,亦真亦幻。想到何一明与方世勋在这个小镇上把事业做得如火如荼,而自己却身无长物,一事无成,前途渺茫,心中不禁生出无限惆怅。

一辆黑色的轿车赶在前头,将长途汽车拦在了道边。一个身着白色风衣的女子从轿车上下来,上了长途汽车。

"方厂长,厂里的事还没交代完,你怎么说走就走了?"

方立伟没想到梁丽会一直追出河曲来找他。他在最初看到梁丽的那一刻顿时心花怒放,险些从座位上跳起来。随后他又觉得鼻子酸酸的,险些落下泪来。

"快下车啊,还愣着干什么?"梁丽催促道。

"药厂的事我已经全部交代过了。况且,我去江京有急事……"

"正好我也去江京,顺路送你。"梁丽说罢,转身跳下车去,再没给他推诿的余地。他只好下了车,坐进梁丽的轿车里。

梁丽放开手闸,轿车平稳地朝前行驶着,静寂无声。俩人都在默默注视着车灯照耀的前方,谁也没说话,也不知究竟该说什么。

轿车在路上行进着,但车内的时间仿佛是凝固了。也许是过了十多分钟,也许过了一个小时,这使方立伟想起了在马腰窝地窖里度过的那些时日。于是他竖起耳朵,努力剔除着汽车隐隐的引擎声,寻找着梁丽的呼吸,因为只有这呼吸声对他来说才是最熟悉不过的。

轿车无声地在路边停了下来。梁丽打开了车窗,路边坡下的盈水河微微泛着些许光亮,并传来汩汩的流水声。梁丽将头抵在了方向盘上,好像很累很累。坐在旁边的方立伟依然不知该说什么,只是闷闷地坐着。他以为梁丽睡着了,没想到梁丽抬起头来,说:"我们到河边坐坐好么?"

尽管已是春天,但盈水河畔的夜晚依然透着阵阵凉意。没有风,岸边的树木都静止着,好像怕打扰了谁,又像是睡着了,只有河水孜孜不倦地流,既不兴奋,也没有忧郁。

"萍萍——萍萍——"

对岸的树丛中转出一个男子,双手掬成喇叭状,朝河这边喊着。当河水将他的声音漂远之后,他的喊声便会又一次响起:

"萍萍——萍萍——"

对岸男子的叫喊一声声撞击着方立伟的心扉。那声音中饱含着关切,怜爱,痛惜,焦虑。萍萍是谁?对于方立伟来说,他更愿意理解成那男子得而复失的情人。

"萍萍——萍萍——"

对岸的男子一边徒劳地喊着,一边沿着河岸向下游走去……

梁丽也仿佛沉浸在那男子的喊声里,直到男子的身影隐没在黑暗中,声音也随着流水远去。她扭头看着方立伟,柔声问道:"立伟,马腰窝地下室里度过的那些日子,你难道真的能忘了?"

"……"

"当年你去平阳县找到解救我的人后,掉头就走了。你真心狠,连见一次面的机会都不给我……"

方立伟低着头,两手用力撕扯着头发,痛苦地说:"我真的忘了。也许我脑子受过刺激,啥都想不起来了……"

梁丽的下巴抵在双膝上,望着对岸。过了一会儿,又说:"立伟,我冷……"

"我给你到车上拿风衣……"

方立伟正要起身,没想到梁丽一把拉住他,双臂攀住他的脖颈,将身子偎进他的怀里。

"立伟,你想起来了么?"

方立伟紧紧地将梁丽揽在怀中,用脸紧贴着她冰凉的鼻尖和双唇。他闭上了眼睛,在感觉着那个被关在地窖里惨遭折磨的女子。此刻,他感到怀中的女子依然是那么小巧单薄,依然是那样柔弱无骨,他感觉到了这个熟悉的身躯在寒冷与激动的交织中传递给他的索索颤抖。方立伟再也控制不住自己,紧紧拥着她,喃喃地说:

"我想起来了……我真的想起来了……"

13

方立伟来到锦江药业的最初几天里,丝毫没有预感到生活中会有什么麻烦。

从中华大酒店出来,梁丽亲自驾车和他一同回家。此时已是夜里十一点多了,但在这逐渐升温的初夏时节,大街上依然行人如织,熙来攘往,浮游在绚丽的商场超市门前。街边的路灯与各色霓虹灯或含烟带露,或晶波耀目。轿车平稳地行驶在宽阔的长街之上，望着窗外的景色，方立伟的心中不禁生出飘飘欲仙的感觉。

就在今天上午，锦江药业正式召开了董事会，由董事长兼总经理梁丽提议，任命方立伟为锦江药业的常务副总经理。散会后，方立伟与梁丽正式办理了结婚登记。晚上，自然是丰盛的婚礼大宴了。由于梁丽和方立伟都是"过来人"，不愿大肆张扬，只请了本公司中层以上管理人员与下属各公司的经理。没想到总公司的一些员工得知梁总结婚的消息后，竟主动前来，把个中华大酒店的大厅几乎占满了。收到的贺礼不计其数，仅金银首饰就满满一大盒子。酒绿灯红的席间自然是一番觥筹交错，笑语声声。

直到进了家门，方立伟都恍恍惚惚，仿佛置身于梦境一般。再看看这幢御花园小区装饰一新的小楼，还是不敢相信眼前的一切都是真的。

忙碌了一天，新婚之夜终于来了。俩人各自冲了个澡，便早早上了床。净洁松软的棉被隐隐含着棉花的芳香，朦胧的壁灯下，俩人背靠床头，亲昵地依偎在一起。梁丽身着淡粉色的睡衣，面若桃花，含情脉脉，显得十分年轻，总也掩饰不住女孩子般的娇媚。看着梁丽小鸟依人、温婉可亲的模样，回想起他们的相遇，方立伟轻轻抚摸着她柔软的长发与细嫩的脖颈，更生出一种爱不释手的感觉。

梁丽伸手按灭了床头灯，屋里顿时陷入一种浓浓的溢满温馨的黑暗中。梁丽的双臂紧紧环绕着他，将脸贴在他的胸上。

他得到一种暗示，这是一种不需要约定不需要预演的暗示。方立伟知道他该做什么了。他将梁丽抱起来放在自己身上。他立时感觉到了她温软的呼吸，在那个黑黢黢的地窖里，他总是循着这微弱的呼吸一次次摸索到她。在他听来，这呼吸就是一个弱女子悲楚哀怜的呻吟。还有梁丽那瘦小的身躯，孱弱，轻软，他抱她的时候总是有一种搂空的感觉，就像怀抱着一个孩子。在那个潮闷阴湿的地窖里,每逢他拥抱她的时候,都会感到她身体索索的战栗,因为冷,因为病,因为痛,甚至因为绝望。他脱去了梁丽的睡衣,两手轻轻地在她滑嫩的肌肤上游走。梁丽的呼吸声愈来愈急促,他浑身的肌肉也因此而绷紧了。

然而,当方立伟真正需要做他该做的事时,居然发现自己身体最重要的部位睡着了一样软软瘫伏着,好像所有的激情与一切的冲动都与它无关。尽管在他的努力下半睡半醒地直起了身,但仿佛就在一瞬间,一切都云散烟消。方立伟额上淌着汗珠,努力屏住哮喘般的呼吸,低垂着头,覆水难收的悔恨与失败感强烈地交织在一起。

"你过去一直这样么?"

方立伟摇了摇头,他甚至没有勇气回答梁丽的问题。

从新婚之夜开始,方立伟一直处在神辱志沮、郁悒不乐之中,他已经丧失了尝试的勇气,因此更加害怕晚上的到来。他借故对公司工作不熟悉,常常加班加点,要么半夜回家,要么彻夜不归。如果他能把精力集中到工作中,从中获得一点成就感倒也罢了,偏偏锦江药业的高层包括一些中层管理人员都对他这个半道上杀出的常务副总经理不服气,不是出难题就是暗里顶牛。十几天下来,方立伟就肝火难抑,唇边起了一圈燎泡。

星期一的上午,梁丽也来公司上班了。到了十点多钟,忽然楼道里喧声大作,叫骂之声不绝于耳:

"梁丽,你他妈的就躲着吧。你这个贱×!你躲了初一躲不了十五。"

"你们锦江药业有个卖×总经理,生产春药倒挺合适。"

"梁丽,你给我滚出来!"

"……"

整个锦江药业的办公楼仿佛被喧嚷叫骂声掀翻了,方立伟坐在办公室里,耳听着楼道里不时响起的纷乱的脚步声,不知自己是否该出去看一看。一个偌大的公司被搅得鸡飞狗跳,方立伟还是头一回遇到。

门开了,公司两位副总经理马平、于中华和总经理助理杨亚洲走了进来:"方总,您还是出去看看吧,外面都吵翻天了。"杨亚洲抢先说道。

"到底出了什么事?"方立伟问道。

"还是那个黄茂,梁总的前夫,隔三差五就来公司闹腾一次。"

"他想干啥?"

"能干什么,要钱呗。今天十万明天八万,梁总要是不给,他就在公司里破口大骂,专拣最难听的话骂。有时梁总实在吃不消,就拿钱打发他。但你给钱也不是,越给来得越勤。"杨亚洲说。

"方总,我看这事你得想个彻底解决的办法。要不然,公司叫这一个人就折腾垮了。"副总经理马平说。

方立伟没表态,看杨亚洲的神色,似乎还真为这事发愁。但马平和于中华的心思,方立伟一时还真猜不透,也许他们还是成心扔给他一个烫手山芋,想看看热闹。他想了想说:"这么着吧,你先把他叫进来。"

杨亚洲出去了。不一会儿,梁丽的前夫黄茂就被公司的几个人连拉带推弄了进来。黄茂甩动着两只胳膊,扭着脖子朝门外喊:"梁丽,你个卖×货,我看你能藏多久!"

对面这个人一副瘦长的马脸,左眼皮上一颗黑痣。他穿一身米黄色西装,打一条蓝色的真丝领带,行头还算不错,只是在与公司员工的撕扯中把领结拉歪了。

"你就是黄先生?我是方立伟。"方立伟不动声色地说,语气中透着威严。

黄茂这才打量了一下方立伟。他挣脱双臂,整了整衣领,脸上浮现出嘲讽的笑容:"你就是方立伟?你也别神气,当年我就在这个位置上坐着。梁丽这贱货,谁×她她就让谁坐这个位置。"

办公室门外有人在哧哧地笑。方立伟也不理会,看着黄茂说:"黄先生,你也是当过副厂长的人。你满嘴的污言秽语,不觉得难为情?"

"难为情?开始我是难为情来着,可我要是难为情,她会乖乖给我拿钱吗?我这污言秽语都是她逼出来的。"

"你想要多少钱?"

"十万。"

方立伟想了想,然后说:"黄先生,现在,除了梁总,我们公司的领导都在场。如果你向我保证这是最后一次,我负责把十万块钱交给你。"

"向你保证?我凭什么向你保证?我找的是梁丽。"黄茂说着又跳着脚朝门外喊,"梁丽,你个贱货,给我滚出来……"

"黄先生,你别喊了。下午五点整,你在长风路街心花园等我,我负责把钱送去。"

黄茂没想到方立伟会如此爽快,竟有一种不知所措的感觉,过了一会儿才将信将疑地问:"这话当真?"

"一言为定。"

"那好,我不怕你赖账。"黄茂说罢,拨开门口的人出去了。

方立伟对杨亚洲说:"小杨,你把财务部长给我叫来。"

杨亚洲应声出去了。财务部长刘丽娜大概刚刚也在门口凑热闹,因此很快就进来了。

"刘部长,请你为我准备十万块现金,我下午用。"方立伟说。

"这个……"刘丽娜沉吟道,又偷眼瞟着杨亚洲。

杨亚洲朝桌前跨了一步,小心翼翼地说:"方总,十万块钱必须经过梁总批准的……"

方立伟弯曲食指叩击着桌面,严肃地说:"我提请你们注意,我是锦江药业的常务副总经理。"

总经理助理杨亚洲沉默了,但财务部长却站在原地一动未动,看样子根本没有执行的意思。

"还等什么,去办呀。"方立伟又一次催促道。

"您要拿钱可以,但必须有梁总的批示。"刘丽娜坚持道。

"梁丽现在的情绪和所处的位置不适宜处理这件事。你照我说的办,有问题我负责。"方立伟有些不耐烦地说。

"我必须有梁总的指示。"

刘丽娜的态度不温不火,不卑不亢,但却激怒了方立伟。刘丽娜是个三十多岁的女子,肤色白皙,身姿窈窕,举止温文尔雅,言谈轻声软语。刚进公司的这段日子里,刘丽娜给他留下了十分美好的印象。他也一直把她当做自己人看待。没想到这个刘丽娜居然绵里藏针,根本没把他放在眼里。方立伟意识到,刘丽娜与梁丽的关系非同一般,单凭自己的声色俱厉是镇不住的。于是他强压了怒火,妥协道:"那好,我们现在去见梁总。"

梁丽独自在办公室坐着,刚才她究竟躲在什么地方,谁也不知道。梁丽的双眼红红的,鼻尖也红红的,看样子刚刚哭过。方立伟进门后一屁股坐在沙发上,说:"刚才我答应了黄茂,给他十万块钱。"

梁丽从抽屉里拿出一块洁白的手帕,摁在脸上用力擤了一把鼻涕。她看看后面跟进来的杨亚洲和刘丽娜,说:"你们先出去一下,我跟方总单独谈谈。"

杨亚洲和刘丽娜走了。梁丽也不说话,呆呆地望着对面那堵墙,眼里的泪又止不住扑簌簌地滚落下来。她紧抿着嘴,只是为了双唇不至于抖动得太厉害。

方立伟从没见到梁丽如此悲伤过。他一时也找不出合适的话来安慰她,只好说:"你不要太难过,不就是十万块钱嘛。"

"不,我不是因为钱。钱算什么……"梁丽摇着头,泪珠儿便从眼眶里溅落出来,"我是叹自己苦命,年轻的时候瞎了眼,嫁给这么个丈夫,挨打,受气,受苦,受穷。他为了夺厂里的权,辞退了我的人,封锁消息,恨不得我立刻死在马腰窝手里。他吃喝嫖赌坏事做绝,离婚时我已经和他做了了断的,可他一没钱就找上门来……"

梁丽说不下去了,她用拳头抵着前额,努力控制着自己的情绪:"……他欺负我,就因为我是一个孤身女子。我常想,要是我身边有个男人,有了依靠,他就不敢这么放肆了。我真没想到,你居然连句硬气话都不敢说……"

面对着梁丽沮丧失落的神情,方立伟觉得内心深处的某个部位在隐隐作痛。他也无法安慰梁丽,只能喃喃地说道:"这是最后一次了。梁丽,我保证,这是最后一次了。"

……

临近下午五点的时候,阴晦了一整日的天空终于飘下雨来,淅淅沥沥,洇湿了长街。一辆奥迪和一辆桑塔纳一前一后朝长风街街心花园驶去,方立伟透过迷蒙的雨雾,看到黄茂腋下夹着一个棕色的人造革提包,在花园的一个蘑菇亭下东张西望。

奥迪停下了,车窗玻璃缓缓落下。黄茂颠颠地跑上前来,弓着腰,将一张瘦长脸探在车窗上:"方总果然守信用啊,钱呢?"

"上车吧。"

黄茂刚刚钻进车门,奥迪便箭一般的射了出去,沿着长风街向南疾驶。路边鳞次栉比的商场超市渐渐稀疏了,街面也显得开阔起来,间或还能从建筑物的缝隙中看到田野中的绿色。

"我们这是去哪儿呀?"黄茂有些沉不住气了。

方立伟一言不发。车子拐上了一条土路,又转了一个弯儿,在一幢新耸起的大楼前停下来。这幢大楼的主体工程刚刚竣工,脚手架尚未拆除,地下还堆积着剩余的砖灰砂石。

后面的那辆黑色桑塔纳也紧跟着停下来,车上跳下四五个年轻小伙子,面色冷峻,一色的西装革履。方立伟从车上拎出一个密码箱,一言不发地走进那幢大楼,刚刚下车的黄茂稍稍犹豫了一下,就被身后的人狠狠击了一掌。他一个踉跄险些跌倒,急忙加快脚步跟了进去。

一楼的大厅里还是粗糙的水泥地面,地上胡乱散落着破水泥袋、卫生纸和烟蒂。大厅西北角堆放着一些白茬木箱,与黄茂同车的一个年轻人从上面搬下一个木箱放在当地。

方立伟指了指那个木箱,说:"坐吧。"

黄茂环视左右,见七八个身强力壮的年轻人虎视眈眈地围着他,不禁有些心虚。他看着方立伟,试探性地说:"方总,你们不是想打架吧?咱把丑话说在头里,我黄茂可不是省油的灯。"

方立伟点了点头,然后又拍了拍手里的密码箱,说:"我不想打架,也对打架没兴趣。我只想问问你,这钱你还打算要不?"

"要。你给我就要。你人多,要是不想给我可以走人。"黄茂的话已经松动了许多。

方立伟笑了笑,以商量的口吻说:"钱我很想给。不过,你总得给我打个收条吧?我回去也有个交代,毕竟是十万块钱,对不对?"

"这好说。我没带纸笔,谁有?借用一下。"黄茂左顾右盼地说,见没人应声,又摊开两手看着方立伟,"没办法,他们都没带。"

"既然你没带纸笔,我看这样吧。"方立伟盯着黄茂摊开的双手,"留下两根手指也是一样的。"

　　黄茂本能地将手缩了回去。他预感到形势不妙,拔腿就往外走。但黄茂的周围已经围满了人,恐怕插翅也飞不出去。那七八个人一拥而上,将黄茂按在地下,捉住他的胳膊。一个红鼻头的年轻人十分生硬地将他左手的小指和无名指从掌心里剥出来,按在木箱上。一个留长发的年轻人嘭的一声打开密码箱,里面放着十叠新崭崭的人民币和一把簇新的斧头。

　　留长发的年轻人抄起斧头,迎面看了看斧刃,挥起来就要往下砍,没想到却被方立伟拦住了。他从年轻人手里拿过斧头,看着黄茂被按在木箱的两根手指,笑容可掬地说:"黄先生,你的手指不错,一根就值五万块。"

　　黄茂从地上抬起头,仰视着他,问道:"方总,您不会来真的吧?"

　　方立伟不再搭腔。他一只脚踩在箱子上,两眼直勾勾地盯着黄茂的手指。接着,他脸上的笑容消失了,牙关部位的肌肉鼓动了一下,只听砰的一声,厚重的铁斧便剁在木箱上。黄茂的手指就像两粒花生滚到了一边,一股鲜血喷流出来。这之后,才听到黄茂杀猪般的惨叫:"我日你妈呀。你小子来真的呀……"

　　黄茂右手紧攥着左手的伤处,但鲜红的血流还是从他的指间淌了出来,嘀嘀嗒嗒地淋在地面上。

　　"给黄先生包扎一下。"方立伟不动声色地说道。

　　红鼻头年轻人掏出一小瓶酒精,在黄茂的手上淋了淋,然后又拿出一卷绷带,手脚麻利地将黄茂的左手缠了个严严实实。

　　黄茂蹲在地上。他再也没有力气叫喊了,惨白的脸上滚落着豆大的汗珠。

　　方立伟将密码箱里的十万块钱拿出来,一叠叠地码整齐,然后把手里的斧头放进箱中。他小心翼翼地捏起黄茂滚落在一边的无名指,移近眼前细细端详了一下,轻轻放进密码箱,又用同样的姿势将黄茂的小指也捏起来放进箱子,然后砰的一声扣住箱盖。他走过去一把提住黄茂的衣领,说:

"记住,你还有八根手指,啥时候想交易只管找我。咱是一手交钱一手交货。"

方立伟见黄茂一团烂泥似的瘫软在地,不由得气不打一处来。他踹了黄茂一脚,恶狠狠地说:"你小子真走运,两根手指就卖了十万块钱。这可是十万块呀,老子为了十万块钱差点死在地窖里,十万块买你这条贱命绰绰有余,你他妈明白不!"

方立伟的话语最终变成了歇斯底里的叫喊……

14

上午十点,方世勋佩戴着胸牌和方立伟并肩坐在梅地亚中心的会场上。整个会场已经聚满了来自全国各地的争霸者,大厅内嘤嘤嗡嗡,一片嘈杂之声。但渐渐地,人们的嘈杂变成了窃窃私语,最后又变得鸦雀无声。毕竟是一场惊心动魄的争霸。

二十分钟后,拍卖师一声槌响,竞标正式开始。这是中央电视台新闻联播后第一个五秒标段,底价八千万。

"一点八亿元。"

人们将目光投了过去,第一个举牌的是步步高 VCD 的段永平。这个应价大大出乎方立伟的预料,他没想到段永平会一下子高出了底价一个亿。

"一点八二亿元。"有人又应了价。

还没容方立伟搞清楚这个应价的人究竟是谁,更没容他有任何思索的余地。段永平又一次出手了:"一点八六亿元。"

会场上掌声响起,未等掌声完全落下,方立伟终于举起了手中的牌号:"一点八八亿元。"

掌声又一次潮水般的响起,记者们纷纷拥了过来,将肩上的摄像机对准了他,镁光灯闪个不停。于是会场上又有了嘈杂声,有人低声问:

"他是谁?"

"不知道。你知道他是谁?"

"锦江药业的方立伟。爱多是不是不打算竞标了?说不定这个标王还真是一匹黑马呢!"

其实,这不过是短短的瞬间。方立伟以一点八八亿的标价为自己赢得了全国企业精英十几秒钟的注视。这时,爱多VCD的胡志标终于亮相了:"一点九八亿元。"

"两亿元。"段永平十分干净利落地应道。这才是人们当初预想的竞争场面,这才是"好功夫"与"真功夫"较量,一场真正的角逐。

"二点一亿元。"胡志标报价之后,场上静悄悄的。拍卖师连喊三遍,最终一槌定音……

当方立伟走出梅地亚大厅的时候,恰巧爱多的胡志标也走了出来。这位万众瞩目的新任标王破例拍了拍他的肩膀,送给他一个平静的微笑。接着,一些媒体的记者也纷纷拥上前来,绝大部分围着胡志标,一小部分围着方立伟,询问他锦江药业的情况。而许多国内知名企业的大帅们却被冷落在一旁……

十一月八日这天深夜,方世勋和方立伟在梅地亚中心外面的街上漫步。天很冷,但他们好像都不觉得。他们被梅地亚的激情燃烧得热血沸腾,天气对他们来说已经不重要了。

"你是不是真打算过一把当标王的瘾?"方世勋问道。

"没有,并不是我不想当,而是当不上。今年的梅地亚,注定是 VCD 的天下,就像前两年的梅地亚是酒大王的天下一样。人可以和人斗,但不能和天斗。我争标不过是捧捧场,给他们一个信号,不久的将来这个梅地亚大厅就会是保健品的天下。你没看到胡志标在拍我的肩膀?他是个聪明人,已经料到我会成为梅地亚的主角之一。"

"立伟,刚才我突然想到了一个问题。我现在费尽九牛二虎之力搞融资,怎么就把你给忘了,咱们不就是现成的合作伙伴么?"

"你需要多少?"

"一个亿,八千万也行。你是个明白人,道理我都讲过了,如今发展企业,没有规模不行。不论是在美国,还是在日本、德国,差不多每个主要行业都由三至十个巨型企业控制着,形成金融寡头。这些企业最大限度地发挥着规模经济的效益,使其他中小企业无法与其抗衡,从而获得稳固的地位。如果有了你的支持,用不了几年的时间,天河公司就能做到这一点。你难道不相信?"

方立伟突然大笑起来:"哈哈,不是我不相信。是你太高估我了,你以为我是土豪?往出一揪要多少有多少?"

"你今天不是要用将近两个亿争标王么?难道是个骗局?"

"骗局也谈不上。不过,说实话吧,世勋,我们两个人虽然都在商界,但处事原则不一样。你是一个按照牌理出牌的人,就是按经济规律办事的人。但我不是,这个梅地亚中心制造出来的标王也大部分不是。我们是在赌博,是豪赌。这一注下去,要么一步登天,要么倾家荡产。你没听见爱多的胡志标从大厅里出来后,那个前任标王姬长孔对他说了什么?他对胡志标说,你千万别对记者透露你的产值和利税,要不然他们就会给你算账。他姬长孔就是被别人算账算垮的,一九九六年他用三点二亿的天文数字争一个小小的广告时段,这笔巨额款项是秦池酒厂该年度利润总额的六倍多。要是用白酒来抵债的话,足足能把几个梅地亚中心灌满。你说,这不是赌博是什么?"

……

夜已深了,但首都北京的街景依然是那样绚丽多彩。

15

就在方立伟与方世勋在北京人民大会堂相遇的那天晚上,中央电视台的《新闻联播》与《焦点访谈》节目报道了一起令人震惊的事件:广西半宙制药集团公司第三制药厂生产的梅花 K 胶囊导致一百二十八名消费者中毒,其中三名患者生命垂危。[①]

紧接着,全国各大报刊及有关媒体立刻发起了对梅花 K 胶囊以及生产厂家的抨击。随着报道的逐渐深入,内情也被揭示出来。

事情的起因是这样的,十月九日,株洲一家医院的消化内科副主任陈维顺像往日一样查房,当查到消化内科二十九床时,发现患者李凤艳服用梅花 K 黄柏胶囊后出现了消化道反应。陈医生按照该药包装盒上的电话给广西半宙制药集团打了个电话,希望引起药厂的注意。第二天,陈医生在科室会上介绍情况时,科内的另外几个医生也反映了四位病人服用梅花 K 引起反应的情况。当天下午,医院药剂科周仁初主任便到株洲市药品监督局就此事做了汇报……

---

① 中央电视台《新闻联播》与《焦点访谈》报道广西某制药集团生产的"梅花 K"导致 128 名消费者中毒的事件发生在 2001 年 9 月 19 日,作品出于情节发展需要,特将发生时间作了调整。

从发现第一例患者服用梅花 K 出现反应,到中央电视台向全国范围曝光,前后还不足一个月时间,这不能不使方立伟倒抽一口凉气。广西半宙制药与锦江药业在全国的版图上看虽然相距甚远,但由于对方生产的梅花 K 胶囊与锦江药业的锦宝解毒液功能近似,同属于通淋排毒类药物,因此在湖南、陕西等相当一部分省份的竞争十分激烈。按理说,对手的垮台是一件好事,但方立伟却因此魂不守舍,总有一种不祥的预感萦绊在心,是否真应了兔死狐悲的古训,他一时还说不清楚。

方立伟没想到他的预感很快被证实了。就在他赶回东江的前两天,锦江药业二分厂生产的锦宝解毒液也惹出了大麻烦。东江省平原市的一位患者家属李桂香通过医院向锦药二厂反映,说她七十三岁的老母亲于爱爱在服用锦宝解毒液后出现呕吐与腹泻,导致死亡。李桂香认为,锦江药业应对她母亲的死负有直接责任。

方立伟赶回江京的那天上午,总经理助理刘丽娜已经意识到问题的严重性,在他缺席的情况下召开了特别会议。当方立伟从机场赶到锦江药业的中心会议室时,会议已经进行一大半了。

方立伟走进门时眼前一亮,发现梁丽居然坐在会议室里。他想梁丽破例参加公司的会议有两种可能,一是梁丽已经原谅了他的"过失",这次露面无疑是给他一个信号,她又要与他一起并肩工作了。二是事态的发展比他想象的还要严重,军中不能一日无帅,她是被请来收拾残局的。

方立伟刚刚落座,正想与梁丽说句什么,另一边的总经理助理刘丽娜悄悄对他说:"方总你可回来了,要不然今天的会议怕是无法收场了。"

方立伟看了一眼刘丽娜,问道:"大家意见不统一?"

刘丽娜点了点头。

方立伟环顾会场,很响亮地咳嗽了一声:"我刚下飞机,但我们这个会议开的时间也不短了。为了节省时间,我想征求一下大家的意见。不同意对于爱爱事件作出赔偿的请举手……"

"……同意对于爱爱事件作出赔偿的请举手！"

看了表态结果，方立伟立刻明白了。不同意对于爱爱事件赔偿的有副总经理金少山、二厂厂长任为贤，包括副总经理梁丽。同意赔偿的只有副总经理杨亚洲和助理刘丽娜，而大多数人却依然持观望态度。

副总经理金少山从省中药研究所研究室副主任的位子上退下来加盟锦江药业后，一直受到方立伟的格外器重，成了锦江药业一位举足轻重的核心人物。刘丽娜没想到金总居然也不同意对于爱爱事件的赔偿。她急中生智，专程到家中请来了梁丽。她本以为以梁丽的资格和威望可以挽回局面，没想到弄巧成拙，梁丽听了对方的陈述后，居然也倒向了那一边。就在她不知如何是好的时候，方立伟回来了。

"现在我想听一下反对一方的意见。任厂长，锦药二厂是这一事件的核心。你先说吧。"

"情况是这样的。大前天，也就是九日上午，在平原市新建路摆食品摊的小业主李桂香向厂里反映，她七十三岁的母亲于爱爱当天凌晨三点半死在平原市人民医院。她认为其母的突然死亡与服用了我们生产的锦宝解毒液有直接关系，向我们索赔三十万元。当我们拒绝了她的无理要求后，她又提出买几盒同批号的锦宝解毒液，要到药检所进行化验。我们免费赠送了她两盒。没想到她第二天上午又在没有任何证据的情况下到《平原日报》投诉，《平原日报》新闻部的一位名叫白天的记者亲自来二厂了解情况。我因为忙，派办公室主任接待了他，向他介绍了我们产品的质量情况。下午，平原电视台要闻部的记者也到厂里了解情况，但他们没带摄像机……"

方立伟摆摆手，打断了任为贤的讲述："我想听一下你们拒绝赔偿的理由。"

"主要有两点。首先,我们的产品质量肯定不存在任何问题。另外,据知情人介绍,死者于爱爱的女儿李桂香是新建路食品街的一个小摊主,平日里刁顽凶悍,无人敢惹。她母亲瘫痪在床已经四年多了,她很少回去,对母亲极不孝顺,这次送医院本来是想等她母亲死的。于爱爱死前有呕吐和腹泻等症状,当她发现她母亲服用了锦宝液之后,认为发财时机来了,开口就是三十万……"

方立伟又一次摆手打断任为贤的话,转向刘丽娜说:"刘助理,请简要阐述一下你的意见。"

"我认为必须赔偿,尽快平息这一事件。梅花K胶囊引发的事件还在风头上,如果这一事件不尽快平息,很可能成为媒体新的爆料。我感觉,李桂香很可能是读了那些关于梅花K的报道,见患者服用梅花K后出现呕吐、腹泻、消化道出血,甚至心脏骤停等症状,觉得她母亲有类似情况,才产生了索赔的想法……"

"问题是锦宝液并不是梅花K。"任为贤厂长打断刘丽娜的话说,"这事我曾请示过金总,也看了相关媒体的披露。据药检部门检测,该厂生产的梅花K主要是在中药配方中添加了过期的、不宜制成胶囊的四环素,其含有的四环素降解产物远远超过国家允许的安全范围。特别是差向脱水四环素,服用后临床表现为多发性皮肤小管功能障碍综合征,引起肾小管性酸中毒,产生乏力、恶心、呕吐等症状。我们的配方中虽然也加了西药成分,但并未引起其他化学反应。我们的锦宝液与梅花K有质的区别,绝不能放在同一层面上比较。李桂香的想法充其量只是一厢情愿罢了,必要的时候,我们可以通过法律的途径解决。"

"问题是……"

"你们的意思我都明白了。"方立伟摆摆手,阻止了刘丽娜的发言,"我想谈谈我的意见。我的意见是,只要李桂香从此闭上嘴巴,锦江药业就满足李桂香的全部要求……大家静一静,听我把话说完……我的理由有两点:其一,我和在座的各位一样,坚信锦宝液的质量绝无任何问题,也不想对企图敲诈我们公司的人以任何迁就与纵容。但我要提醒大家的是,并不是非要等到国家药品监督管理局发出紧急通知,全国范围内停止销售一种药品,才意味着这种药品的失败。也就是说,李桂香一旦将我们锦药二厂推上法庭,还不容法律部门有任何结论,锦宝解毒液的销售量就会直线下降,甚至整个锦江药业都会声名狼藉。老百姓会像躲麻风病人一样远离锦药的所有产品。其二,我拿那些新闻媒体好有一比,它们就像成群结队的马蜂,当你像鲜花一样对着它们开放的时候,它们会嗡嗡地为你唱歌,为你传播花粉,为你拓展疆土,让你生根繁衍。可你一旦掉下一根树枝,它们就会群起而攻,把你蜇得体无完肤,让你求生不得求死不能。李桂香的母亲暴死是事实吧?李桂香把锦药二厂推上法庭是事实吧?然后它再报道李桂香如何如何说,锦江药业如何如何说,几个回合下来我们就得完蛋!等它们有一天报道说锦江药业胜诉的时候,兔子都过了八道梁,一切都变得毫无意义了。"

"那依您的意思,今后不论什么人想讹锦江药业一笔,写个状子投到法院或者报社电视台,我们都得赔他一笔巨款?"金少山的声音并不高,但语气中充满了失望和委屈。

"以后的情况以后再说,至少目前是这样,至少眼下这个非常时期是这样。梅花 K 的退出,给我们让出了一个无比巨大的市场空间,给了我们一个空前发展的绝好时机。我们绝不能因为区区三十万自毁前程。到时候损失的就是三千万,三个亿,甚至三十个亿!"

会场上鸦雀无声。方立伟偷眼打量了一下身边的梁丽,见她单手托腮,似乎陷于沉思之中,不禁舒了一口气:"大家如果没啥意见的话,会就开到这儿。最后我宣布一个决定,鉴于任为贤厂长在处理于爱爱事件中存有不同看法,暂定他回公司帮助工作,锦药二厂一切事务由杨亚洲副总经理全权负责。杨总,你的中心工作就是尽快处理好于爱爱事件,只要李桂香承认她母亲的暴死与锦药二厂无关,可以满足她的全部经济要求。另外,你立刻与何欢联系,请他下去设宴招待《平原日报》和平原电视台的记者,所有费用由公司承担。你现在可以动身了。"

当人们站起身朝会议室外走的时候,几乎所有的人都感到一身轻松。仿佛这三十万块钱一下子把锦药人的愁帽子给摘了。方立伟走出会议室,停下身来等梁丽。

梁丽是最后一个走出来的。许多日子没见了,梁丽看上去憔悴了许多,但神色却恢复了先前的平和。梁丽能来参加今天的会议,某种程度上表明了她对锦江药业的关心。

"梁丽,谢谢你。谢谢你在公司危难的时候帮我主持大局。"方立伟恳切地说。

"我是不想来的,只是不能坐视不理罢了。"梁丽一边说,一边朝电梯口的方向走去。

16

方世勋走进御花园小区方立伟的家时,见他正坐在大客厅的沙发上与何欢闲聊。方立伟一身休闲装,头发光洁齐整,面色光鲜润泽,一副志得意满的样子。但坐在他对面的何欢却穿着一套皱巴巴的西装,长发蓬杂,脸色灰暗,腮边留着疏疏密密的胡子茬儿。这让人感觉到客厅里的气氛怪怪的,极不和谐。

方世勋握着何欢的手,不知究竟该如何问候。有相当一段时间何欢在东江的地面上蒸发了,方世勋可以想象,他走马灯似的不断进出着上海大大小小的酒店宾馆,手里捏着一张艾馨的彩色照片逢人便问的情景。他从何欢瘪塌的形象完全可以断定,寻找艾馨的行动必定毫无结果。只是他不明白,究竟是什么原因使固执的何欢放弃寻找艾馨的计划,回到东江一篇稿子把玉泉市委书记林水潮拉下马来。

梁丽从厨房出来了。她束着一条白色的花边围裙,笑容可掬地迎了过来:"方总,你总算来了。立伟上午一直念叨你呢!就怕你公务缠身,临时改变了主意……"

方世勋急忙插话道:"嫂子,我看你还是叫我世勋吧,叫方总就见外了。真不好意思,让你亲自下厨做饭。"

"立伟说这和一般的应酬不一样,你们都是河曲的故人了,在家吃些家常饭,显得亲热。都是些现成的,你们坐着聊,一会儿就好。"梁丽说罢,又进厨房去了。

"世勋,我今天的这个小小聚会是很有质量的,只有你、我和何欢,还有刚军书记。今天嘛,首先要祝贺陈刚军担任玉泉市委书记,再一个就是祝贺何欢那篇大作引起巨大反响。通向腐败的高速路,写得好!振聋发聩。"

"何欢那篇报道总是听人提起,可惜我忙来忙去一直没有拜读。"方世勋说。

"报纸在我书房里呢,吃过饭你看看。首先这个题目就起得好,从表面上看,林水潮等人是兴建跨省高速公路玉平段贪污受贿被揭开盖子的,但细一想,林水潮担任市委一把手不过几年时间,却急速聚敛了惊人的财富,的确是高速度。何欢,这篇稿子写得如何倒在其次,东江人看中的是你敢于直面现实揭露腐败的胆识与魄力。如今,像你这么有正义感的人实在太少了。"

何欢朝方立伟摆摆手,笑道:"一个报社的小小记者,有没有胆识与魄力并不重要,重要的是这家报纸的总编有没有魄力。如果说这篇报道对玉泉的反腐起了一定推动作用的话,我觉得首功还是属于我们报社的丁总编。有胆识的记者比比皆是,有胆识的总编却凤毛麟角。因为报纸是党的喉舌,而我们许多党的领导却并不喜欢被人揭疮疤。"

"这些都是题外话。待会儿等刚军书记来了,我们一定叫他敬你一杯酒。如果不是你的报道为他扩清道路,他就不可能当上玉泉市委书记。"

"话不能这么说。刚军的仕途是在玉泉市市长的位置上受挫的。按我们的干部任用惯例,在 A 地跌倒的干部只能到 B 地往起爬。但上边却一反以往常规,把陈刚军重新放在玉泉的领导岗位上,说明省委领导认真反思了当初林水潮路线与陈刚军路线的得失,说明了省委领导知错必改有错必纠的胸怀和决心。同时也说明,东江省委省政府已真正把发展的思路定位在经济建设这个中心之上。"

"你呀,是墨索里尼,总是有理。"方立伟笑道,转而对方世勋说,"对了,本来今天想让一明也来的,但考虑到你们目前敏感的关系,我是鱼和熊掌不可兼得,只好舍鱼而取熊掌了。"

这时,方立伟放在茶几上的手机响了。他拿起手机听了一会儿,嘴里嗯了两声,然后冲方世勋与何欢做了一个无奈的手势:"刚军书记的秘书打来电话,说省领导找他座谈,来不了了。"

方立伟话音刚落,手机又一次响了起来。

"方总,我回来了!"

"咋样?"方立伟关切地问道。

"直捣他们的老窝,大获全胜。有些具体问题我想向您汇报一下。"

"好!太好了!"方立伟情不自禁叫道,身体在沙发里跃动着,好像随时都会弹射出去,"你现在马上来我家,御花园小区五号楼。"

"到您家?怕不大合适吧?梁总……她在家吗?"

"吃不了你。她不在,你来吧。"方立伟合上手机,脸上透着诡秘的笑容。

"哪一位?"方世勋问道。

"一个老朋友。对了,你和他也算是故交了,一起喝杯酒,一定会多一番感慨。"

"你不要故弄玄虚好不好?"

方立伟笑而不答。过了一会儿,门外响起了隐隐的汽车声。房门响了,一个西装革履、戴着一副宽大墨镜的男子走了进来。

"快坐快坐。你看看,这里还坐着你的一位老朋友呢!"

那个男子走近前来,见了方世勋,急忙摘下墨镜,满脸堆笑地说:"哎哟,原来是方总。很久没见了。"

尽管眼前这位男子穿着一身笔挺的行头,发型也变了,脖子也不像过去那样缩着,但那张瘦长脸上横陈的刀疤却让方世勋很轻易地认出他来。只是方世勋万万没想到方立伟居然会将他约到家里。

"马腰窝。想起来了吧?"方立伟在旁边提醒道。

方世勋想起三年前马腰窝到天河购物中心打假的事。从那以后,他就再没见过马腰窝的踪影。

"对了,记得三年前你带着人到天河公司购物中心买了假冒商品,我给你写了一张三万多块钱的欠条,怎么后来没见你上门讨债呢?"

"方总,您就别提那事了。"马腰窝难为情地摆着手说,"当时我们不过是混碗饭吃,临时想个法子而已。后来忙了别的事,早把那条子扔啦。"

方立伟已经听出了事情的原委。他笑着向方世勋介绍道:"世勋,马腰窝已经今非昔比啦。他现在是江京有名的打假公司长风打假有限公司的经理。你们都知道,假冒产品一直是困扰我们锦药发展的一个症结。这次马经理立了大功,为我端掉了一个生产假冒美登口服液的厂家。马经理,你怎么找到他们老巢的?给我们介绍介绍。你旁边这位何老兄可是东江有名的大记者,兴许还给你写篇报道呢!"

经方立伟这么一夸,马腰窝便情不自禁得意起来,他主动到饮水机前接了一杯水,一口气喝了下去,一手抹着嘴边残存的水滴,说:"我们根据您提供的线索去了广东,从广州一直追到县城,但那个假冒美登口服液的经销商十分狡猾,总是临时取消约定。有一回来了,面包车里坐着七八个人,显然对我们有所戒备。为了取得他们的信任,我在县城里租了一间二十多平方米的铺面,安装了固定电话,并到工商局办了营业执照,购进了许多其他厂家的保健品。那个姓钟的来看过之后,终于同意给我们发一批货。那天他的货车将货卸下刚刚离开,我们的小车便开始跟踪他。没想到他还是防着这一手,三绕两绕就把我们的人给甩了。我们也不能急于求成。一个月后,我们又向他要货,这次他没再防备,我们一直跟踪他到了下面的前台镇。好家伙,这里的街路小巷到处都有废弃的美登口服液的瓶子和商标标贴。后来,我手下一个叫杨二黑的弟兄扮成一个老板,亲自到前台镇与那家厂子洽谈业务。根据目测,那个厂堆放的美登口服液的包装瓶足足有三四十万只,另外还有大量的商标标贴。他一共去了两次,第二次偷拍那些商标标贴的时候被对方发现了。他们把他绑到一间空房子里,打得他遍体鳞伤,还给他灌辣椒水……"

"你们为什么不尽快通知当地的执法部门?"何欢显然已经听得上了心,忍不住插话道。

"我们通知了。我们把头一天杨二黑拍下的假冒包装瓶的照片给他们看。他们推不过,才派了两个人找到厂里。他妈的……他们叫来了几十号村民,手里都拿着家伙,居然围攻执法人员。他妈的……对不起。他们后来把杨二黑扔到了公路边上。"

"杨二黑咋样了?"方立伟问道。

"现在还在医院里。不过还好,都是些皮外伤。"

"这么说你们已经掌握了足够的证据?"

"当然,不然我不会回来的。"

"好!干得好!"方立伟十分激动地站起来,在屋来回走着,"为了这些假冒产品,我曾经成立过专门的打假队伍,还聘请过外国律师调查取证,但一个地方保护主义弄得你一筹莫展。马经理,我决定在当初的合同上再加百分之十,表彰你们找到了制假源。"

"那就谢谢方总了。"

"马经理,看来你这个打假公司的行当也不好干,时时处处都潜伏着危险。"何欢说。

"谁说不是了?"马腰窝又显得兴奋起来,"过去在玉泉,一听说我马腰窝,连小孩子都吓得哇哇直哭。如今到了外边,人地两生,谁认得你马腰窝是老几?干这事就得有几分胆量,敢把脑袋别到裤腰带上才行。"

"你留个电话,将来有机会我找你聊聊。"何欢十分感兴趣地说。

"行行。何记者,我们公司成立两年了,已经接受各类知识产权保护调查两百多宗,为国家纳税二十多万元,赢得了良好的社会效益和经济效益。我还要声明一点,我们公司的查假取证都是在法律允许的范围内进行的,绝不敢胡来,公司的工作人员都在江京夜大攻读法律专业。"

方世勋听了马腰窝的介绍,十分感慨地说:"马经理,古人说,士别三日,当刮目相看。没想到短短几年,你的变化这么大。"

马腰窝朝方世勋点点头,诚恳地说:"方总,我能走到今天,全凭两位老总的谆谆教导。当初的那种讨债方法,没被抓进去就算万幸了。至于后来的打假,也不过是混口饭吃。人不是说适者生存么?咱得顺应社会,对不对?"

"记得有一位经济学家说过,"何欢插话道,"中国目前的体制是一种双重体制。也就是说,是一种民主不民主、专制不专制的特殊体制。本来是我们政府职能部门与执法部门分内的事,却要马经理的手下去代办。所以,说它是一种失效的体制也不过分。法律和制度的不健全导致的这种状态为黑社会——当然马经理不属于黑社会——提供了空间。或者我们可以这样理解,不论是讨债也好、打假也罢,如果在一个体制健全的社会,绝不会给马经理这碗饭吃。是我们的政府丧失了这种功能,才给马经理留下了生存空间。你们说对不对?"

"深刻,太深刻了。"方立伟频频点头道。

这时,梁丽端着两盘热气腾腾的菜从厨房出来了,对他们说:"你们也别只顾说话,还是边吃边聊吧!"

马腰窝一见到梁丽,立刻面如土色,他仓皇地伸手摸茶几上的墨镜,低头戴上,躲闪着梁丽的目光说:"方总,我告辞了,改天再向您汇报……"他嘴里说着,已经一溜烟到了门口。

"吃完饭再走嘛。"梁丽端着盘子招呼道。

"是啊,你嫂子早就原谅你啦。再说,没有你当初创造条件,我们能有今天? 你还是我们的大媒呢! 来来来,一起喝杯酒。"方立伟说着,过去拉马腰窝。

"谢谢方总,改天见。"马腰窝甩脱方立伟的手,逃跑一般的溜走了。

"这是谁呀? 怎么慌里慌张的?"梁丽问道。

方立伟两手叉着腰,哈哈大笑起来……

17

二〇〇一年十一月九日上午,江京机场前的广场上人头攒动,热闹非凡,周围不明真相的人以为发生了什么事,都纷纷拥挤围观,整个广场顷刻间汇成了人的海洋。

处在这个"海洋"中心位置的不是别人，正是锦江药业的董事长兼总经理方立伟和夫人梁丽。而以他们为圆心，又聚集着大批报纸、电台、电视台的记者。不知是刻意安排还有偶然巧合，总之，广场已经变成了锦江药业的新闻发布会场。

方立伟即将登机前往的目的地是四川成都，他将下榻成都市五星级的锦江宾馆。因为再过十多天，锦江宾馆的国际会议厅将举办"俄制TU—154客运飞机拍卖会"。这是中国首次飞机拍卖会。也许是天气有些冷，或者由于这轰轰烈烈的场面，梁丽双颊泛着红晕，显得十分激动。而方立伟一边护着夫人，一边对伸到面前的大大小小成堆的麦克风采访机说："大家慢慢来，一个一个问。我方立伟是个凡人，只有一张嘴嘛。"

"方总经理，请问成都锦江宾馆是不是锦江药业的一个企业？"

"不不不。这家五星级宾馆与我们锦江药业并没任何关系，只是名字的巧合罢了。"

"方总，锦江药业作为这次俄制客机呼声最高的竞拍方之一，你的最初意图是什么？"

"这个简单，就是扩大咱们东江企业在全国的知名度。"

"请问方总，您买飞机是为了成立一个私营货运公司，还是仅仅为了运送锦江药业的产品？抑或是看中了这次拍卖会的轰动效应？"

"效应是多方面的。至于飞机究竟作何用途，还请咱们社会各界多多献计献策。我们锦药准备拿出一部分钱来作为奖金。"

"方总，您这次赴成都竞拍，也许会遇到强劲的对手，比如哈药六厂或者娃哈哈集团，您是见机行事还是志在必得？"

其时，哈药六厂在中国已是妇孺皆知。有人做过测算，说哈药六厂去年一年投入的电视广告总额在十亿元以上，它的主打产品严迪、盖中盖、泻痢停、朴雪等在中央台和各省台的亮相频率已经超过了锦江药业。从前年开始,它的营业额一路飙升,一下增长了四倍多,超过了十亿,已与锦江药业旗鼓相当。

"有一点我想告诉大家的是,如今的锦江药业也已今非昔比,我们完全有实力与全国任何一个企业抗衡,无论娃哈哈集团还是哈药六厂。"

方立伟回答记者提出的若干问题之后,本次航班的客机就要起飞了。他携着梁丽走入机场大厅,身后的镁光灯依然闪个不停……这一天,全国各大媒体驻省记者站包括东江省的媒体几乎倾巢出动,使广场前的这一幕变成了东江新闻界为方立伟和梁丽夫妇举办的送行会。

十多天后的一个下午,来自全国各地上百家新闻媒体的记者纷纷云集成都锦江宾馆九楼的国际会议厅,中国首次飞机拍卖会正式拉开了帷幕。人们万万没想到,这个被媒体和各界寄予很大期望值的拍卖会却光打雷不下雨。有关消息传回了东江:方立伟没有在这次拍卖会上竞标。

这个消息绝不是谣传。据有关媒体报道,那天下午两点五十分,拍卖师武振华在摄像机镜头和闪光灯的簇拥下出现在了拍卖现场。三点钟刚过,武振华便打开一个信封。这时,俄制 TU–154[5772]客机的特制照片摆到了竞拍者的面前。拍卖师武振华当场宣布:"一号拍卖品,起拍价目一百二十五万元。"他表情严肃地扫视着整个现场,觉得人们的表情比他更严肃。于是他又重复了一遍:"一号拍卖品,起拍价目一百二十五万元。"但场上还是一片寂静。

拍卖师有点不甘心,甚至有点不相信眼前的情景是真实的。"有没有人应价?"他又接着喊了两次。但会场上的人好像在打盹儿,甚至当他的目光扫过去时,他们都有意无意地躲闪着。"我不希望流标。"他有些失望地说,接着又宣布"第一次"、"第二次"、"第三次"……足足过了十几分钟,他才无奈地说:"没人应价,拍回!"

二号拍卖品,也就是 TU-154[85795]客机,起拍价四十万元。这一次拍卖师也少了几分耐心,只过了十分钟,便又一次宣布:"拍回!"

"中国首次飞机拍卖会"就在如此狼狈的状态中收场了。关于锦江药业的方立伟没有应价的问题,人们作了种种猜测:

一、方立伟在拍卖会开始之前突然意识到这两架飞机不是儿童玩具,一百多万元对于如今的锦江药业来说,比一般家庭给孩子买个玩具飞机还简单。但飞机坏了找谁修?飞行员哪里找?机场在哪里?航线谁来批?在中国这块土地上办这些事容易么?

二、方立伟当初根本没打算买飞机,他不过是造个声势,在群情激奋中吊吊新闻界的胃口,爆出点新闻效应罢了。其目的只不过是为锦江药业做一个不花钱的广告。

三、竞拍会场上没有人积极应价是方立伟放弃这一计划的主要原因。他所希望看到的激烈拼杀的场面根本没有出现。他从不喜欢在"寂寞"的领域孤军作战,这是他与方世勋的区别。

四、方立伟看到这次拍卖会远没有他想象的那么有影响,尤其是他出行时新闻记者们预见的希望集团、哈药六厂、娃哈哈集团等等都没有露面。他认为堂堂的锦江药业与中国的一些三流企业竞买两架百十万的飞机,实在有失身份。

……

有人说,方立伟甚至根本没有在拍卖现场出现。他在此之前已经离开锦江宾馆,和梁丽双双到九寨沟旅游去了。

(本文节选自长篇小说《步天图》)